O INVENCÍVEL

CB006705

Editora
Charme

VI KEELAND
BESTSELLER DO NY TIMES E USA TODAY

Título original: Worth The Chance
Copyright© 2014 por Vi Keeland
Copyright da tradução © 2015 por Editora Charme

Todos os direitos reservados. Nenhuma parte deste livro pode ser utilizada ou reproduzida sob quaisquer meios existentes sem autorização por escrito dos editores.
Esta é uma obra de ficção. Nomes, personagens, lugares e acontecimentos descritos são produtos de imaginação do autor. Qualquer semelhança com nomes, datas e acontecimentos reais é mera coincidência.

3ª Impressão 2021

Produção Editorial: Editora Charme
Tradutora: Monique D'Orazio
Revisão: Andréia Barboza
Produção: Verônica Góes

FICHA CATALOGRÁFICA ELABORADA POR
Bibliotecária: Priscila Gomes Cruz CRB-8/8207

K26i   Keeland, Vi

O Invencível / Vi Keeland; Tradutor: Monique D'Orazio; Revisor: Andréia Barboza; – Campinas, SP: Editora Charme, 2021.
288 p. il. -(Série MMA Fighter; 2)
3ª Impressão 2021

Título Original - Worth The Chance

ISBN: 978-85-68056-14-1

1. Ficção norte-americana | 2. Romance Estrangeiro - I. Keeland, Vi. II. D'Orazio, Monique. III. Barboza, Andréia. IV. Título.

CDD - 813

www.editoracharme.com.br

VI KEELAND

O INVENCÍVEL

MMA Fighter - 02

Tradutora: Monique D'Orazio

"Às vezes, a vida dá uma segunda chance porque talvez, apenas talvez, não estivéssemos prontos na primeira."

— *Autor desconhecido*

Para Chris.

Sem você, eu estaria perdida.

UM

Vince

O latejar na minha cabeça está aumentando. Era uma batida forte no fundo e agora parece tambores rufando bem debaixo das minhas pálpebras. Tenho medo de abrir um olho, temo que o tambor dentro da minha cabeça vá fugir e me seguir pelo resto da vida. Só que o maldito barulho do telefone é doloroso demais para ignorar.

Sigo a música horrível até o outro lado do quarto, na escuridão, desesperado para fazê-la parar. Não é difícil localizar o intruso; está piscando, zumbindo e pulando como um feijão mexicano saltitante. Pego o aparelho e olho para a foto de uma garota qualquer que não conheço, sorrindo para mim no identificador de chamadas. Ela parece irritante pra cacete. Demoro alguns segundos para registrar que o telefone não é meu. Toco em SILENCIAR, na tela, jogo o negócio de volta na cômoda, sigo até o banheiro e volto sem acender nenhuma luz. A claridade piora a sensação de latejamento. Sei por experiência própria.

Ignorando a britadeira que substituiu o rufar de tambores assim que minha cabeça passou da posição horizontal para a vertical, rastejo para a cama, fecho os olhos e começo a cochilar de novo. Até outro maldito telefone começar a tocar. Dessa vez, ele está no criado-mudo, ao meu alcance, e o toque é familiar. A tela pisca o nome de Elle e, bem quando estou prestes a rejeitar a ligação novamente, vejo as horas no relógio. Porra! Nico vai me matar dessa vez.

— Alô. — Atendo, tentando disfarçar a voz de sono, que denunciaria que eu acabei de acordar. Não dá muito certo.

— Te acordei? — A voz de Elle está cheia de preocupação. Ela sabe que Nico está à procura de uma razão para me dar um pé na bunda e me tirar do treino. De novo.

— Não, estou a caminho agora mesmo... Peguei trânsito — minto.

— Bom, porque ele já está lá embaixo esperando que você não apareça.

— Vou aparecer. — Desligo, lanço o celular do outro lado do quarto e solto um gemido quando ouço o aparelho se espatifar na parede. Outra porra de quatrocentos dólares jogada na privada.

— O que foi? — A voz da mulher me assusta, quando estou a ponto de sair da cama. Tenho dez minutos para tomar banho e chegar à academia, ou vou levar um chute e ficar sem treinador de novo. Sinto a mão na minha bunda nua e fragmentos de ontem à noite começam a me inundar aos poucos. Krissy. Merda.

— Levanta. Preciso sair daqui em dois minutos. — Nem sequer tento ser agradável. Fico louco da vida comigo mesmo por ter trazido esta garota aqui. Ontem à noite, quebrei minha própria regra de ouro de "nada de piranhas" porque eu estava bêbado demais para me livrar dela.

Então, sou um lutador. E um bom pra cacete. E os bons têm piranhas. Nós as chamamos de PPC. Abreviação de "piranhas pra cama". Sim, eu sei. Não é legal. Mas quem disse que eu sou legal, hein? Se uma mulher quer me seguir e dar pra mim de quatro, no banheiro de um bar, quem sou eu para dizer não? Para elas, não sou apenas um pau. Eu cuido delas. Cuido da necessidade delas antes de cuidar da minha. Bom, na maioria das noites. Só não levo as mulheres para casa comigo. Se levo, elas alimentam expectativas falsas. Além do mais, se eu levar, elas ficam sabendo onde eu moro.

Nico está na entrada quando eu chego.

— Você está atrasado. — Ignoro o comentário e tomo meu lugar na frente da classe.

Sim, estou atrasado, mas menos de dez minutos, graças ao apelo da esposa dele. Hoje é meu dia de ser voluntário no Centro de Mulheres. É, certo, *voluntário*. Como se alguém pudesse dizer não a Nico Hunter. Mesmo que eu não estivesse a um "foda-se" de distância de ser dispensado como aluno, eu ainda não teria como sair dessa. Se você quer treinar com Nico, faz o que ele quer... mesmo que ele te apresente a situação como uma simples pergunta. Na verdade, a gente não tem escolha alguma na resposta.

Minha temporada de voluntariado no Centro de Mulheres é parte da minha penitência. Nico acha que preciso melhorar como pessoa, aprender a respeitar mais as mulheres. Claro, como se todo mundo devesse se tornar um pau-mandado de mulher, que nem ele. Nico acha que não me lembro de como ele era antes de conhecer a Elle, mas eu lembro. Uma mulher diferente fazia o caminho da vergonha todo dia de manhã, saindo pela porta dos fundos do centro de treinamento. Eu tinha apenas treze anos, mas me lembro. Principalmente porque todos elas eram gostosas. Peitos empinados e minissaias: quem pode esquecer a visão dessas merdas todas as manhãs quando se tem treze anos? Algumas manhãs, tive que correr na esteira com uma maldita ereção. E, então, ele conheceu a Elle e tudo mudou.

Não me entendam mal, Elle é a garota mais legal que conheço, ela apaga os incêndios entre mim e Nico quando as coisas começam a esquentar. Mas essa droga de voluntariado é a praia deles, não a minha. Mesmo assim, aqui estou eu, às dez da manhã em um sábado, prestes a ensinar defesa pessoal para uma turma cheia de mulheres.

Dou uma olhada rápida pela sala lotada e ofereço a todas o meu melhor sorriso. O sorriso que sempre me ajuda a fugir das merdas quando estou em apuros. Bem, pelo menos quando o problema é com mulheres.

Nico observa da porta, enquanto conduzo a aula pelos primeiros minutos de alongamento para aquecer. Fico aliviado quando ele finalmente desaparece e posso parar de fingir que estou feliz por estar na liderança da aula esta manhã. Eu ainda queria estar na cama, esparramado de costas, levando uma chupada. Vou andando em meio às alunas, que estão começando a treinar chutes. Algumas eu ajudo na postura, por outras, passo e sorrio enquanto vejo como elas ficam de roupa colada. Estou avaliando a turma, procurando minha próxima assistente. Se tenho que demonstrar em alguém, pode muito bem ser com as que valem a pena apalpar, não é verdade?

Pelo canto do olho, tenho o vislumbre de uma mulher na fileira do fundo. Ela está virada, mas já sei que vai ser minha assistente só pela visão que tenho da sua bunda. Tem o formato de um coração perfeito e, quando ela levanta os braços para amarrar o cabelo em um rabo de cavalo, sou beneficiado com uma pequena visão da pele de porcelana debaixo da blusa, onde tenho o desejo de cravar meus dentes.

Ando até ela, pensando que talvez o lance desta manhã não vá ser tão ruim, afinal. Droga, se a parte da frente for metade do que é a parte de trás, hoje esta aula pode até mesmo durar mais. Sigo o corredor para chegar a ela, pronto para acionar meu charme, e de repente ela vira de frente para mim. O que vejo me faz parar bruscamente no meio do caminho. Será que é ela mesmo?

DOIS

Liv

James Hawthorne é um grandessíssimo de um cretino. Há dois minutos, eu o peguei beliscando a bunda da secretária dele e agora, enquanto me abaixo com elegância para recolher os papéis que caíram da sua mesa, eu o pego olhando dentro da minha camisa. É provável que tenha jogado os papéis de propósito, pois ele não tem sequer a decência de fingir que não estava olhando. Em vez disso, ele na verdade sorri para mim quando cruzo o olhar com ele sobre a mesa. *Cretino* total.

Retribuo o sorriso quando me sento à sua mesa, apesar de tudo, mesmo que me cause dor física. Isso mostra o tanto que eu quero o emprego. O suficiente para aguentar essa palhaçada por mais sete semanas do meu estágio.

O *Cretino* perde o interesse em mim no momento em que minha oponente entra. Summer Langley. Ela é alta, magra como uma modelo, e seu longo cabelo loiro-oxigenado contrasta com a pele morena. Ela é bonita, eu não o culpo por babar em cima dela, mas não estamos em um concurso de beleza, estamos competindo por um emprego. E não apenas qualquer emprego, mas uma das vagas mais cobiçadas em toda Chicago. E só sobramos nós duas na disputa. Minha única vaga alternativa está localizada em Nova York, a quase 1.600 quilômetros da minha família e amigos.

Meu currículo fala por si só. Nota máxima na graduação e no mestrado, editora do jornal da faculdade, e assistente de um professor de Inglês de renome durante o mestrado. Summer, por outro lado, tem uma ligeira vantagem no currículo: ela tem duas coisas com as quais eu não posso competir. O pai faz parte do conselho do *Daily Sun Times* e ela não tem nenhum problema em flertar com o chefe.

Mas quero esse emprego desde o ensino médio, por isso eu me força a acreditar que a melhor candidata, aquela que faz o melhor trabalho, vai realmente conseguir a vaga quando este estágio de sete semanas terminar.

Mil e cem pessoas se inscreveram para essa vaga. Agora somos só nós duas. Estou tão perto, que consigo até sentir o gosto.

Eu queria ser repórter do *Daily Sun Times* desde que me lembro. Jornalistas aqui ganham Pulitzers e cadeiras em associações literárias. Sorrio para Summer quando ela se senta ao meu lado e nós duas esperamos a nova tarefa que o *Cretino* vai nos designar. Ela não tem qualificação para o trabalho; a realidade é que ela não estaria aqui se o papaizinho dela não fizesse parte do conselho. Mas há uma sensação de peso no meu estômago quando nós duas recebemos as atribuições. Summer vai entrevistar um jovem empresário promissor, alguém que está prestes a tornar pública sua firma de ponta de marketing de internet. Eu, por outro lado, serei enviada ao distrito dos armazéns, para entrevistar algum lutador de artes marciais mistas problemático, que espanca as pessoas como profissão.

Sorrio para o *Cretino* quando pego a folha com as minhas tarefas, fingindo não ser afetada pelo fato de Summer ter recebido a melhor matéria.

— Obrigada, James. Parece que vai render uma história muito interessante. — É, até parece. Alguém atire em mim agora mesmo e coloque um fim ao meu sofrimento.

James retribuiu o sorriso educadamente, mas sua atenção logo retornou para Summer. Ele lhe diz para ficar, para que possam conversar sobre a perspectiva com que ela vai escrever a história, e me pede para fechar a porta quando sair. Por muito pouco, ele não me pede para tomar cuidado e não deixar a porta bater na minha bunda. Muito pouco. Eu me pergunto se ele percebe o vapor exalando dos meus ouvidos quando saio pela porta.

Uma pesquisa rápida revelou que o tal lutador é voluntário para ensinar defesa pessoal a mulheres. Talvez nessa história eu possa trabalhar o lado bom moço de um lutador *bad boy*, e assim impedir que as pessoas cochilem antes de chegar ao final do artigo.

Me perco no centro da cidade e quase me atraso para chegar à academia antes da aula, da qual vou participar. Tinha esperanças de chegar mais cedo para conversar com o instrutor e marcar um horário para entrevistá-lo para o artigo, mas estou atrasada e a aula lotada já está começando. Assim, em vez disso, entro de fininho nos fundos, jogo minha bolsa atrás de mim e rapidamente prendo meu cabelo avermelhado e comprido para afastá-lo do rosto.

Ouço a voz do instrutor ficar mais alta enquanto ele caminha pela sala em busca de uma voluntária para ajudá-lo a demonstrar os movimentos. Sua voz é perturbadora, sexy com um certo toque indecifrável, quase rouca, como se tivesse gritado a noite toda e agora estivesse se esforçando para fazer sua voz grave ser ouvida. Então, de repente, a voz some no meio de uma frase. Conforme termino de amarrar o cabelo, eu giro, curiosa para ver o que silenciou a voz sexy. Quase caio quando todo o ar em meus pulmões é violentamente sugado para fora do meu corpo por causa da visão do homem que encontro parado diante de mim.

TRÊS

Liv

Sete anos e meio antes

Ele caminha para a biblioteca, e eu prendo a respiração inconscientemente. Vejo como ele passa os olhos ao redor, sabendo que está olhando para mim. Nos encontramos aqui, no mesmo horário, todas as quintas-feiras, pelas últimas cinco semanas. Por um segundo, me permito fingir que está ele olhando pela sala por minha causa, porque ele é meu. E não porque o Sr. Hunter está me pagando para ser tutora dele. Ele parece muito diferente dos outros meninos, e não é só porque é mais alto e tem o corpo mais largo. Não, definitivamente é mais do que isso. Algo sobre a forma como ele se comporta o diferencia dos outros. É difícil colocar em palavras o que é... ele simplesmente tem alguma coisa. Forte, confiante, não se afeta pelas coisas normais do ensino médio que acontecem ao seu redor.

Observo à certa distância quando ele me encontra e sorri na minha direção. A maneira como suas covinhas mergulham profundamente em sua pele bonita e bronzeada faz minha mente disparar. Ele me faz esquecer onde estou. Droga, com aquele sorriso, ele me faz esquecer *quem* eu sou. Vinny anda determinado, diretamente para a mesa onde estou sentada, completamente alheio às garotas que param o que estão fazendo para vê-lo passar.

— Você está bem, Liv? — Posso ver em seu rosto que ele está preocupado, mas não sei por quê.

Não respondo, mas não é porque não quero. De repente, algo físico me impede de responder. Estou zonza, a sala começa a girar, sinto como se eu fosse desmaiar a qualquer segundo.

— Liv? — Vinny repete, com a voz mais alta e agora mais urgente. Ele me arranca do meu torpor e percebo que não estou respirando. Uma forte rajada de ar sopra para fora dos meus pulmões, e engasgo para conseguir meu próximo fôlego. Porém, a profunda inspiração depois de privar meus pulmões de oxigênio faz a garganta queimar e me lança num ataque de tosse

O **INVENCÍVEL** 13

incontrolável que não consigo conter. Agora, toda a biblioteca está olhando para mim e quero me enfiar debaixo da mesa e me esconder. Vinny segura minha mão e paira sobre mim. Ele parece genuinamente preocupado.

Levo um minuto, mas enfim minha respiração se estabiliza e meu acesso de tosse diminui o suficiente para conseguir responder num sussurro:

— Estou bem. Só me engasguei com uma pastilha para tosse — minto. Não posso dizer que ele rouba meu fôlego e que às vezes esqueço de respirar quando ele está por perto. Tenho certeza de que ele já pensa que sou esquisita.

Vinny pega uma cadeira, gira ao contrário e se senta de frente para o encosto, apoiando os antebraços no espaldar, enquanto passa a perna por cima do assento para se acomodar. Ele se senta como um moleque.

. — Jesus, Liv. Por um minuto pensei que eu ia ter de fazer a manobra de Heimlich para desengasgar você. Fiquei preocupado que eu pudesse acabar te quebrando no meio, porque você é muito pequena. — Ele se inclina e sussurra, brincando comigo com um sorriso diabólico que faz meu coração bater tão forte no peito que dá até para ouvir.

— Estou bem. — Felizmente, meu rosto ainda está vermelho por causa do acesso de tosse, por isso ele não pode ver que estou corada só de sentir a respiração dele no meu pescoço enquanto ele fala. — É melhor a gente começar. Temos muito para cobrir hoje se você quiser passar em Inglês nesse semestre, nas provas da semana que vem. — Isso, e meu coração pode simplesmente explodir se não voltarmos aos eixos. Não consigo pensar quando estou perto desse menino. Ele transforma meu cérebro em mingau e até esqueço de respirar. Quem se *esquece* de respirar? Eu sou uma idiota.

A bibliotecária nos lembra de falar baixo, e Vinny ergue as mãos em sinal de rendição, de um jeito brincalhão, e sorri para ela. O rosto zangado muda quando a mulher recebe o sorriso de Vinny. O charme dele não conhece fronteiras etárias.

Depois de um tempo, já voltamos ao nosso papel de aluno e tutora, e consigo redirecionar o foco para a razão de eu conseguir passar tanto tempo com Vinny Stonetti. Embora ele esteja no último ano do ensino médio e seja dois anos mais velho do que eu, está um ano atrasado em Inglês e eu estou um ano avançada, por isso, nós dois fazemos essa matéria na mesma turma. E ele está correndo perigo de repetir a disciplina este ano. De novo. O mais provável é porque ele não passa muito tempo propriamente dentro da sala de aula. Parece que ele anda doente ou suspenso por causa de briga, na maior parte do tempo.

Seis semanas atrás, quando meu pai disse ao amigo dele que sua filha seria tutora de um garoto que estava com dificuldade em Inglês, não pareceu ser grande coisa. Não até eu descobrir que o tal garoto era a mesma pessoa por quem eu tinha uma enorme queda desde o sétimo ano. Passei três longos anos observando-o de longe, secretamente obcecada pela forma como ele andava, pela forma como ele se sentava, e até mesmo pela forma como seus lábios carnudos se mexiam quando ele mastigava, durante meus olhares roubados no refeitório.

E agora, aqui estou eu: pertinho e íntima, três horas por semana, do menino que visitou meus sonhos em mais noites do que posso contar. Eu esperava que ele fosse algo muito diferente, embora não tenho certeza do que pensei que ele seria. Mas é ainda melhor do que eu tinha imaginado na minha cabeça. É inteligente, aprende rápido e também é engraçado. Na verdade, a gente se diverte enquanto repassa a matéria e estou surpresa que já tenhamos percorrido quase todo o conteúdo do semestre.

— Você já descobriu o que acontece depois que Julieta conta à mãe dela sobre o casamento no pátio? Queria saber quando é que vamos chegar na parte boa... a noite de núpcias? — Vinny balança as sobrancelhas de brincadeira.

Ainda não posso acreditar que eu disse a ele sobre o meu pequeno hobby nerd. Desde que tenho idade suficiente para ler, eu devoro romances trágicos. Engolindo cada palavra, às vezes eu choro durante a leitura da beleza trágica que me arrebata. Depois, quando termino, eu não me aguento: reescrevo o final. Cada história merece um final feliz na minha mente.

Duas semanas atrás, quando estávamos terminando *Romeu e Julieta* para a aula, eu estava tão envolvida na história de amor, que soltei o final que eu tinha começado a escrever. Constrangida com minha própria confissão, eu quis rastejar para dentro de um buraco, mas Vinny realmente parecia interessado. Até mesmo intrigado. Em vez de considerar meus hábitos peculiares algo esquisito que o motivasse se afastar de mim, ele parece querer saber mais. Mais sobre o que eu gosto de fazer. Sobre o que me deixa feliz.

— Na verdade, acho que depois que a mãe dela... — Estou prestes a contar sobre o capítulo que escrevi no fim de semana, quando sou interrompida por uma voz que passei a odiar.

— Bom, não é que você e sua tutorazinha parecem estar se divertindo? — A voz sarcástica de Missy Tatum me joga de volta à realidade. Um olhar que me lembra de tudo o que eu não sou. Tenho muita certeza de que, se ela usasse menos roupa, seria presa por atentado ao pudor. De onde estou sentada, a parte de baixo de seus seios fartos é claramente visível, pois sua meia camiseta mal a cobre quando a olhamos de frente, que dirá quando vemos de baixo. Me sinto autoconsciente sobre minha falta de curvas na hora. Ela está no último ano e eu estou no primeiro. No primeiro e ainda com cara de criança. Em menos de trinta segundos, o conforto que eu tinha conseguido estabelecer com Vinny nas últimas horas evaporou, e volto a ser a menininha.

— Espere lá fora, Missy, vou terminar daqui a alguns minutos. — A voz de Vinny se altera do tom gentil e brincalhão que ele usa comigo para algo mais duro, mais controlador. Por um segundo, acho que Missy vai reclamar, mas Vinny lança um olhar que a desafia a responder. Ela faz beicinho, mas se vira e caminha em direção à porta, para esperar sem outra palavra.

— Desculpe por isso.

— Tudo bem.

— Não, não está tudo bem. Ela não deveria falar com você daquele jeito. — Sua voz ainda está com raiva, tão diferente de como ele normalmente fala comigo.

— Obrigada, mas estou acostumada.

— Como assim você está acostumada?

— A turma dela. — Dou de ombros, indicando com os olhos a porta onde Missy e suas amigas estão reunidas para fumar fora da biblioteca. — Elas fazem uns comentários, é só.

— Tipo quais? — A mandíbula de Vinny flexiona e seu temperamento se incendeia. É um lado dele que eu já vi de longe, mas nunca de perto, não dirigido a mim. Ele é assustador quando está irritado. Seu comportamento descontraído e brincalhão sumiu, substituído por punhos cerrados e postura mais tensa do que o habitual.

— Não é nada de mais. — Finjo um sorriso indiferente e começo a arrumar meus livros.

Vinny fica em silêncio por um minuto, mas posso senti-lo me observar conforme amontoo todas as minhas coisas de volta na mochila. A intensidade do seu olhar me deixa nervosa e sinto meu rosto ficar quente. Não tenho escolha, a não ser olhar para ele quando termino, embora eu preferisse rastejar para debaixo da mesa. Ele não diz nada, mas seus belos olhos azul-claros captam minha atenção, e por um minuto eu me esqueço de quem somos e me rendo ao seu domínio. Só que então ele se levanta e agarra seus livros abruptamente de cima da mesa.

— Te vejo na semana que vem?

Confirmo com a cabeça, minhas palavras presas sob o nó na garganta.

Observo da mesa Vinny caminhar para fora da biblioteca. Missy se enrola nele no minuto em que ele sai pela porta de vidro. Por um segundo, Vinny se vira e olha para mim, que ainda estou paralisada no lugar. Em seguida, ele passa o braço em torno do ombro de Missy, e meu olhar os acompanha saírem de braços dados.

18　VI KEELAND

QUATRO

Vinny

Sete anos e meio antes

Quando entro no apartamento, ainda estou irritado com o que aconteceu com a Liv, e pretendo extravasar a raiva com a Missy. Ela está sempre pronta para o que quero fazer com ela. E hoje acho que ela vai aguentar bastante coisa.

Como se o dia já não tivesse se tornado uma merda, minha mãe desmaiou no sofá e dois drogados estão comendo cereal direto da caixa, olhando fixo na direção da TV. Tenho certeza de que eles não conseguem se concentrar o suficiente para ver o que está passando. São três horas da tarde e eles ainda não ficaram sóbrios da noite anterior. Vou até o mané magrelo sentado na cadeira, tão chapado, que nem percebeu quando entrei. Chuto a lateral da cadeira, e ela cai com ele ainda em cima.

— Some daqui.

Ele olha para mim, me enxergando pela primeira vez.

— Qual é o seu problema, cara?

— Você. Some. Daqui. Porra. AGORA — digo com um rugido, já quase perdendo o controle. Cada palavra sai num rosnado mais alto do que a anterior.

O perdedor está chapado, mas pelo menos não é idiota. Ele dá uma olhada no meu rosto e sabe que está a cerca de trinta segundos de levar uma surra. Das grandes. Uma que eu ficaria mais do que feliz em oferecer. Poderia até me ajudar a clarear as ideias. Ele agarra o outro drogado e saem cambaleando porta afora, às pressas. É melhor mesmo. Minha mãe nem sequer se mexeu, embora eu tenha certeza de que a senhora idosa que mora dois andares para baixo acabou de me ouvir gritar. Olho para minha mãe de novo, deitada de bruços no sofá. Ainda está respirando. Não tenho certeza se isso me faz sentir alívio ou pesar.

Viro-me para a direita assim que o movimento no canto do meu olho me chama a atenção. Missy. Até esqueci que ela estava aqui.

O INVENCÍVEL 19

— Vai pro meu quarto. Limpe a cama. — Ela desaparece rapidamente.

Cubro minha mãe e jogo fora a comida espalhada por toda parte, sobre a mesa e pelo chão. Há embalagens de plástico vazias, que antes eram jantares de micro-ondas, mas agora se tornaram cinzeiros com pontas de cigarro no meio dos restos de comida. Ótimo, vamos ficar sem porra de comida nenhuma essa semana de novo.

Entro no meu quarto e encontro a cama onde eu tinha deixado todas as minhas tralhas já sem nada e com Missy deitada só de calcinha e sutiã.

Ando até a cama e Missy pega minha mão. Ela quer que eu seja atencioso. Beije-a, seja delicado. Mas não é isso que eu quero. Não é o que eu preciso. Pego a mão que ela oferece, mas uso-a para virá-la na cama e deixá-la de barriga para baixo. Agarro as pernas dela e puxo seu corpo para a beira da cama, para que seus pés toquem o chão, e que ela fique dobrada na linha do quadril, com o rosto e o corpo apoiados na minha cama. Sua bunda redonda está posicionada no alto, e, só de olhá-la, pronta para se render a mim, já estou duro quando abro o zíper da calça e me liberto.

Dou algumas palmadas na bunda dura, que imediatamente fica rosada, e fico com mais tesão ainda, à medida que observo a cor ficar mais forte. Mal coloco o preservativo no lugar, e entro nela sem aviso, me enfiando ao máximo em uma estocada profunda. Ela já está molhada — não que eu me importasse o suficiente em verificar antes. Ela gosta quando bato na bunda dela, punindo-a, mostrando quem está no controle. A vida da Missy é toda errada como a minha. Fecho os olhos quando tiro e enfio de novo. Quando meus olhos se fecham, é a visão do rosto pequeno e doce de Liv que me atinge com força. É tão nítida, que é fácil fingir que é nela que estou entrando. Bombeio feroz, desesperadamente espantando a visão na minha cabeça, com esperanças de assustá-la e fazê-la ir embora, mas não funciona. Ela está presa aqui dentro, não importa o que eu faça ultimamente.

CINCO

Meu coração está disparado a um milhão de quilômetros por hora, quando vejo o homem que ele se tornou. Estou literalmente congelada no lugar, olhando para ele. Parece o mesmo, só que mais velho e mais sexy, se é que isso é possível. Ele sempre foi grande, mas cresceu ainda mais, foi preenchido em todos os lugares certos. Ele é alto e magro, mas músculos sólidos definem seus braços. Braços que eu me lembro de terem me envolvido tantos anos atrás. Só que agora há tinta cobrindo a maior parte da sua pele lisa, bronzeada. A tatuagem de uma cruz grande, com uns dizeres simbólicos no braço esquerdo, capta meu olhar quando ele cruza os braços sobre o peito, fazendo o bíceps inchar e ficar tenso. Isso me distrai e me vejo traçando o caminho dos padrões da tatuagem, curiosa para ver as partes que estão escondidas debaixo da camisa. Não tenho certeza de quanto tempo passa, mas, quando olho no rosto dele, ele sorri com conhecimento de causa. Fui pega roubando um olhar do homem bonito diante de mim.

Seu sorriso tímido se transforma em um sorriso radiante, revelando duas covinhas profundas e de amolecer os joelhos. É um sorriso confiante, me diz que ele sabe o efeito que tem sobre as mulheres. Olhos azul-claros deslumbrantes se desviam só um pouquinho. Um vislumbre de divertimento brilha em seus olhos quando ele ergue uma sobrancelha.

— Moça, você se importaria de ser minha assistente na aula de hoje? Preciso de alguém para demonstrar a técnica comigo.

Franzi a testa, confusa por um momento. Mas logo percebo que ele não deve me reconhecer. Ele não foi o único que mudou. Da última vez que o vi, eu era apenas uma menina. Uma que se desenvolveu tarde e só amadureceu em curvas depois da maioria das garotas. Meu cabelo escuro, na altura dos ombros, sem corte, do ensino médio, se foi, substituído por ondas largas com luzes avermelhadas que aprendi a arrumar. Os óculos se transformaram em lentes de contatos e a maquiagem ajuda a destacar as maçãs do rosto, naturalmente salientes, e compensa minha pele cor de porcelana. Já não sou um palito seco, pois malho bastante para manter minhas curvas bem definidas. Sem a menor dúvida, mudei bastante desde a última vez em que ele me viu.

Vinny arqueia uma sobrancelha, esperando pacientemente pela minha resposta com um sorriso brincalhão. Olho para além dele, e descubro que toda a turma está virada e nos observa. Esperando.

— Humm, claro.

— Ótimo. — Vinny vira e anuncia para a classe: — Temos uma voluntária para hoje. — Ele faz um gesto para eu segui-lo até a frente da sala e não perde tempo para entrar no ritmo. As primeiras manobras que nos mostra são bem inofensivas; ele ensina a maneira correta de bloquear um ataque e proteger a cabeça. Mas rapidamente passamos para o que ele chama de lição defesa contra um "ataque furtivo".

Vinny faz um gesto para eu virar de costas e sinto seu corpo chegar perto do meu por trás. Inclinando a cabeça para baixo perto do meu ouvido, ele sussurra:

— Preciso te segurar firme assim para demonstrar esse movimento. — Sua voz é grave e sexy e o hálito quente no meu pescoço lança um arrepio por minha espinha. Lentamente, ele envolve os braços no meu peito, travando as mãos logo abaixo dos meus seios. Pressiona o físico quente juntinho das minhas costas, e arrepios fazem todo o meu corpo formigar. Por dentro, amaldiçoo meu corpo pela reação e rezo em silêncio para que Vinny não perceba.

— Com frio? — Ouço o sorriso em sua voz quando ele sussurra as palavras no meu ouvido. Merda. — Moças que são as agressoras, segurem o mais apertado possível. Moças que são vítimas, tentem escapar da pegada — Vinny fala alto para a classe, e seu aperto em torno de mim nunca alivia.

— Você pode tentar escapar agora — ele sussurra novamente no meu ouvido.

Lembro, de repente, como faz tempo que um homem colocou as mãos em mim. Mais instruções:

— Vamos, lute, tente se livrar de mim. — Tempo demais. Definitivamente tempo demais mesmo.

Depois de alguns instantes, meu cérebro retoma o comando do corpo, que tinha usurpado temporariamente o controle, e tento me libertar das garras de Vinny. Mas não adianta. Quanto mais me esforço, mais apertado Vinny me agarra, mais unidos nossos corpos se tornam. Ele dá um passo para trás e alivia o aperto dos braços. Por um segundo, fico decepcionada. Voltando sua atenção para a classe, ele instrui as vítimas sobre como se livrar do ataque.

— Prestem atenção enquanto demonstramos.

Seu aperto ao meu redor, por trás, fica mais firme novamente.

— Pode ir.

Sério? Ele quer que eu faça todas as coisas dolorosas que ele acabou de dizer para a turma?

— Não quero te machucar — digo baixo o suficiente para que apenas Vinny possa me ouvir.

— Não se preocupe com isso. Aguento qualquer coisa que você puder me dar, Liv.

— Você está... — Espera, ele acabou de me chamar de Liv? — Vinny?

— Liv?

Desgraçado. Ele sabia o tempo todo que era eu e não disse nada. Pego-o de surpresa, seguindo todas as instruções à perfeição e escapo de seu domínio, deixando-o dobrado de dor com o último levantamento da minha perna.

Inclinando-se para frente, mãos nos joelhos, com dor, Vinny começa a rir.

— Ok, turma, acho que terminamos por hoje.

Irritada, marcho até o fundo da sala para pegar minha bolsa. As mulheres já estão em torno de Vinny quando sigo até a porta, para fugir discretamente. Fico feliz que ele esteja distraído, assim não tenho que falar com ele. Não sei bem o que vou fazer com a matéria, só sei que preciso sair daqui. Agora.

Estou quase fora da porta, quando sinto um longo braço me envolver pela cintura e me puxar para trás.

— Você ia fugir daqui de fininho sem nem falar tchau pra mim?

— Vi que você estava ocupado e não quis interromper — falo sem me virar.

— Eu nunca estaria ocupado demais para você. — Vinny me vira para encará-lo, ainda mantendo o braço com força em volta da minha cintura. Seu olhar me fulmina.

— Bem, você parecia ocupado. — Minhas palavras saem um pouco mais amargas do que eu pretendia. Faço um gesto para as poucas mulheres ainda paradas na frente da sala, à espera de uma chance de conseguir a atenção dele.

— Você deu... — Vinny se inclina para trás e dá uma olhada lenta de cima a baixo pelo meu corpo — ... uma encorpada.

— Bem, essas coisas acontecem quando a gente fica sem ver alguém por sete anos.

— Que pena pra mim. — O sorriso confiante de Vinny vacila e ele parece sincero. Faz minha irritação desaparecer. Só um pouco.

— Você sabia que era eu o tempo todo?

— Eu te reconheceria em qualquer lugar, Liv. — As palavras parecem íntimas, sedutoras, e sinto minha guarda baixar um pouco mais.

— Como anda a vida? — Agora que nossa conversa está se aproximando da normalidade, me torno meticulosamente consciente de que ele ainda está me segurando firme. Quase como se tivesse medo que eu fosse fugir se ele me soltasse.

— Vai indo. — Vinny levanta a mão no meu rosto e, com delicadeza, coloca uma mecha que se soltou do meu rabo de cavalo, durante nossa demonstração, de volta atrás da minha orelha. — E você?

— Bem. Virei repórter.

Vinny sorri. É genuíno e me faz lembrar do nosso tempo juntos. Parece uma vida atrás. *Antes* de acontecer o acontecido.

— Eu sabia que você seria. É o que você sempre quis fazer. — Seu comentário é doce. É tocante que ele se lembre de quando eu contava meus sonhos. Minha guarda cai mais uns centímetros.

Retribuo o sorriso e vejo seus olhos mirarem minha boca. Seu olhar escurece e os arrepios que não me deixaram desde que ele me tocou me percorrem em ondas. Sinto o calor queimando minhas veias e tudo em nossa volta desaparece. Seus olhos voltam aos meus por um rápido segundo e depois para minha boca. Ele se inclina e acho que vai me beijar.

Contudo, uma voz de mulher me arranca do meu momento de insanidade temporária.

— Vince, você já está pronto? Estou ficando entediada no carro.

26 *VI* KEELAND

SEIS

Vince

Porra. Esqueci completamente da Krissy. Eu estava tão atrasado de manhã, que não deu tempo de deixá-la em casa, mas até parece que eu ia deixá-la sozinha no meu apartamento.

Sua voz anasalada me atinge em cheio.

— Fica esperando no carro, Krissy. — Ela bufa, mas se vira e volta lá para fora.

Só que o dano já está feito. O rosto de Liv volta a ser uma máscara. Qualquer emoção que vi já se foi num piscar de olhos.

— Preciso ir, tenho que voltar ao trabalho. — Seu tom é conciso e eficiente. Liv se tornou uma mulher forte. Uma mulher bonita, forte e incrivelmente sexy. Eu não esperava nada menos.

Ela estende a mão para a maçaneta da porta e não gira enquanto fala.

— Foi bom te ver, Vinny. Se cuida.

Algo me atinge, e o pânico, de repente, corta meus ossos.

— Espera.

Liv para, mas não se vira.

— Vira, Liv. — Vejo seu reflexo no vidro da porta. Olhos fechados, por um momento, ela parece em conflito. Sem saber se dá o fora ou não.

— Só me diga, o que fez você vir aqui hoje? — O pensamento de um homem colocando as mãos sobre Liv para machucá-la me deixa louco de raiva. Por qual outra razão as mulheres iam ao Centro para ter aulas de defesa pessoal? Elas foram agredidas e estão com medo ou ainda vivem com o agressor. De qualquer maneira, sinto a bile subir pela minha garganta com o pensamento de alguém ferir minha doce Liv.

— Vim fazer uma pesquisa para o trabalho. — Ela faz uma pausa e olha para mim por apenas alguns segundos, deixando-me com um sorriso triste. — Se cuida, Vinny. — E então ela se vai.

SETE

Liv

Minha manhã começou quase tão infernal quanto a noite anterior terminou. Fiquei virando de um lado para o outro durante metade da noite, sentindo coisas que eu não sentia há anos virem à tona. Ver Vinny novamente mexeu com a minha cabeça. Quando finalmente caí no sono, às quatro da manhã, eu estava tão exausta que perdi completamente o alarme que tocou às 6h30.

Atrasada, renunciei à ideia de lavar meu cabelo cheio e me contentei com um rabo de cavalo penteado para trás, fácil e rápido. Uma camada rápida de rímel fez pouco para esconder as olheiras sob meus olhos, mas tenho esperanças de que pelo menos o café me ajude a acordar. Na pressa, coloco quase metade da jarra na caneca de viagem, sem perceber que eu não rosqueei a tampa do jeito certo. Tento tomar um gole e todo o conteúdo se derrama pela minha saia preferida cor de creme e minha blusa de seda chocolate. Estou ensopada de café quente. Vou ter que trocar até de calcinha e sutiã.

De forma surpreendente, chego só com vinte minutos de atraso ao escritório, mesmo depois de dormir demais e de ter que trocar minha roupa, e fico aliviada que ninguém pareça notar. Não há tempo de sobra para causar uma boa impressão e eu nunca me perdoaria se perdesse o emprego dos meus sonhos por ter me atrasado para o trabalho algumas vezes.

Pego o arquivo de pesquisa sobre Stone, o que eu deveria ter pego *antes* de entrar na academia e ter a surpresa da minha vida, e começo a lidar com montes de fotos e recortes. Existem dezenas de fotos de Vince "O Invencível" Stone no ringue. As imagens de seu braço sendo levantado na vitória captam meu olhar todas as vezes. Ele parece muito orgulhoso e confiante. Independente do nosso passado, não consigo parar de sorrir, sentindo a alegria da sua vitória. Ele esperou muito para ter seu momento, já que começou a lutar antes de eu sequer tê-lo conhecido no colégio.

Depois, passo para as fotos espontâneas e meu sorriso desaparece

O INVENCÍVEL **29**

rapidamente. Foto após foto, há uma garota diferente debaixo do braço de Vinny. Andando na rua, do lado de fora de um bar, em frente à academia. Parece que as coisas não mudaram muito ao longo dos anos. Na verdade, me demoro olhando para as mulheres, pois estou curiosa para ver se tem alguma repetida. Pelo visto, Vinny perde o interesse depois de uma noite.

Não há como negar que as mulheres são atraentes. Há morenas, loiras, ruivas, baixas, altas... parece que o Sr. Stone não tem um tipo específico. Quer dizer, a menos que a gente chame "vestida para matar" de um tipo. O bando de mulheres grudadas em Vinny nas fotos começa a me dar nos nervos, por isso meu estudo cuidadoso de cada foto logo se transforma em um movimento rápido. Até eu chegar às últimas duas. Em uma delas está um homem bonito que parece ter a idade de Vinny. Parece familiar, só que não consigo identificar por quê. Os olhos azul-claros surpreendentes e a mandíbula máscula bem barbeada captam minha atenção. Fico olhando. A falta de sono faz isso comigo, faz meu olhar se demorar mais tempo do que o habitual. Viro a foto para ler a parte de trás, onde normalmente estão os dados sobre a imagem, mas fico surpresa de encontrá-la em branco. Talvez seja um adversário de Vinny?

A última foto no arquivo é de um homem mais velho. Há uma semelhança com o homem mais jovem na foto anterior e eu as seguro lado a lado para analisar, pensando que podem ser pai e filho. O homem mais velho é bonito, distinto, ainda mais familiar do que o homem mais jovem na foto anterior. Talvez seja ator, alguém que vi na televisão? Está vestindo uma calça simples e um suéter, mas a gente percebe pela postura que ele é confiante. Definitivamente um ator. Talvez as duas últimas tenham apenas se misturado com as outras.

Fechando o arquivo de fotos, tento esquecer o lutador lindo nas imagens. Aquele com o queixo robusto que parece sempre ter a quantidade perfeita de barba por fazer. Não é uma tarefa fácil. Digito as anotações, embora não haja muito a escrever, já que eu não comecei realmente a entrevistar o assunto da matéria. Três quartos de uma página com informações básica são tudo o que eu consigo; a maior parte, de memória.

Eu me odeio por roubar um último olhar antes de entregar o arquivo de fotos e pesquisas de volta para o *Cretino*, mas simplesmente não consigo tirar meus olhos dele... é por isso que preciso me manter longe, muito longe de Vince Stone.

Oito

Vince

Já se passaram dois dias e ainda não consigo parar de pensar na Liv. Ela está presa na minha cabeça. Vejo-a cada vez que fecho os olhos. E não é apenas o pensamento do seu corpo incrível que mantém minha mente travada no lugar, embora aquela bunda perfeita esteja definitivamente gravada no meu cérebro. Liv é diferente, ela sempre foi. Inteligente, engraçada, vê a vida de uma forma pura. Me deu possibilidades. Abriu meus olhos para ver o bem quando o mal era tudo o que eu conhecia na vida. Precisei de todas as minhas forças para não a atacar e deixá-la de costas naquele dia. O jeito com que ela olhou para mim com aqueles grandes olhos castanhos e redondos fez o garoto que eu era se sentir como um homem.

Lembro de tirar zero nas provas de propósito, mesmo quando eu poderia ter passado, apenas para poder ter uma desculpa para estar com ela. Ficar com ela... nem que fosse na biblioteca. Ela era tão jovem e doce... e inocente. Tão diferente de qualquer coisa que eu tive na vida.

Liv era diferente naquela época. *É* diferente. Sei disso só de ter ficado perto dela novamente no outro dia. Ela é o tipo de garota que a gente quer levar para casa e apresentar para a mãe. Quer dizer, se sua mãe não for a porra de uma viciada em crack.

Mal acabei meu treino, quando vejo o cara da recepção, Sal, apontando uma mulher em minha direção. Não apenas qualquer mulher, uma gata das boas. Era isso mesmo que eu estava precisando para fazer minha mente superar a senhorita olhos grandes.

— Sr. Stone?

Já terminei o circuito, mas começo a fazer flexões com uma das mãos mesmo assim, enquanto ela se aproxima. Posso muito bem dar o show completo. Fico em pé e tiro a camisa suada, usando-a para limpar meu rosto. Seus olhos vão direto para o meu tanquinho. É fácil como tirar doce de criança.

O INVENCÍVEL 31

— Quem gostaria? — Sorrio para ela enquanto pergunto.

Seus olhos vêm até os meus, e ela joga o cabelo para trás um pouco antes de estender a mão para mim.

— Meu nome é Summer Langley. Sou do *Daily Sun Times*. Gostaria de saber se podemos conversar por um instante. Gostaríamos de fazer uma matéria com o senhor e sua próxima disputa pelo título.

— Claro. — Sustento o aperto de mão por mais tempo do que o necessário enquanto falo para deixar as coisas às claras: — Contanto que você não se importe que eu te deixe toda cheia de suor. — Espero até conseguir uma reação no rosto dela, e depois aponto os olhos para nossas mãos unidas e suadas, para que os olhos dela acompanhem.

— De forma alguma. — Ela sorri para mim e sei que estamos falando a mesma língua.

— Venha, podemos ter essa conversa em algum lugar com mais privacidade. — Levo-a para a pequena cozinha nos fundos da academia e estendo a mão. Primeiro as damas. Isso me dá uma boa imagem de seu traseiro nessa minissaia colada. É legal, mas é magra demais. Nada como a bunda perfeita em forma de coração da Liv. Porra, tenho que parar com essa merda de ficar pensando na Liv. Especialmente quando tenho uma mulher gostosa parada bem na minha frente, sorrindo pra mim como se já fosse negócio fechado.

— Então, você é repórter? — *Liv também é.*

— Sou, na verdade sou estagiária no momento. Estou competindo por uma vaga efetiva como repórter. Só sobramos nós duas, por isso espero conseguir algo suculento com você para me ajudar a ficar por cima. — Ela enfatiza a palavra "suculento" e quase ronrona para mim. Ah, mas vou te dar algo suculento, sim. Pelo menos, para esta não preciso me esforçar muito. Acho que ela está quase pronta, assim como eu. Talvez até mais, mas isso é bom. Embora eu normalmente goste de caçar o jantar, às vezes é bom apenas ligar para o delivery.

Nós nos sentamos e Summer magrela tira um bloco de anotações de uma bolsa de grife que provavelmente custou mais do que meu último carro. Ela sorri para mim com dentes brancos e perfeitamente retos que tenho certeza de que custaram uma fortuna ao pai dela.

— Então, Sr. Stone. Me conte sobre o senhor. Nasceu e cresceu em

Chicago?

— Sim, morei aqui a vida inteira. Estudei na South Shore Ensino Fundamental e Médio.

Ela faz algumas anotações no bloco.

— Ah, a outra repórter também estudou nessa escola. Estou surpresa que vocês dois não se conheçam.

— Que outra repórter?

— Olivia Michaels. A repórter que originalmente ia fazer essa matéria.

Puta. Merda. Liv disse que estava na academia fazendo pesquisa. Acho que ela deixou de mencionar que a pesquisa dela era eu.

— O que aconteceu com a outra repórter?

— Não tenho bem certeza, mas acho que ela desistiu da tarefa. — Summer sorri para mim, como se estivesse pronta para me engolir. — Mas estou contente que tenha desistido. Mal posso esperar para chegar à parte suculenta.

Eu deveria estar agradecendo aos deuses pelo que tinham me entregado de bandeja. No entanto, em vez disso, fiquei louco da vida. Louco mesmo.

Ø INVENCÍVEL 33

NOVE

Liv

O *Cretino* chama nós duas na sala dele. Dou bom-dia à Summer e ela nem olha na minha cara. Está com um humor pior do que o habitual. O papai deve ter cortado a mesada.

— Então, senhoras. — Cretino vem e se senta no canto da mesa, braços cruzados sobre o peito. — Parece que temos um problema.

Summer cruza os braços sobre o peito e empina o queixo. Parece que o problema deve pertencer à princesa. Tento não sorrir enquanto falo:

— Qual é o problema e como podemos ajudar, James? — Pareço uma grande puxa-saco, mas não estou nem aí. Mais seis semanas. Posso finalmente ver uma luz no fim do túnel e não estou acima de um pouco de bajulação para me certificar de que serei eu a chegar primeiro.

— Bem, parece que Stone se recusou a dar entrevista para Summer. — Olho para Summer em busca de uma explicação, mas ela me esnoba. Meu rosto se vira para *Cretino*, à espera de mais informações.

— Ele só quer contar a história dele a você, Olivia. — *Cretino* encolhe os ombros. — Então você está de volta na matéria, Liv. — Ele suspira alto. — Nem tenho certeza por qual motivo a história desse cara é tão importante, mas meu chefe quer. E já que o Sr. Stone já decidiu que quer você, é o que ele vai ter. Você.

Ainda estou de queixo caído quando ele nos dispensa. Estou quase saindo quando *Cretino* fala novamente:

— Olivia, fique por um minuto. Summer, feche a porta quando sair. — Sério, meu dia poderia ficar pior?

— Escute, sei que você pediu para ser deixada de fora dessa história por motivos pessoais, só que parece que não temos mais escolha. Então, tome essa missão como uma experiência de aprendizagem. Independentemente do que houver entre você e o Sr. Stone, explore esse fato e me traga uma boa história.

O INVENCÍVEL **35**

Um cretino total.

Summer ainda está pisando duro em volta da nossa estação de trabalho compartilhada, quando volto para minha mesa. Imagino que ser rejeitada é algo novo para a pequena princesa. Embora eu esteja muito zangada com Vinny por interferir no meu trabalho, tenho que admitir que ver Summer cair do cavalo tem suas vantagens.

— Não sei que jogo você está jogando, Olivia, mas me fazer passar carão na frente do James não vai ficar de graça. — Com o rosto distorcido de raiva, ela não parece mais tão atraente. — Não só vou ganhar essa vaga, como vou limpar o chão com esse seu cabelo de vassoura.

Não me contenho e começo a rir da ameaça. Quem diria que a princesa seria capaz de fazer isso? Que comece o jogo.

Saio do escritório e vou direto para a academia onde sei que Vinny treina. Não tenho ideia se ele vai estar lá a essa hora, mas ele vai ouvir poucas e boas se estiver, pois, em vez de algumas horas terem acalmando minha raiva inicial, só ficou pior. Pior a ponto de eu ter passado de uma raivinha em fogo brando a um fervor incandescente prestes a explodir a tampa da chaleira... e acertar a cabeça de alguém.

Como o Vinny se atreve a mexer com o meu trabalho? Quem ele pensa que é? Me esforcei demais para chegar onde estou para deixar um paquera de antigamente interferir no que tenho de fazer. Ele quer joguinho? Então vai descobrir que não sou a mesma menina que ele pensa que sou. Eu cresci desde que ele partiu meu coração no ensino médio. Muito.

Entro na academia e olho em volta. Está cheia de caras musculosos com tatuagens. Fico surpresa quando uma mulher bonita, embora muito grávida, caminha até mim. Ela parece fora de lugar, vestida em um terninho vermelho estiloso, com a mão acariciando sem pensar a bola de basquete que ela parece carregar na barriga.

— Você parece perdida. — Ela sorri para mim calorosamente. — Está procurando alguém?

— Ummm... sim, estou procurando Vinny Stonetti — respondo hesitante.

— Você deve conhecer Vinny há muito tempo, hein? — A bonita mulher grávida inclina a cabeça para me avaliar. De modo estranho, sua indagação e sua postura parecem maternais, quase protetoras, embora ela com certeza não seja velha o bastante para ter um filho da idade de Vinny.

— Na verdade, conheço. Estudamos juntos. — Enrugo a testa em confusão. — Mas como você sabe que o conheço faz tempo?

A mulher sorri calorosamente.

— Porque ele fez a transição de Vinny Stonetti para Vince Stone há alguns anos. Ninguém o chama mais de Vinny por aqui. Bem, exceto eu e meu marido, Nico. Eu o conheço desde que ele era um adolescente, por isso ele ainda é Vinny para mim. Meu marido ainda o chama de Vinny, mas isso é para irritá-lo, mais do que qualquer coisa.

Sorrio para a mulher e percebo, no tom de sua voz, que ela tem um fraquinho por Vinny. Isso não me surpreende. A maioria das mulheres tem. Até que ele as leva para a cama e as deixa devastadas. Como fez comigo.

— Vinny... é... Vince está?

— Ele ainda não chegou, mas geralmente chega nesse horário. Ele treina com meu marido.

— Ah. Ok, volto mais tarde. Ou talvez eu ligue e marque uma hora.

— Você é bem-vinda para esperar. Eu só estava indo tomar uma xícara de chá lá nos fundos. Por que você não vem comigo? Podemos trocar histórias embaraçosas sobre Vinny.

Não preciso pensar por muito tempo. Já estou aqui e talvez possa conseguir algum material para minha matéria com ela também.

— Claro, parece uma boa ideia. Aliás, sou Olivia. — Estendo a mão.

— Sou Elle. — Sorrindo, ela aperta minha mão e depois a sua retorna para a barriga. — E este aqui é Nicholas Jr. Acho que ele já está praticando seus chutes, porque é como o pai: forte e cheio de energia.

Andamos pela academia e entramos em uma pequena cozinha no lado mais distante da sala. Elle liga uma chaleira elétrica e pega duas canecas.

— Só tenho descafeinado. Meu marido leu livros de bebê demais e jogou fora qualquer coisa com cafeína, uma hora depois de eu ter anunciado a gravidez. — Ela sorri e esfrega a barriga de modo protetor quando

O INVENCÍVEL **37**

continua: — Esperamos por um longo tempo para termos este mocinho. Meu marido finalmente se aposentou do combate no ano passado. Ele é meio protetor quando se trata da gente.

Sorrindo para a franqueza dela, eu respondo:

— Descafeinado está ótimo. Ainda estou ligada por causa das três xícaras que tomei no escritório.

Elle e eu batemos papo por um tempo, a conversa vem facilmente, quase como se ela fosse uma velha amiga com quem eu estivesse colocando a conversa em dia, em vez de alguém que mal conheço. Estranhamente, parece que eu poderia me sentar por horas de pijama com ela, assistindo a filmes antigos e tomando sorvete direto do pote, depois de uma de nós ter um rompimento ruim de relacionamento. Só sei que ela parece esse tipo de amiga. Não sei quanto tempo se passa, mas é fácil esquecer que acabei de conhecer essa mulher. Há uma amizade tão instantânea entre nós, que rimos na maior parte do tempo. Quando terminamos nosso chá, Elle olha para sua xícara agora vazia, com melancolia e suspira

— Sinto falta de café. Me fala que gosto tinham suas três xícaras hoje. Tá vendo só meu desespero? Meu marido, louco por saúde, nem mesmo toma café. Há semanas em que nem sinto o cheiro.

Sorrindo, estou mais do que feliz de entrar na brincadeira. Além de ser profundamente viciada em café, adoro contar uma boa história.

— Bem, hoje eu comecei com um café de Kona puro. Fresquinho, com um pouco de creme irlandês tipo Bailey's. Tinha gosto de creme de nozes recém-colhidas das montanhas de Kuai.

Elle arqueia as sobrancelhas para minha descrição e dá uma risadinha.

— Você está me matando, mas continue. — Ela fecha os olhos, sorri e espera.

— Depois, à tarde, eu precisava de um gás, por isso fui na Barto's e tomei um café expresso. — Me aproximo e baixo a voz para um sussurro brincalhão. — Duplo.

— Mmmmm... Barto's. Como foi?

— Escuro, encorpado, confiante. Grãos arábica. — Faço uma pausa para causar efeito e Elle lambe os lábios, um sorriso sonhador ainda em seu rosto. — O primeiro gole tenta a língua e incita a vontade de revirar aquela maravilha na boca para fazê-la durar. Porém, não dá para tomar devagar, não dá para parar... porque você sabe o que vem em seguida: o sabor inconfundível de chocolate amargo. Encobre o toque azedo e nos leva fundo no sabor marcante. Sabor que faz a gente fechar os olhos e imaginar as colinas da Toscana e as gramíneas à distância balançando na brisa.

Os olhos de Elle ainda estão fechados enquanto ela fala, um enorme sorriso no rosto.

— Mmmm... Acho que consigo até sentir o gosto um pouquinho. Conte-me mais. Conte-me sobre o terceiro. — Ela parece uma menina esperando ansiosamente que a mãe continue a história de dormir, e não consigo deixar de rir.

Estou prestes a mergulhar em minha descrição do Caramel Frappuccino quando uma voz profunda interrompe meus pensamentos.

— Sim, conte mais. Diga o quanto você gosta das maravilhas do líquido fumegante, Liv. — Vinny. Sua voz me agarra de volta para a realidade. Eu me viro e o encontro apoiado casualmente na porta, uma sobrancelha arqueada e um sorriso maroto no rosto absurdamente perfeito.

— Vinny, onde você andava escondendo essa aqui? Acho que ela poderia ser minha nova melhor amiga. — Em pé, Elle sorri para mim e espera pela resposta de Vinny.

— Não sei por onde ela andou, mas tenho esperanças de compensar o tempo perdido. — Vinny olha para mim, seu sorriso brincalhão se foi, substituído por algo que quase poderia passar por sinceridade em seu rosto.

Elle me abraça antes de sair.

— Aqui está o meu número. Me ligue daqui a três semanas. — Ela acaricia a barriga. — Este mocinho deve fazer uma aparição daqui a duas. Nós, minha nova amiga, vamos tomar café. — Ela sorri e vai em direção à porta, parando antes de sair. — Estou pensando que a gente pode precisar de uma maratona... passar numas três ou quatro cafeterias.

Vinny ri e segue caminho até a mesa onde eu ainda estou sentada.

— Vejo que você conheceu a Elle.

— Ela é ótima.

— Sim, ela é. Eu estaria na rua há muito tempo se não fosse por ela. A Elle fica entre mim e meu treinador... o marido dela, Nico. Ele é um pé no saco, mas é o melhor treinador na praça, agora que Preach se aposentou.

— Ela também parece ser sua fã. — Minhas palavras e meu sorriso são genuínos. Não há dúvida de que Elle adora Vinny.

Vinny sorri e puxa uma cadeira para perto de onde estou sentada. Ele a vira ao contrário para se sentar, seus antebraços apoiados no espaldar da cadeira enquanto ele passa uma perna por cima do assento. Sou levada imediatamente de volta à biblioteca, tantos anos atrás.

— Então, o que te traz de volta aqui, Liv? — ele pergunta com um sorriso convencido de canto de boca. Ele sabe exatamente por que estou aqui.

— Parece que você teve um probleminha com a Summer? — Arqueio as sobrancelhas e espero por sua explicação.

— Não quis que a princesinha do papai escrevesse uma reportagem sobre mim. Pensei que alguém que eu conheço faria um trabalho melhor. Alguém que escreve desde que consegue segurar um lápis.

Não posso deixar de sorrir com a avaliação que Vinny faz de Summer. Princesinha do papai: na mosca.

— Ela não era uma princesa feliz.

— Aposto que não. Acho que pode ter sido a primeira vez que ela foi rejeitada.

Vinny olha para mim e o sorriso em seu rosto desaparece quando nossos olhos se encontram. Há uma intensidade inconfundível em seus belos olhos azul-claros, como olhar para um oceano calmo, com uma tempestade perigosamente à espreita sob nuvens cinzentas escuras à distância. Quebro a ligação do nosso olhar de propósito. A necessidade de me afastar é grande, embora a tarefa não seja fácil.

— Por que, Vinny? — Ele olha para mim, confuso por um momento. — Por que você insiste que eu escreva o seu artigo?

— Porque eu queria te ver de novo. — A declaração é dita de modo muito direto, sem um pingo de vergonha por interferir na minha vida.

— Você poderia simplesmente ter me ligado.

— Você teria concordado em me ver de novo?

Certo, então ele tem razão em um ponto. Abro a boca para responder, mas fecho-a rapidamente e não digo nada.

— Foi o que eu pensei. — Um sorriso convencido invade seu rosto.

Mudando de assunto, pego meu caderno e uma caneta.

— Que tal começar, então?

— Não.

— Não?

— Você pode me entrevistar durante o jantar. Amanhã à noite.

— Acho que não, Vinny.

Ele se levanta, vira a cadeira do lado certo e, com calma, cruza os braços sobre o peito.

— Bem, foi bom te rever, Liv.

Estreito os olhos para ele.

— Você está arruinando minha chance no emprego dos meus sonhos, Vinny. — Talvez um pouco de culpa o amoleça, mas não estou surpresa que ele não se mova um centímetro.

Levanto, sem saber muito bem meu próximo passo, mas percebo que preciso ceder um pouco.

— Almoço.

— Jantar.

— Concorde com meu meio-termo, Vinny. Almoço.

Pelo olhar estreito e pelo rosto ilegível, percebo que o menino forte se tornou um homem determinado. Aquele que faz as próprias regras do jogo. Ainda sem saber se ele vai aceitar meu blefe, prendo a respiração, à espera de sua resposta.

— Tudo bem, almoço amanhã.

— Amanhã não posso, já tenho planos para o almoço.

— Com quem?

— Acho que não é realmente da sua conta.

— Cancele seus planos.

Olho nos olhos dele, na esperança de encontrar alguma indicação de que ele esteja brincando, mas não está. Está falando seríssimo.

— Está bem.

— Vou te buscar no seu escritório.

— Te encontro no restaurante.

Vinny fecha os olhos e inclina a cabeça ligeiramente, depois a balança de um lado para o outro e respira fundo. Ele dá dois passos para frente, de modo que ficamos em pé, de igual para igual. Perto o suficiente para sentir o calor emanar de seu corpo, mas ele não chega a me tocar.

— Amanhã. Meio-dia. Lombardi's.

Concordo com a cabeça, incapaz de formar uma frase coesa com ele tão perto. Finalmente, depois de um longo minuto, forço meu cérebro a retomar o controle do meu corpo traidor, sorrio com hesitação, e sigo para a porta.

— Vejo você amanhã.

— Mal posso esperar, Liv.

Aliviada por estar em casa depois do que pareceu ser o dia mais longo da minha vida, vou direto para a geladeira e pego uma garrafa de vinho.

— Você nem chegou a largar a bolsa. Dia ruim no escritório, querida? — Ally, minha colega de apartamento, chama da sala de estar, com jeito provocador.

— Quer um? — grito de volta.

— Claro, seria falta de educação deixar você beber sozinha. — De onde estou, não posso ver Ally, mas consigo ouvir o sorriso em sua voz.

Encho duas taças de cristal brilhante com vinho, esvaziando a garrafa, e me dirijo para a sala de estar. Sento estatelada no sofá e chuto os sapatos de salto. Expiro demoradamente e me afundo no assento confortável antes de entornar um grande gole da minha taça.

— Desembucha. Você parece exausta. — Com as pernas cruzadas sobre o sofá, Ally se vira para mim assim que desliga a televisão com o controle remoto.

— Eu vi o Vinny novamente hoje.

— Tô bege. Pensei que você tinha passado o artigo dele pra frente.

— Eu também pensei.

— O que aconteceu?

— Vinny aconteceu, foi isso. — Tomo outro gole do vinho. — Ele se recusou a fazer a entrevista com a Summer, disse que só daria a história dele para mim.

Olho para minha melhor amiga e ela está sorrindo para mim, com entusiasmo.

— Por que diabos você está sorrindo?

— Achei sexy que ele tenha exigido você. — Ally ri. — Sempre foi destemido. Ele ainda está lindo?

De má vontade, minha mente divaga para Vinny Stonetti. Vince Stone. Os anos apenas o tornaram mais sexy. Se por um lado ele sempre foi lindo por fora, algo a respeito de sua confiança e força o deixavam ainda mais. Uma força natural, algo que não tenho certeza se estou pronta para reconhecer.

— Está, ele ainda está lindo. Mas esse não é o ponto. Ele me ferrou uma vez, não vou deixá-lo fazer isso de novo.

— Ele pode me ferrar no seu lugar. — Ally balança as sobrancelhas. Somos melhores amigas desde a escola primária. Embora pareça que temos o mesmo gosto para homens no quesito aparência, eu fico longe dos bad boys. Ally, por outro lado, fica longe dos bons moços.

— Então, como foi a entrevista?

— Não o entrevistei ainda. Vou me encontrar com ele amanhã, no almoço.

— Um encontro. Legal. — Ally sorri e toma seu vinho.

— Não é um encontro.

— Você vai se encontrar com ele num restaurante e vocês vão comer juntos?

— Vamos, mas essa não é a questão. É um almoço de negócios.

— Você não poderia ter entrevistado o cara quando o viu hoje?

— Eu tentei, mas ele disse que não. Queria que eu o entrevistasse durante um jantar.

— Então você negociou o jantar e chegou a um encontro no almoço?

— Sim. Espere, não. Não é um encontro.

— Tanto faz. Contanto que eu fique sabendo de todos os detalhes mais tarde, por mim você pode chamar isso de uma sessão de comunicação com ingestão.

DEZ

Vince

— Quem era a garota que estava aqui mais cedo? — Nico é intrometido pra caramba. O filho da mãe pensa que ser meu treinador significa que ele tem o direito de controlar cada centímetro da minha vida. Tem sido assim desde que eu tinha treze anos.

— Uma velha amiga. — Acerto o saco de pancada com um chute circular e Nico recua um passo para manter a posição. Faz mais de dez anos que tento derrotá-lo. Achei que depois que se aposentasse, ele fosse perder um pouco da força, diminuir um pouco o ritmo do treino. Mas não, faz um ano que ele se aposentou e o maldito ainda está em forma impecável. Uma vez. Consegui derrubá-lo uma vez em dez anos. E paguei caro por isso. Cheguei para o treino chapado e Nico me chamou pra briga. Entramos na luta e metade do lugar teve que vir nos separar. Ele me chutou da academia e eu perdi o treinador por seis meses até poder provar minha sobriedade com testes aleatórios de urina.

— Elle ficou falando sobre ela por duas horas na noite passada. Diz que ela é demais. Uma menina legal, seria boa pra você. Ela tagarelou alguma coisa sobre precisar de café e depois ficou zangada comigo porque eu *podia* beber café, mesmo que eu não beba essa porcaria. A gravidez deixou a Elle maluca.

Menina legal. Sim, isso é o que a Liv é. Uma menina legal. Uma que eu gostaria de dobrar e foder. Forte. Droga, eu deveria saber que era péssima ideia. Eu e as meninas legais não temos nada a ver. Já tentei esse caminho uma vez e até mesmo consegui ter um relacionamento um pouco normal; encarei um estilo missionário por quase um mês inteiro. Mas não é quem eu sou. Chegou uma hora em que mostrei um gostinho do verdadeiro eu e ela saiu correndo de medo. E nem era minha essência, foi apenas uma palmadinha, uns puxões de cabelo e ela ficou apavorada. Provavelmente, saiu e encontrou um cara chamado Adalberto para se casar com ela. Adalberto, que compraria o estilo missionário dela e guardaria a sem-vergonhice para a piranha que ele manteria por fora.

— Sim, ela é uma menina legal, mas são só negócios. Ela vai escrever uma matéria sobre a minha próxima luta.

— Elle era só negócios quando eu a conheci.

Eu tinha doze ou treze anos quando Elle e Nico se conheceram. No começo, pensei que era uma dupla esquisita. Elle, advogada, sempre vestida de terninhos femininos, ajudou Nico a sair de um contrato. Ela era muito diferente das mulheres seminuas que eu normalmente via pavoneando pela academia por um dia só. Dois, se elas tivessem sorte. Mas toda essa merda acabou no dia em que Nico colocou os olhos na Elle... e foi atrás dela com a perseguição implacável que ele costuma usar para conseguir o que quer. Posso não ter entendido a união no início, mas não demorou muito para descobrir que não havia mais ninguém para Nico Hunter.

— Seja como for, não sou você.

É tarde quando termino o treino e tudo o que quero fazer é ir para casa e desabar. Mas a pé no saco da minha mãe parecia mal ontem, então decido passar para ver como ela está. Não suporto nem olhar para aquela mulher, mas mesmo assim, me sinto obrigado a cuidar dela. É viciada em drogas desde que me lembro. Não teve um emprego fixo em toda sua vida. Quando era mais nova, ela dançava em boate e me deixava sozinho desde que eu tinha cinco anos, para trabalhar à noite, em algum lugar decadente, para um cara que ela queria que eu chamasse de tio Wally. Tio Wally minha bunda. Todas as meninas ficavam chapadas, e ele as mantinha assim. Tornava-as mais dependentes dele.

Ela ficou limpa uma vez, até mesmo saiu da *Toca do Wally*. Eu tinha uns sete anos. Durou quase três meses. Lembro-me claramente daqueles meses: a casa ficava limpa, tínhamos comida regularmente e não havia perdedores dormindo por toda a casa. Até mesmo me levou para o zoológico uma vez.

Não durou muito, tio Wally a fez voltar. Depois de duas semanas de volta na *Toca*, a casa estava uma bagunça e os perdedores voltaram. É assim desde então, mas alguns dias são melhores do que outros. Ontem foi um dia ruim, ela parecia uma merda. Lábio cortado e um monte de tremores. Jurou que caiu e partiu o próprio lábio, mas eu não confio em Jason, o novo perdedor com quem ela está saindo.

Bato uma vez, mas não há resposta, então uso minha chave. A TV está berrando; o volume é tão alto, que fico surpreso que os vizinhos não tenham chamado a polícia. Encontro minha mãe sentada no sofá, chorando. Ela tenta esconder quando me vê, mas é tarde demais, eu já vi.

— O que está acontecendo, mãe?

— Nada, bebê. Está tudo bem. Pode ir para casa. Eu te disse, você não precisa vir todos os dias ver como eu estou. — Seus olhos disparam para o banheiro e voltam para mim. Ela está com uma das mãos na bochecha. Pensei que estava enxugando as lágrimas quando entrei, mas ela está escondendo alguma coisa de mim. Ando até ela e tiro a mão do seu rosto. Há uma marca de mão e está vermelho-viva. Fresca, como se tivesse acabado de ser feita e a cor ainda não teve a chance de mudar de vermelho doloroso para um vergão rosado.

Olho para a porta do banheiro fechada e volto para minha mãe.

— Ele está aí dentro?

— Não, Vinny. Jason é um bom homem. Também me ajuda financeiramente.

É, ajuda financeiramente, pagando pelas drogas. Depois levanta a mão para ela. Que grande porra de homem ele é. Até parece. Não consigo evitar. Enxergo tudo vermelho quando seu rosto sujo e magro anda através da porta.

Ele está tão chapado, que nem sequer consegue se proteger quando dou uma surra nele que o deixa com um fio de vida. O que é justo é justo. Minha mãe ficou do mesmo jeito quando ele levantou a mão para ela. Um merda maldito e inútil.

Minha mãe nem sequer discute depois do primeiro soco. Ela sabe como eu fico, nada me faz parar depois que começo. Especialmente quando se trata de proteger minha mãe. Não posso impedi-la de bombear essa merda para dentro das próprias veias, mas posso muito bem impedi-la de apanhar. Não é a primeira vez que cuidei de um perdedor que achou que levantar a mão pra minha mãe o faria se sentir mais homem. Começou quando eu tinha quinze anos. Perdi a conta dos idiotas ao longo dos anos.

Deixo o pedaço de merda no chão, carrego minha mãe para seu quarto e a cubro na cama. Ela não conseguiria andar se tentasse. Chapada e fraca demais. Precisa comer mais. Dou um beijo de adeus na testa dela e caminho de volta para pegar o perdedor e jogá-lo na sarjeta. Não suporto minha mãe, mas mesmo assim, não consigo ignorá-la.

ONZE

Liv

Chego ao restaurante e encontro Vinny no bar. Ignorando todos os outros clientes, a bartender fica em pé falando com ele, inclinando-se sugestivamente sobre o balcão, para que Vinny tenha uma visão clara de seus seios absurdamente grandes, obviamente falsos. E a postura é claramente intencional. De modo inesperado, sinto uma pontada de ciúme, mas a coloco de lado e me forço a ignorar minha reação inata.

— Oi! — Vou até o bar e cumprimento Vinny. Ele se levanta e me beija na bochecha, com uma das mãos no meu quadril, rapidamente esquecendo-se da conversa em que estava antes. Seu aperto forte dispara arrepios em mim, e minha pele começa a formigar. Quase pulo para trás com o poder da sensação. Droga, preciso manter uma certa distância física desse homem. Sorrio, educada, para a bartender que espera por ele, mas ela me lança um olhar mortífero quando Vinny nos leva para longe sem nem mesmo um olhar de volta para ela.

Somos levados a um nicho, no fundo do restaurante. É tranquilo, perfeito para uma entrevista. Apesar de não ser uma tarefa fácil, forço meus pensamentos de volta aos negócios. Porém, em vez de sentar do outro lado do nicho, Vinny se instala ao meu lado, seu braço, casualmente, passando por cima do encosto do assento largo.

Já vi alguns casais sentados lado a lado em nichos e achei estranho, porque parece muito mais natural conversar de frente para alguém, só que agora eu entendo o apelo. É íntimo, permite conversas baixinhas e toques inocentes por causa da proximidade, mas sentar tão perto de Vinny me deixa perturbada. Também estou sentada do lado de dentro, do lado da parede. Faz eu me sentir encurralada de alguma forma, e me irrita que meu corpo pareça gostar, independentemente do que meu cérebro está me dizendo.

— Você não ficaria mais confortável ali? — Aponto para o outro lado da mesa.

— Não. Eu gosto daqui. Isso te incomoda? — ele pergunta, com um sorriso convencido no rosto.

— De forma alguma, está tudo bem — minto.

Vinny gira e coloca um joelho no assento, para ficar de frente para mim. Ele está vestido com jeans de cintura baixa e um suéter com decote V, que o deixa casual e discreto. Do jeito que as roupas caem em seu corpo, ele parece mais um modelo do que um lutador. Um modelo que realmente não se preocupa com a aparência, só que fica perfeito sem esforço.

Respiro fundo e tento mergulhar no meu trabalho.

— Então, me diga, você está nervoso com a próxima luta?

— Não.

— Seu oponente tentou te queimar um pouco, alegando que você é viciado em drogas. Você quer responder às acusações dele?

— Não.

— Todas as suas respostas vão ser curtas assim? Porque vai ser difícil fazer um artigo com a palavra "não".

— Então faça perguntas melhores.

Ofendida, tomo uma atitude defensiva.

— Não há nada de errado com as minhas perguntas.

— Que tal a gente se revezar? Eu te dou respostas mais longas, mas vai ser uma pergunta minha, outra sua. — Ele se aproxima alguns centímetros.

— Não sou eu que vou ser entrevistada.

— Pelo visto, então nem eu. — Vinny pega um palito de pão de cima da mesa de modo despreocupado e, casualmente, morde um pedaço. Um brilho nos olhos me diz que ele está se divertindo bastante.

— Você vai mesmo tornar isso difícil, não vai?

— Não tem que ser assim — diz ele.

Sinto um ímpeto de fazê-lo tirar a expressão convencida do rosto com um tabefe. Ele sabe que preciso desta entrevista e é arrogante o suficiente para segurá-la fora do meu alcance, para se divertir.

— Está bem, mas eu vou primeiro.

— Sempre. — O sorriso de flerte está de volta.

— Você tem problema com drogas?

Vinny me lança um olhar duro.

— Não. Mas tive. Comecei a fazer algumas coisas idiotas depois que quebrei o braço no ano passado e não podia lutar. No começo, disse a mim mesmo que era para a dor, mas ficou fora de controle. Rápido. Estou limpo há seis meses. Nico, meu treinador, não ia me treinar a menos que eu parasse. Ele faz testes aleatórios para se certificar de que continuo no caminho certo.

Sua honestidade faz minha guarda baixar um pouco. Estudando seu rosto enquanto ele fala, não consigo evitar absorver cada característica masculina. A forma como sua boca se move, a barba por fazer em seu queixo, emoldurando o maxilar quadrado. Descubro que é difícil parar de olhar.

O olhar de Vinny desliza sobre o meu e um meio-sorriso irônico enfeita seu rosto pecaminosamente lindo enquanto ele fala.

— É a minha vez.

Sorrio, hesitante. O jeito brincalhão em sua voz, juntamente com as covinhas que espreitam de seu sorriso, me fazem pensar que ele está se divertindo, mesmo que tenha acabado de revelar algo difícil.

— Você está saindo com alguém?

A bela garçonete vem anotar nossos pedidos e Vinny pede por nós dois sem me perguntar. Lasanha. Para o almoço. Não é algo que eu jamais iria pedir a esta hora do dia, mas acho fofo que ele se lembre o que eu sempre pedia no jantar quando estudávamos até tarde, durante o colégio.

Ele volta sua atenção para mim, se vira e faz uma expressão de expectativa.

— E então, sim ou não?

— Não.

— Agora é você que está me dando uma resposta de uma palavra. Pensei que tínhamos concordado que essas não serviam, a menos que você queira começar de novo com todas as minhas respostas "não".

— Tudo bem. — Tento meu melhor para me fingir de irritada.

O INVENCÍVEL 51

Revirando os olhos, continuo minha resposta: — No momento não tenho namorado. Duas relações de longo prazo durante a faculdade, sendo que a última terminou quando as aulas terminaram. Saio com alguém de vez em quando, mas estou muito ocupada com meu trabalho na maior parte do tempo.

Vinny balança a cabeça, satisfeito com minha resposta. Minha vez.

— Você recusou uma luta com Ravek no ano passado, dizendo que você não estava pronto para uma luta pelo título. O que te faz pensar que está pronto agora?

Ele levanta as sobrancelhas de surpresa com a minha pergunta.

— Você fez sua lição de casa. — Sorrio com o elogio e aguardo a resposta. — Eu estava pensando em entrar para o exército no ano passado. Eu podia estar pronto fisicamente, mas minha cabeça não estava no jogo para aquele nível de luta.

Eu me lembro de quando estávamos no colégio. Ele sempre usava no pescoço umas plaquinhas de identificação do exército que pertenciam ao pai dele.

— Seu pai era militar, não era?

Ele coloca a mão dentro do suéter e tira as mesmas plaquinhas de tantos anos atrás.

— Eu não tiro desde que era moleque, apenas para lutar. Ele morreu durante o tempo de serviço, quando eu era um bebê. — Seu rosto parece triste com a lembrança, mas ele se recupera rapidamente. — Agora você está me devendo duas.

— Você foi ao baile de formatura com Evan Marco? — Vinny pergunta.

O nome traz de volta lembranças tristes.

— Não.

— Por que não?

— Ele estava muito ferido para ir. O que será que aconteceu? — respondo com sarcasmo. Na verdade, fico surpresa que ele sequer tenha trazido Evan ao assunto, que dirá ter me forçado a falar sobre o que aconteceu naquela época. Eu estava apenas no primeiro ano, por isso fiquei chocada quando Evan me convidou para o baile. Ele era dois anos mais velho e capitão do time de futebol. Toda menina queria que ele a convidasse. No entanto, fui eu quem ele convidou. Eu nem imaginei que ele soubesse meu nome, afinal eu era apenas uma menina tímida, uma das garotas inteligentes que fazia aulas avançadas. Mas ele sabia, e fiquei animada para ir... mesmo que, no fundo, eu secretamente preferisse ir com Vinny. Então, Evan entrou numa briga com Vinny algumas semanas antes do baile e Evan cancelou comigo. Eu tinha comprado vestido e tudo. Fiquei arrasada, mas Vinny ficou pior. Ele já estava de sobreaviso por causa de briga e o pai de Evan fazia parte do conselho escolar. Ninguém ficou surpreso quando Vinny foi expulso.

Minha vez.

— Por que você bateu no Evan?

As sobrancelhas de Vinny arquearam de surpresa.

— Olivia Michaels, você está me fazendo uma pergunta pessoal, que não é para o artigo?

Fico corada, me odiando por perguntar, mas eu sempre quis saber. Vinny se envolvia em brigas frequentes no colégio, mas geralmente não com os atletas. Ele mesmo tinha sido amigável com Evan antes disso.

— Acho que estou.

Ele sorri sem entusiasmo, e noto a tensão voltar aos poucos para seu rosto.

— Ele disse algo que eu não gostei.

— Ele disse algo que você não gostou? — zombo de sua resposta, sem acreditar que ele conseguiu ser expulso da escola por alguma coisa tão trivial.

— Isso vai contar como outra pergunta se eu tiver que me repetir — Vinny avisa com um sorriso.

Quase mais duas horas se passam e Vinny respondeu a cada pergunta que eu lancei para ele. E percebo que foi com sinceridade. Entre nossas sessões de perguntas e respostas, falamos sobre o tempo que passamos juntos na escola. Estou surpresa com o quanto ele se lembra de mim. Minhas comidas favoritas, a música que eu ouvia, como eu reescrevia meus próprios finais para os clássicos, meu sonho de me tornar escritora. É doce e inesperado.

O INVENCÍVEL **53**

Vinny paga a conta mesmo que eu diga a ele que o jornal iria pagar.

— Posso fazer mais uma pergunta, Liv?

Reviro os olhos com jeito brincalhão, mas, em algum momento ao longo das últimas horas, eu abandonei o jeito reservado... ele sabe que estou brincando.

— Vá em frente.

Ele se inclina para mais perto e sussurra:

— Posso te beijar?

Não respondo de imediato, principalmente porque ele não me dá tempo. Em vez disso, ele me beija. No início, é hesitante, controlado, cuidadoso... quase inseguro. Ele tem um gosto doce, como o tiramisù que acabamos de dividir. Incrivelmente delicioso. Depois de um minuto, ele recua, os nossos lábios ainda se tocando após o beijo suave, e um gemido baixo escapa dos meus lábios antes que eu possa detê-lo. E assim o suave vai pelos ares e Vinny está em mim, me beijando forte, sua língua invadindo minha boca e exigindo que eu o permita assumir a liderança. A tensão que vinha prendendo meu corpo nos últimos dias desde que o vi novamente implora por liberação. Quando dou por mim, estou agarrando a camisa dele, apertando, puxando-o ainda mais firme contra mim do que sua já forte pegada, que nos pressiona um no outro. Ele suga minha língua desesperadamente e morde meu lábio inferior quando me afasto em busca de ar.

Ofegantes, sem fôlego, acabamos recuando apenas porque precisamos respirar. Chocada com a intensidade da minha reação, sinto o constrangimento começar a se infiltrar. Começo a me afastar, mas Vinny segue, não permitindo que nosso contato se interrompa. Ele afaga o lado do meu rosto, e ouço sua respiração pesada muito perto do meu ouvido. É incrivelmente erótico. Preciso colocar espaço entre nós para me impedir de fazer algo idiota.

— Preciso te ver de novo, Liv. — Sua voz é baixa e áspera.

Faço o melhor para alinhar meus pensamentos, mas minha cabeça está girando, minha mente é um emaranhado de emoções misturadas; algumas antigas, outras novas.

— E quanto à Krissy, ou Missy, ou seja lá qual for o nome dela?

— Acabou. — Sua resposta é rápida, o tom é cortante.

— Desde quando? Vi vocês juntos na semana passada.

— Desde agora.

Merda. Eu queria não ter amado a resposta dele, mas amei. É desafiadora e socialmente inadequada, mas também é crua e honesta. E tudo o que me atraiu nele tantos anos atrás. Ele é assim e pronto, e não se desculpa se não for isso o que a gente espera. De uma forma estranha, sempre tive um pouco de inveja dele. A capacidade de viver sua própria vida, verdadeiramente por si mesmo, é uma coisa tão fácil de dizer, mas muito difícil de fazer.

DOZE

Sábado de manhã, vou para a ioga. Não quero arrastar a minha bunda preguiçosa para fora da cama de forma alguma, mas preciso ir. Mais para o meu bem-estar mental do que para o físico. Meu cérebro fica embaralhado por toda a viagem até lá, e minha clareza mental das manhãs me deixa na mão. Estar com Vinny ontem me deixou confusa. Eu já sofri por ele uma vez, e levou muito tempo para superar. Mais do que eu gostaria de admitir, por isso não seria aconselhável fazer uma segunda tentativa. Missy pode ter se transformado em Krissy, e as brigas no corredor podem ter se transformado em lutas em uma gaiola, mas ele ainda é o mesmo. O mesmo garoto que pega o que quer e não olha para trás. Só que agora ele é um homem. Deus, todo homem.

Ah, aquele beijo. Foi diferente de tudo que já senti na vida. Cheio de paixão e desejo, aquilo me fez esquecer onde eu estava. *Quem* eu era. Estar perto do Vinny é perigoso, afinal, eu poderia facilmente me apaixonar por ele outra vez, e é por isso que eu sei que não posso mais vê-lo. Eu disse que ia pensar no assunto, mas não foi difícil tomar minha decisão. Assim que coloquei alguma distância entre nós, consegui pensar com clareza.

Estou mais relaxada e concentrada depois da ioga, mas ainda nem perto da minha característica organizada de costume. Paro no centro da cidade para comprar algumas coisas no supermercado, e faço um esforço enorme para encontrar o celular que está tocando na minha bolsa, enquanto carrego meus pacotes para o estacionamento. Não reconheço o número de imediato.

— Alô?

— Liv? — Uma voz de mulher. É familiar, mas não consigo ligar o som à pessoa logo de cara.

— Sim.

— É Elle.

— Ah, oi, Elle. Você está bem?

— Como se tivesse engolido uma melancia de cinco quilos. — Ela suspira. — Escute, estou morrendo por um pouco de café. Você está ocupada? Vou tomar descafeinado, você pode beber as coisas boas e descrever para mim enquanto bebe.

Sorrio, pensando em nosso primeiro e único encontro. Tínhamos nos tornado amigas depressa, eu gostei dela. Eu tinha descrito o gosto de meu café que ela estava tão desesperada para beber.

— Claro, eu adoraria. Estou no centro, que tal no Barto's?

— Perfeito, te encontro lá em meia hora.

Elle e eu sentamos e conversamos por um tempo. Ela me diz como conheceu Nico, fazendo algum trabalho de contrato para ele. Conto a ela sobre o trabalho que estou desesperadamente tentando conseguir e meu emprego reserva no *Post*, em Nova York. Quando estamos de bate-papo há uma hora, ela silencia por um minuto antes de olhar para mim envergonhada; percebo que ela quer dizer alguma coisa.

— Tenho uma confissão a fazer.

— Tuuuudo bem. — Arrasto a palavra, sem saber o que virá em seguida.

— Vinny me pediu para entrar em contato com você. Ver se eu conseguia te convencer a sair com ele. Não me interprete mal, eu te acho incrível. Eu queria que a gente se encontrasse de qualquer maneira, mas agora estou me sentindo desonesta, sentada aqui sem ter posto as coisas às claras.

Minha reação inicial é me sentir traída, mas percebo que Elle está se sentindo mal, então tento aliviar sua consciência. Gosto mesmo dela, sinto como se pudéssemos ser boas amigas.

— Obrigada por me dizer. Agradeço a sua sinceridade.

— Desculpe. Por alguma razão, eu simplesmente não consigo dizer não àquele menino. Sempre tive um fraquinho por ele. Eu o conheci quando ele tinha apenas doze ou treze anos, e nós já passamos por muita coisa juntos ao longo dos anos. Especialmente com a mãe dele e tudo mais.

Sempre suspeitei que a mãe de Vinny tinha problemas. Toda vez que ele tinha problemas na escola, aceitava a punição sozinho, a mãe dele nunca era encontrada. Eu me sinto mal por incitar Elle a me contar mais. Parece claro que ela não tem consciência de que a vida particular de Vinny é desconhecida para mim; porém, por algum motivo, quero saber mais.

— Como está a mãe dele?

Elle faz um som de rosnado em resposta.

— Ainda drogada. Ainda arrastando Vinny constantemente para dentro da confusão da vida dela. Ainda uma perdedora de marca maior. — Ela bebe o café descafeinado e enruga o nariz. — Por que não podem fazer o descafeinado com gosto mais parecido com café de verdade? Mandamos homens à Lua, mandamos fotos através de celulares para o outro lado do mundo, mas café descafeinado ainda tem gosto de água suja.

Quando bate as duas horas da tarde, o alarme do meu celular dispara, lembrando-me de que preciso pegar Ally na faculdade. Ela decidiu voltar a estudar e começar o trabalho de pós-graduação, e me ofereci para dar uma de táxi para suas aulas de fim de semana, já que ela não tem mais carro. Elle e eu passamos mais de duas horas no café, mesmo assim, parece que foram apenas dez minutos.

— Detesto ter de sair correndo, mas tenho que dar uma carona para minha colega de apartamento.

Nós nos levantamos e trocamos um abraço, rindo do fato de a barriga dela ficar no caminho entre nós.

— Então o que eu respondo para o Vinny? — Elle ergue as sobrancelhas e morde o lábio inferior. Há esperança em seus olhos. É evidente que ela o adora. Encontro conforto em saber que Vinny tem uma mulher como Elle cuidando dele. Especialmente depois do que acabei de descobrir sobre a mãe dele.

— Não sei, Elle. Eu sei que você se preocupa com ele... e, de um jeito estranho, acho que eu também ainda me importo. Mas só não acho que ele seja a pessoa certa para mim.

Elle parece decepcionada, mas sorri mesmo assim.

— Espero que ainda possamos ser amigas?

— Eu gostaria muito disso.

60 *VI* KEELAND

TREZE
Vince

Estou uma pilha desde que Elle voltou e me deu a notícia de que Liv não estava pensando em me ver novamente. Fiquei nove horas na academia hoje. É demais, sei que vou pagar por isso amanhã, mas agora não dou a mínima. Nico trancou o lugar uma hora atrás, mas não me disse para sair. Ele sabe que preciso superar alguma coisa. Ele entende como o meu cérebro funciona, me deixa inquieto, incapaz de ficar parado até que eu treine ao ponto da exaustão. Ele me entende, porque é do mesmo jeito. Além disso, ele sabe como eu teria lidado com um sentimento como esse há seis meses, por isso ele está feliz em me manter ocupado na academia, em vez de eu sair para alguma gandaia.

— Quer conversar a respeito? — Nico vive com Elle no loft em cima da academia, mas ele desce para ver como eu estou. Entra atrás do saco de pancadas que está balançando por causa dos meus chutes e o estabiliza, dando-me um alvo mais firme para atacar.

— Não. — Dou alguns socos no saco de pancada e Nico é forçado a dar dois passos para trás, só com a força dos meus golpes. O que quer que eu esteja sentindo agora me faz socar mais forte do que o habitual. Pena que não dá para engarrafar essa merda de energia e usar quando a gente realmente precisa.

— Elle diz que é a garota. — Nico pressiona, como sempre faz.

— Não quero falar sobre isso, porra nenhuma.

— Olha a boca.

Paro de me movimentar e me estabilizo. Ele não pode estar falando sério.

— Você está brincando comigo? Não tenho mais treze anos.

— É, percebi. Mas você está aqui agindo como se tivesse. Você também está gritando e minha esposa muito grávida está preocupada com um mané como você por algum motivo estúpido. Você ficar fazendo ela ouvir sua boca

O INVENCÍVEL 61

suja no andar de cima mostra sua falta de respeito.

Ah, fala sério.

— Sabe de uma coisa? Vou cair fora daqui. — Empurro o saco em cima dele o mais forte que consigo e saio pisando duro. Só que o saco de pancadas não funcionou. Esta noite preciso encontrar outra forma de queimar minha energia.

Menos de uma hora mais tarde, já estou de banho tomado e em cima da moto, a caminho do bar mais próximo. É tarde e o lugar vai estar lotado de mulher. Não vou demorar muito para encontrar uma pronta para mim.

O centro está movimentado no sábado à noite. Parece que todos os semáforos fecham na minha cara desde que saí na rua. Paro quando mais um fica vermelho na minha frente, coloco os pés de volta no chão, me equilibro e espero. Olho em volta, para os prédios altos ao redor de mim. É um caminho que normalmente faço, mas nunca notei a placa no edificio no qual parei em frente, até agora. *Daily Sun Times*. Era só o que me faltava. Uma semana atrás, eu não a via há anos, agora ela está em todos os malditos lugares para onde eu me viro.

Demora menos de dez minutos desde o instante em que entro no Flannigan's até Krissy me encontrar. Ela vem se engraçando pro meu lado, roçando a virilha na minha perna. Eu sei que posso tê-la agora, sem a necessidade de nenhum esforço da minha parte. E ela gosta que eu a pegue pra valer. Normalmente eu adoraria uma trepada fácil, mas esta noite isso me deixa irritado. Dispenso-a no bar e saio pela porta dos fundos, sem me preocupar em dizer a ela que não vou voltar depois do banheiro.

De volta à minha moto depois de menos de uma meia hora no bar, estou zangado por estar sozinho, mas não estou interessado em ficar com mulher esta noite. Exceto uma. Uma que não tem interesse em estar comigo. Legal pra cacete.

QUATORZE

Liv

Trabalho até às seis na segunda-feira e saio correndo porta afora para tentar chegar a tempo da aula de ioga às sete e meia. Há um êxodo em massa a caminho da porta da frente, com pessoas fazendo fila, esperando para sair por apenas duas portas giratórias de vidro. Tento pegar meu telefone que está tocando dentro da bolsa enquanto empurro a porta para sair, dando os passos de tartaruga necessários para não dar de cara no vidro. Quase deixo a saída passar, atrapalhada para colocar o celular no ouvido enquanto endireito as alças da bolsa de volta no meu ombro.

— Alô.

— Liv?

Sua voz me faz parar onde estou. Literalmente. A pessoa que vem atrás bate em mim quando paro de forma inesperada.

— Vinny?

— Isso.

— Como você conseguiu meu número?

— Roubei do telefone da Elle.

Sorrio para mim mesma com a sinceridade dele.

— Está tudo bem?

— Quero te ver.

Respiro fundo. Só ouvir a voz dele faz minha convicção fraquejar. A distância é definitivamente algo necessário para eu não cair sob o feitiço dele. Talvez até mesmo me manter longe do celular pode ser uma boa ideia. O som de sua voz me derrete.

— Não posso, Vinny.

— Não acho que você tenha escolha, Liv.

— E por quê?

— Porque você está prestes a trombar comigo.

Praticamente deixo o celular cair quando olho para cima e o encontro apoiado casualmente numa Harley, um sorriso arrogante firmemente no lugar.

Eu paro.

— O que você está fazendo aqui? — Como uma idiota, ainda estou falando com ele pelo telefone, mesmo que ele esteja a apenas uns quatro metros de distância.

Vinny sorri e estende o celular para mim, encolhendo os ombros. Ele parece estar se divertindo, mas levanta o celular de volta à boca para responder mesmo assim.

— Eu queria te ver.

— Então você vem até o meu trabalho e fica me esperando?

— Se for o que eu precisar fazer. — Vejo Vinny sair de cima da moto e ficar em pé, guardando o telefone no bolso. Ele vem andando na minha direção devagar, quase como se não tivesse certeza se eu sairia correndo. Não me mexo.

Ainda estou falando no celular quando ele cobre a distância entre nós e para bem diante de mim, perto o bastante para tocar se eu me inclinar sequer um pouquinho. Ele está tão próximo, que posso sentir seu cheiro. Deus, o perfume é incrível; me deixa inebriada e zonza.

— Mas por quê? Por que você quer me ver?

Lentamente, Vinny levanta a mão e enfia uma mecha do cabelo, que o vento tinha jogado no meu rosto, atrás da minha orelha. Sua mão se demora no meu rosto, depois desliza sob meu queixo e levanta minha cabeça, obrigando-me a encontrar seu olhar. A voz é baixa e macia quando ele diz:

— Não consigo parar de pensar em você.

Engolindo em seco, tento empurrar para baixo o nó que se formou na minha garganta para que eu possa responder.

— Vinny, eu não posso.

Seus braços serpenteiam em volta da minha cintura e me aprisionam.

— Você pode.

Seu tom muda de suave para firme, quase uma ordem. Ele faz algo comigo, faz algo se agitar dentro de mim e sinto uma onda de excitação com a contundência de Vinny. Tudo na rua deixa de existir, meu corpo se afina completamente com o dele. Fico nervosa com o fato de ter ficado tão excitada por algo que devia me fazer passar reto.

Ele enterra a cabeça no meu pescoço e respira fundo.

— Você está sentindo. Eu sei que está.

Ele não está errado, eu também sinto. Até a ponta dos meus dedos do pé. Eu o quero. Muito. Mas já entrei nessa com ele e sei que eu estaria começando algo que ele é quem iria terminar. Mais cedo do que eu estava pronta para terminar. De novo.

Seus braços, que me envolvem frouxamente pela cintura, apertam mais, puxando-me para junto dele até que nossos corpos se toquem. Consigo sentir o calor irradiando de seu corpo rígido, e a fome em seu olhar.

— Me beija, depois me diz que estou errado. — Sua voz é rouca e tensa.

Inconscientemente, lambo meus lábios, que ficaram secos. Ele geme e o som erótico dispara um fogo pelo meu corpo no mesmo instante. Minha respiração prende na garganta quando ele me lança um olhar intenso antes de selar sua boca sobre a minha com jeito possessivo. Seu beijo é agressivo, mas habilidoso, deixando-me sem escolha a não ser seguir sua liderança.

Nem sequer noto quando minhas sacolas caem no chão, apenas que liberam meus braços. Levanto as mãos e as mergulho no cabelo bagunçado. Entrelaço os dedos e puxo com força, para aprofundar o beijo. Vinny solta um rosnado e me aperta tão forte, que tira meus pés do chão e me leva mais perto dele. Posso sentir sua ereção latejante encostada na minha barriga e isso me faz perder a cabeça. Meu corpo arde por ele, e eu retribuo o beijo com tanta força, que até eu fico surpresa.

Rápido demais, ele me coloca com cuidado de volta no chão. Meus joelhos estão tão fracos por causa do beijo dele, que fico grata por ele estar me segurando apertado, com medo de que eu possa cair.

— Quero você, Liv. Não consigo parar. Fala pra mim que você não sente o que existe entre nós e eu vou embora.

Não levanto os olhos para ele, minha mente ainda está tão acelerada

O INVENCÍVEL 65

quanto meu coração e fico com medo do que vai acontecer com meu estado já enfraquecido se eu olhar para aqueles lindos olhos azul-claros.

— Olhe para mim.

Algo em seu tom de voz não me deixa escolha a não ser obedecer. Meu julgamento fica nublado com o som da sua vontade e exigência. Seu calor toma conta de mim, trazendo-o para o meu pequeno universo particular, onde só existem nós dois e eu sinto uma necessidade inexplicável de agradá-lo.

Abro os olhos devagar e olho para Vinny. Seu foco está intensamente em mim, e até sinto dificuldade para respirar.

— Me diga que você não me quer.

Quero dizer a ele que não o quero, mas não consigo. Porque eu quero. Nunca quis nada na minha vida mais do que isso. Os sentimentos que ele evoca em mim são muito avassaladores e me consomem.

— Não é que eu não te quero — minha voz sai como um mero sussurro.

— Então o que é?

— É você. — Balanço a cabeça, sem me entender direito. — É só você. É tudo muito, muito rápido, e muito intenso, e isso me assusta. Me assusta pra caramba.

Os cantos da boca de Vinny se curvam, e eu vejo seu rosto relaxar visivelmente diante dos meus olhos.

— Quero te prometer que vou pegar leve, ir mais devagar, mas não quero começar as coisas com uma mentira. Não tenho certeza se consigo fazer as coisas lentamente perto de você, Liv. — Sua voz está de volta ao gentil e doce. — Mas prometo que vou tentar. Se tiver que ser assim, eu vou... vou tentar. — Vinny afasta a cabeça para trás e olha diretamente nos meus olhos. — Confie em mim sobre uma coisa, Liv... seja lá o que estiver acontecendo entre a gente, vai acontecer. Você pode tornar o quão difícil você quiser, mas "nós", Liv, *vamos* acontecer. Nenhum de nós pode impedir.

De alguma forma, lá no fundo, eu simplesmente sei que ele está certo.

Vinny não me dá a oportunidade de voltar atrás ou de reconsiderar minha aceitação de ver aonde as coisas podem nos levar. Ele sente que o tempo e a distância entre nós vão me fazer mudar de ideia, e talvez esteja certo. Muito provavelmente certo. Só faz uma hora que estou longe dele e já estou pensando duas vezes, enquanto estaciono o carro na academia, onde combinei de encontrá-lo. Ele me convenceu a faltar na ioga e tentar uma aula de kickboxing que ele ministra nos arredores da cidade.

Ele já está na frente da sala quando entro. As poucas mulheres que o cercam parecem estar prontas para um ensaio de fotos atléticas, em vez de para fazerem exercício. Ele cruza o olhar com o meu quando entro e faz um gesto com o dedo, me chamando para ir à frente da sala. As mulheres em volta dele seguem seu olhar, curiosas para ver o que desviou a atenção dele, quando é óbvio que elas se esforçaram tanto para mantê-la. Elas fazem cara feia para mim quando me aproximo.

— Senhoras, vamos começar em um minuto, por que vocês não tomam seus lugares? — Ele está falando com elas, mas seus olhos nunca deixam os meus. Aponto para mim, sorrindo, questionando se ele está falando aquilo para mim, mas ele sorri também e nega com a cabeça.

— Primeira fila. Bem na minha frente, Liv. — Ele me dá um sorriso torto e abaixa os braços até a bainha da camiseta para tirá-la em um movimento veloz.

Reviro os olhos em sua direção, mas sigo para o meu lugar mesmo assim. De qualquer forma, a visão é simplesmente boa demais para não ficar na frente e no centro.

— Aquecimento, senhoras. Ou vocês já estão prontas para mim? — Ele sorri para a classe cheia de mulheres esperançosas e vejo a reação delas no reflexo do espelho diante de mim. Acho que consigo até mesmo sentir o cheiro dos feromônios femininos flutuando até a frente da sala, determinados a atrair seu alvo visado.

Os olhos de Vinny encontram os meus e ele sorri para mim com conhecimento de causa. Reviro os olhos alegremente em resposta. Ele caminha pela classe durante uma série de alongamentos e tenho vislumbres dele no espelho, conforme vai serpenteando pela classe, dando instruções. Ele para quando chega até mim e coloca a mão firmemente nas minhas costas enquanto me curvo para tocar o chão com as mãos.

— Um pouco mais. — Ele faz pressão enquanto sua mão acaricia minha coluna para cima e para baixo. Abaixando-se ao meu lado, ele sussurra em meu ouvido de um jeito que só eu consigo ouvir: — Jesus Cristo, você tem uma bunda incrível, Liv. — Sinto as palavras dele deslizarem sobre mim e fico agradecida por estarmos em uma sala cheia de pessoas, e não sozinhos.

A aula de 45 minutos é mais difícil do que eu esperava, mas Vinny a torna divertida. Ele é brincalhão e atencioso com a turma. Posso ver como todas olham para ele, mas ele mantém certa distância delas quando algumas se esforçam para seduzi-lo durante os atendimentos individuais. Eu me pergunto se ele é sempre profissional desse jeito com as alunas, ou se a encenação é apenas para meu benefício.

Fico toda suada depois da aula, ainda pior do que eu teria ficado na ioga.

— Foi divertido, mal posso acreditar em como o tempo passou depressa. — Enxugo o suor da minha testa enquanto falo.

— Fico feliz que você tenha gostado. Você é boa, mexe essas pernas naturalmente.

— Obrigada.

— Está pronta para comermos alguma coisa?

— Eu realmente preciso de um banho.

— Um banho não seria nada mal para mim também. — Vinny arqueia as sobrancelhas de modo sugestivo.

— Isso não foi um convite.

Vinny termina de guardar suas coisas. Há algumas mulheres ainda por ali, conversando. Mas a maioria já foi embora. Parado na minha frente, ele envolve minha cintura com a mão livre e me puxa para mais perto, indiferente se as pessoas ainda estão na sala.

— É uma pena, eu estava ansioso para você lavar minhas costas.

— Acho que você vai cuidar de si mesmo, esta noite. — Levanto uma sobrancelha de modo divertido. O duplo sentido foi intencional.

Vinny ri, balançando a cabeça quando joga o braço em volta dos meus ombros, me segurando perto no caminho até a porta.

— Vou tomar banho sozinho, mas não vai ter a mesma graça. E

vou te levar para jantar. Me dá seu endereço, passo para te buscar em 45 minutos. Não vou arriscar te dar mais nenhum minuto além disso.

Seguimos por uma parte de cidade onde faz anos que não vou, não muito distante de nosso antigo colégio. Fico surpresa quando Vinny estaciona atrás da biblioteca e dá a volta para abrir minha porta sem explicação.

— Por que estamos na biblioteca? — Vinny pega minha mão e me ajuda a sair da caminhonete, agarrando uma bolsa no banco de trás.

— Venha, vou te mostrar.

Andamos por alguns minutos e finalmente percebo para onde ele deve estar me levando. A árvore. Por anos depois que Vinny saiu do colégio, eu não consegui olhar na direção daquela maldita árvore. Era o nosso lugar. Poucos meses depois de eu começar a dar aulas para ele na biblioteca, o tempo finalmente esquentou o bastante e Vinny tinha insistido que precisávamos estudar ao ar livre. Assim, encontramos um local tranquilo sob uma grande árvore e passamos quase todas as tardes depois da escola debaixo dela. Para mim, era nossa árvore, um lugar especial onde eu me apaixonei pela primeiríssima vez.

Vinny abre a mochila, pega uma manta e abre sobre a grama, apontando com um gesto exagerado para eu me sentar.

— Nosso jantar. — Ele pega outra bolsa e me entrega antes de sentar perto de mim sobre a manta.

Sei o que está na bolsa, mas olho mesmo assim. Não posso acreditar que ele se lembrou de tanta coisa. Na maioria das tardes, a gente dividia um sanduíche italiano: rosbife, provolone, maionese apenas na metade dele.

— Não acredito que você se lembra de tudo isso.

— É claro que eu me lembro.

Tento forçar um sorriso para Vinny, mas ele vê no meu rosto que algo está me incomodando.

— O que foi?

— Nada. Acho que estou surpresa por você se lembrar de tudo isso.

— Lembrar? Liv, aqueles meses com você... eu nunca esqueceria.

Quando convivemos todos aqueles anos atrás, nunca duvidei de que havia algo entre nós. Eu era jovem e inexperiente, mas meu coração me dizia que ele também gostava de mim. Depois, simplesmente acabou. E eu passei o ano seguinte da minha vida me sentindo idiota por pensar que Vinny também sentia algo por mim. Dizer que fiquei arrasada seria um eufemismo. Ele esmagou minha fé em tantas coisas... amor de juventude, minha confiança no meu julgamento a respeito de garotos, dar meu coração para outra pessoa.

— Então por que, Vinny? Por que paramos de passar tempo juntos depois que você saiu da escola?

Vinny suspira, passando os dedos pelos cabelos loiro-escuros. Deixa seu cabelo rebelde ainda mais selvagem e um tanto mais sexy.

— Minha vida estava tão ferrada. Minha mãe tinha problemas, eu tinha acabado de ser expulso da escola e não entendia coisas sobre mim mesmo. — Ele pega minha mão. — Você era novinha, Liv. Não estava pronta para o que eu precisava de você.

Baixinho, as palavras escapam dos meus lábios antes que eu possa segurá-las:

— Eu não me importava com nada disso. Só precisava de você.

Observo a garganta de Vinny engolir. Por um segundo, capto dentro do homem um flash do menino que conheci, só que desta vez, ele está desolado, em vez de zangado. Mas o flash passa rapidamente, encobrindo a tristeza.

— Você precisava de alguém melhor. Eu teria te arrastado para baixo. — Suas palavras são faladas de modo resoluto. É claro, por seu tom cortante, que ele pretende encerrar a conversa. Ficamos em silêncio por um longo tempo, nenhum de nós querendo falar primeiro.

Nem sequer percebo que estou olhando para nossas mãos unidas, evitando contato visual, até que Vinny enfim põe a mão debaixo do meu queixo e levanta minha cabeça para encontrar seu olhar.

— Você entende?

— Mais ou menos. Eu acho. — Meu tom oscila. Porque a verdade é que realmente não entendo.

— Eu gostava de você, Liv. Muito.

Percebo que ele é sincero e isso me faz sentir melhor. Um pouco, pelo menos. Sorrio sem entusiasmo enquanto ele passa o nó dos dedos delicadamente ao longo da minha bochecha.

— É melhor você comer. Quando olho para você sentada aqui, me lembro de todas as coisas que eu nunca cheguei a fazer com você. — Seu sorriso doce é substituído por outro travesso. — Para você. Tenho toda uma lista de coisas que eu queria fazer *para* você.

Comer quebra a tensão que estava crescendo entre nós e passamos a hora seguinte rindo e colocando a conversa em dia, preenchendo todas as peças que faltavam em nossos anos separados.

— Então, o que fez Nico aceitar você de volta para treinar?

— Meu pai. — Vinny esfrega o peito inconscientemente enquanto fala, pegando as plaquinhas debaixo da camisa. Duvido que ele ao menos perceba o que está fazendo.

— Seu pai?

— É. O grupo local do clube de moto The Angels faz uma corrida anual para arrecadar dinheiro para o Hospital Infantil, no Dia do Veterano. Muitos dos motoqueiros são veteranos, como meu pai era. Então comecei a participar em homenagem a ele quando fiz dezessete anos e ganhei minha primeira moto. No ano passado, eles precisaram levantar mais dinheiro, porque o hospital está trabalhando para financiar uma nova ala para as famílias de crianças com câncer poderem ficar durante o tratamento. Então, pedi ao Nico para pilotar, fazer alguns caras da academia se juntarem também.

— E ele disse que sim e então começou a te treinar de novo?

Vinny ri.

— Nada com Nico Hunter é assim tão fácil. Ele me perguntou se meu pai ia ficar orgulhoso do que eu estava fazendo. Eu estava fora de controle, farreando demais. Levei um sermão de quatro horas, mas no fim ele concordou em pilotar para levantar fundos. Depois que terminou, ele me disse para estar na academia no dia seguinte às seis da manhã. Achei que ele ia me treinar. Em vez disso, ele me fez fazer um teste de drogas. Eu passei. Então ele me fez voltar em momentos aleatórios durante um mês. Um dia eu apareci e ele me disse para entrar no ringue em vez de me entregar um copinho.

— Parece que você teve de recuperar a confiança dele.

— Sim, ainda estou trabalhando nessa parte. Não toquei em nada, exceto bebidas, em seis meses, mas ainda tenho que fazer exames aleatoriamente.

— Isso te incomoda?

— O quê?

— Que leve tanto tempo para recuperar a confiança dele?

Vinny não responde de imediato. Em vez disso, ele olha nos meus olhos e sustenta meu olhar por um minuto antes de falar.

— Não me importo de trabalhar por algo significativo para mim. — Seus olhos descem para minha boca e sobem. Lentamente, ele se inclina e me beija. É suave e doce, cheio de significado, e ainda assim, sinto outra rachadura se abrir na parede que construí em torno de meu coração, para me proteger desse homem.

São quase três da manhã quando Vinny finalmente me leva para casa. Fiquei com ele por quase dez horas, mas mesmo assim parece que a noite está terminando muito cedo. Vinny estaciona, dá a volta no carro numa corridinha para abrir minha porta e me dá a mão para me ajudar a sair. Ele não me solta assim que estou em pé. Em vez disso, ele me puxa para muito perto de seu corpo; sua pegada é firme quando ele me abraça apertado sem dizer uma palavra por um minuto inteiro.

— Quero subir, mas não vou pedir — ele fala para o topo da minha cabeça, seu rosto ainda enterrado nos meus cabelos.

Afasto o rosto o suficiente para olhar para ele enquanto falo. Estou prestes a responder, dizer que ainda é muito recente e que não posso convidá-lo para subir, mas então ele toma minha boca em um beijo. Sua mão ampla envolve a parte de trás da minha cabeça, me segurando no lugar enquanto ele traça suavemente o contorno da minha boca com a língua, antes de sugar meu lábio em sua boca e morder forte. Minha reação inata é recuar da dor, mas não adianta, Vinny está segurando minha cabeça e não me dá oportunidade de responder. Em vez disso, sua língua se infiltra na minha boca e ele me beija com tanta paixão, que não posso deixar de senti-la por todo o meu corpo. Minha pele se aquece, cada nervo recebe uma descarga veloz da eletricidade que bombeia pelas minhas veias, e entro no beijo com tanta força quanto ele estava me beijando.

— Logo, Liv — ele murmura entre beijos ávidos, quando paramos para respirar. — Quero você na minha cama. Embaixo de mim, em cima de mim, de quatro... porra, vamos inventar formas nova de eu ter você.

Um pequeno gemido escapa da minha boca e os braços dele me apertam ainda mais.

— É melhor você correr agora, Liv. Se eu ouvir aquele som mais uma vez, vou quebrar minha promessa de pegar leve e não vou parar até você não aguentar andar por alguns dias.

A contragosto, Vinny afrouxa seu aperto em torno de mim e vai me soltando devagar. É claro que ele está se esforçando e abro a boca para falar, mas Vinny põe a mão sobre os meus lábios para silenciar minha tentativa de pôr em palavras. Suas palavras são uma advertência severa:

— Agora vá.

O sol está começando a sair na hora que finalmente relaxo o suficiente para dormir. Mas quando finalmente adormeço, é o menino que conheci um dia, em vez do homem de quem acabei de me despedir, que toma meus sonhos.

Estou sentada contra uma árvore, meus joelhos recolhidos no peito, braços enlaçados ao meu redor com força. Baixo os olhos para ele, deitado de modo tão casual e relaxado, seu corpo tonificado está espalhado sobre a grama verde-escura. Mãos cruzadas atrás da cabeça, ele sorri para mim e seus pálidos olhos azuis brilham, contrastando belamente com a pele bronzeada, ao sol da tarde.

— Me beija, Liv.

Paraliso com suas palavras. Já beijei um menino antes, mas nenhum como Vinny. Eu praticamente só pensei em fazer isso nos últimos quatro meses; no entanto, aqui estou eu, como um cervo pego pela luz dos faróis de um carro, quando a oportunidade finalmente cai bem no meu colo.

— Liv. — A voz de Vinny me tira do torpor. Por um minuto, acho que

devo ter imaginado que ele acabou de me dizer para beijá-lo. Até mesmo sinto um pouco de alívio por ser tudo coisa da minha cabeça. Mas o alívio é de curta duração. Seus belos olhos travam nos meus e dessa vez não há dúvidas de que eu não imaginei suas palavras. — Venha aqui, Liv. Me beija.

Ainda deitado com as mãos unidas casualmente atrás da cabeça, ele não faz nenhuma tentativa de se mexer em direção a mim. Ele vê a confusão no meu rosto.

— Abaixe aqui, Liv. Aproxima sua boca da minha e me beija.

— Por quê? — pergunto, enfim encontrando minha consciência.

— Você não quer? — pergunta, com um sorriso no rosto quando fala.

Minhas bochechas ficam vermelhas antes mesmo de eu abrir a boca, entregando meu constrangimento antes da minha resposta.

— Quero.

— Então me beija.

— Mas...

— Liv.

— O quê?

— Apenas beije. Pare de pensar, pelo menos uma vez.

Então eu faço. Eu me inclino para baixo e, hesitante, toco os lábios nos dele e o beijo. Delicadamente, com a boca fechada.

Sento-me de novo, abro os olhos e encontro Vinny sorrindo para mim. Sorrio de volta, sentindo alívio.

— Agora me beija de verdade, Liv.

Meu sorriso desaparece rapidamente, substituído por preocupação e nervosismo. De modo inconsciente, eu mordo meu lábio inferior. Vinny ergue as sobrancelhas, esperando paciente.

Devagar, me abaixo para ele e cubro seus lábios com os meus. No início, fico hesitante em abrir a boca, mas então eu abro. Eu me forço a afastar todos os meus medos e deslizo a língua na boca dele. E só disso que eu preciso. Vinny solta um grunhido e engancha a mão no meu pescoço, puxando-me para mais perto, enquanto sua língua toma a liderança. Nós nos beijamos pelo que parece ser eternamente, e paramos apenas por alguns segundos de cada vez para respirar, ofegando sem controle, sugando ar apenas suficiente para nos permitir continuar.

Até que Vinny interrompe o beijo e coloca fim ao abraço apaixonado com uma série de selinhos doces e suaves. Ele afrouxa a pegada na parte de trás do meu pescoço o suficiente para me permitir afastar a cabeça e olhar para ele. Encontro-o sorrindo para mim.

— Por quê? — pergunto.

— Por que o quê? — O polegar de Vinny percorre minha nuca delicadamente enquanto ele fala.

— Por que você não me beijou? Por que em vez disso você me pediu para te beijar?

— Eu estava te dando tempo para dizer não. — Ele sorri para mim de um jeito arrogante. — Mesmo que eu soubesse que você queria, não sabia se você estava pronta pra mim.

QUINZE

Vince

— Você está se arrastando. Preciso perguntar o que você estava fazendo na noite passada, ou vamos voltar direto para testes aleatórios?

— Nico está no ringue comigo. Ele está certo, estou detonado esta manhã; mas, para variar, não tem nada a ver com farra.

— Fiquei com a Liv até tarde ontem à noite. Cheguei em casa e não consegui dormir.

Nico ri.

— Já passei por isso.

— É, levei três horas para dormir depois que a deixei em casa.

— E você não parou no Flannigan's a caminho de casa para arranjar alguém que te ajudasse a superar isso?

— Nem sequer pensei nisso. — Nem chegou a passar pela minha cabeça pegar uma piranha para conseguir lidar com a frustração que tomou conta de mim assim que fiz Liv entrar em casa ontem.

— Meu moleque pode estar virando gente grande, afinal de contas. — Nico sobe no ringue e levanta os protetores de braço para eu começar meus golpes.

— Engraçado.

Nico ri.

— Acho que sim.

Levanto a perna num chute circular, golpeio a almofada, e Nico dá um passo para trás por causa do impacto.

— Parece que abstinência funciona para você. Mais uma vez. Outra perna. Me faça cair de bunda, ou você vai correr dez quilômetros na esteira quando terminarmos aqui.

Maldito Nico. Sempre usando essa droga de esteira contra mim.

O INVENCÍVEL 77

Desde que eu era um moleque. Recuo e bato forte com a outra perna. Nico dá dois passos para trás, mas se mantém em pé.

— Parece que você tem uma boa corrida pela frente depois do treino de hoje. — Nico ri e eu passo os próximos quarenta minutos tentando derrubá-lo de bunda, simplesmente pela minha própria satisfação pessoal. Não consigo, e a corrida de dez quilômetros na verdade me ajuda a esfriar, depois de mais algumas horas de frustração.

Dou uma passada na casa da minha mãe no caminho de volta da academia. A porta da frente está aberta e sinto que a frustração da qual acabei de fugir começa a refazer caminho pelo meu corpo. Minha mãe é descuidada, quando está chapada, e não dá a mínima para a própria segurança pessoal. E já que ela está chapada na maior parte dos dias, está quase sempre se colocando em risco.

Fico surpreso de encontrar minha mãe sentada no sofá quando entro. Na maioria dos dias, ela está desmaiada, e viciados estão espalhados a esmo, como lixo antes da limpeza, depois de uma noite de festa de arromba. Há dois homens sentados em frente à minha mãe. Diferente dos que costumo encontrar, estes parecem sóbrios, suas roupas não estão rasgadas nem sujas, e parece que fizeram a barba ontem, ou anteontem.

— Mãe? — Todos os olhos se voltam para mim. Não tinham notado que entrei no apartamento durante a acalorada discussão que estava acontecendo.

— Oi, bebê. — Ela olha para mim e depois volta para os dois homens que me encaram, e noto que ela está nervosa. Quem quer que sejam, esses dois são más notícias. Podem ter aparência melhor do que os perdedores habituais que encontro, mas a energia que emana da minha mãe me diz que eles são problema do mesmo jeito.

— Quem são vocês? — Inclino o queixo para o mais próximo dos dois homens e espero uma resposta.

— Somos amigos da sua mãe. — O homem se levanta e cruza os braços sobre o peito. Ele está tentando me intimidar com seu tamanho, só que o filho da puta não faz ideia de com quem está se metendo. Não dou a mínima se ele é alguns centímetros mais alto do que eu.

— Ah, é? O que você quer da minha mãe, *amigo*?

O cara ainda sentado bate a mão no joelho.

— Puta merda. Você é Vince Stone, o lutador, não é? — Ele parece satisfeito consigo mesmo pela descoberta.

Ignoro completamente a pergunta. Ele ainda não respondeu a minha e sinto a adrenalina começar a bombear pelo meu corpo, me preparando para uma luta.

— Perguntei com educação duas vezes, agora estou começando a perder a paciência. Quem diabos são vocês e o que querem da minha mãe?

— Estamos procurando por um amigo da sua mãe... ele tem algo que nos pertence.

Olho para a direita e depois para a esquerda, com ênfase dramática.

— Não estou vendo ninguém aqui... então deem o fora.

O cara ainda sentado ri e se levanta. Observo-o levar a mão à cintura e dar uns toquinhos no que está dentro do seu cinto, informando-me silenciosamente que meus punhos não são páreo para seu poder de fogo. Ele faz um gesto para o outro cara com a cabeça, em direção à porta, e os dois seguem para a saída. O que está armado para e se vira para mim.

— Escute, eu já te vi lutar. Tenho muito respeito por você, cara. Adoro ver um garoto local se tornar grande. É uma pena que isso tenha que ficar assim. Mas sua mãe ali — ele direciona o queixo para trás, na direção dela — tem duas semanas para aparecer com o nosso dinheiro ou com o nosso lance — ele faz uma pausa —, ou para encontrar aquele lixo do Jason, por quem ela está respondendo. Caso contrário, vamos voltar. E todos os músculos no mundo que você tem não vão ajudá-la.

DEZESSEIS

— Eu estava pronta para verificar se você ainda estava respirando aí dentro. Quanto tempo mais você acha mesmo que consigo aguentar para ouvir os detalhes? — Ally nem sequer espera meus pés estarem na porta do meu quarto antes de me atacar com perguntas.

— Café — dou um grunhido em resposta. Não vai ter absolutamente nenhuma conversa antes de eu conseguir, pelo menos, uma dose de cafeína no meu corpo. Ally não é dissuadida pela minha resposta mal-humorada. Em vez disso, ela se planta sobre o balcão da cozinha, em frente ao pote de café onde eu, letargicamente, preparo o antídoto para o meu sono.

— Esperei até as duas e você ainda não estava em casa, por isso estou supondo que o seu encontro com o monstro sexy correu bem?

— Monstro sexy? Pensei que ele era apenas o monstro, não era?

— Isso foi no colégio, quando ele partiu seu coraçãozinho doloridinho. Agora eu o perdoo. Quero dizer, quem não perdoaria? Esse homem é um monstro sexy.

— Você o perdoa? Você não fala com ele desde o colegial. Exatamente o que foi que ele fez para ganhar o seu perdão?

— Ele tirou a camisa para aquela foto no jornal esta manhã. — Ally mexe as sobrancelhas sugestivamente e indica o jornal sobre a mesa da cozinha. Está aberto em um anúncio da próxima luta de Vinny, na verdade, Vince "O Invencível" Stone. Com exceção da data e hora, há pouca coisa escrita, mas não consigo parar de olhar para a imagem.

— Você pode levar isso de volta para seu quarto e usar de inspiração mais tarde — provoca Ally, um largo sorriso no rosto. — Primeiro quero os detalhes. — Minha melhor amiga cruza os braços sobre o peito. Está na cara que ela não vai embora quietinha.

Passo por ela com o jornal ainda apertado na mão, pego meu café e sigo caminho para a sala. Ally me segue de perto.

— Não sei, Ally. — Deixo escapar um suspiro exasperado. Não é para causar efeito durante a história, é que eu realmente me sinto em conflito. — Quando estou perto dele, é tão fácil sentir como se eu pudesse me apaixonar por ele outra vez. Como se a gente pudesse continuar exatamente de onde parou, quase como se ele não fosse embora um dia e esquecesse que eu já existi. Me assusta a forma como foi fácil para ele ir embora.

— Talvez não tenha sido tão fácil quanto você pensou por todos estes anos, Liv. Você perguntou a ele?

— Perguntei. Eu não queria, mas não consegui evitar... Eu precisava saber como tinha sido tão fácil para ele, quando foi tão, tão difícil para mim.

— E o que foi que ele disse?

— Ele me disse o que eu queria ouvir.

— Que é o quê? Diferente da verdade?

— Não sei, Ally. Tenho medo de acreditar que seja verdade. Que posso confiar nele. Que talvez pudéssemos continuar de onde paramos. Ou melhor ainda, começar de novo. Como adultos.

— Acho que você tem que decidir. Ele vale a tentativa? Vale o risco de que, dessa vez, se você deixá-lo entrar, talvez ele fique?

Estou com a cabeça no mundo da lua ao passar por todas as minhas atividades do fim de semana. Minha mente continua encontrando o caminho até Vinny em cada esquina. Na academia, na aula de spin, penso sobre as linhas suaves do seu abdome esculpido e musculoso esticando-se enquanto ele conduzia a aula por uma série de chutes, no dia anterior. Na lavanderia, um homem bonito de terno caro sorri para mim e tenta começar uma conversa. Porém, minha mente só pensa em quanto Vinny ficaria muito mais bonito no terno de três mil dólares da Armani que o homem bonito está exibindo. Todos os caminhos parecem apenas levar minha mente de volta a um único lugar.

Paro na livraria depois da minha última tarefa. Não há nada melhor para clarear a mente do que passar algumas horas vasculhando os corredores e bebendo um café com leite e caramelo no balcão da cafeteria dentro da loja. Pego alguns romances que eu estava com vontade de dar uma olhada. Viro algumas páginas do primeiro capítulo de um e começo a ler, tentando decidir com qual livro vou passar a noite.

Sua grossa ereção latejante desliza pela minha abertura, pousando sobre meu clitóris dolorido. Um gemido baixo escapa de mim, em uma respiração profunda e gutural e alimenta a chama do desejo de meu amante. Com um grunhido, ele recua e me penetra, enchendo-me profundamente em um único mergulho celestial.

Minha nossa, e estou apenas na página seis. Estou pensando que posso ter encontrado minha mais nova aquisição, meu companheiro para esta noite, quando meu telefone toca, trazendo-me de volta de um lugar que eu estava apenas começando a apreciar.

— E aí? — Só ouvir a voz profunda de Vinny já me faz sorrir.

— Oi.

— Você está em casa? — pergunta ele.

— Não, estou na livraria.

— À procura de algo para o trabalho?

— Na verdade não. Só estava tentando escolher um bom livro para se aconchegar comigo esta noite.

— Que tipo de livro?

— Ummm... romance.

— Vem se aconchegar comigo esta noite, em vez disso.

Dou risada porque ele está provocando, mas algo em seu tom de voz me diz que também é um convite real.

— Mas eu estava tão ansiosa para ler minha obscenidade esta noite.

— Obscenidade? Traga junto, você pode ler para mim. Podemos encenar o texto.

De repente, minha garganta fica seca. Visões de Vinny interpretando a cena curta que eu estava lendo agora mesmo deixam minha cabeça girando, e meus hormônios tomam conta de mim.

— Liv.

Levo um minuto para sair do torpor e responder.

— Sim, estou aqui.

— Compre o livro que está na sua mão direita agora.

Ø INVENCÍVEL **83**

— Como você sabe que tem um livro na minha mão direita agora?

Vinny ri.

— Como chama?

— Hummm. — Merda, eu não poderia ter pego algo com um título menos revelador? *Grosso calor.* — Não estou com um livro na mão — minto.

— Compre o livro, Liv.

— Você é louco, sabia disso?

— Já me disseram. Compre o livro, Liv. Vou te buscar às sete.

— Mas...

— Nem mais, nem meio mais. Sete, Liv... com o livro.

E então ele desliga.

DEZESSETE

Vinny
Sete anos e meio antes

Nas últimas semanas, passamos mais tempo zoando do que estudando Inglês. Essa matéria é a única em que eu sou o professor e Liv é a aluna. A aluninha mais sexy que já vi. E que também aprende muito rápido, está sendo um inferno ir com calma. Tudo o que quero é estar dentro dela, e ela também quer, percebo na forma como os olhos ficam vidrados quando deslizo meus dedos dentro dela. Ela é tão apertada e quente, e seu corpo responde perfeitamente a todos os meus toques. E ela faz um som que me deixa louco, mas duvido que ela sequer perceba. Um som que é um cruzamento entre um gemido e um ronronar, e tenho medo de explodir se algum dia eu ouvir esse ruído quando estiver com meu pau dentro dela.

São quase nove da noite e o parque está vazio, apenas nós dois rolando pela manta, debaixo da nossa árvore. Desde aquela noite, quando a fiz me beijar, as coisas continuam indo mais longe, avançando mais rápido dia a dia. Só que mais simplesmente não é o bastante. Esta noite está sendo quente e pesado, nós dois nos esfregando um no outro desesperadamente através de nossas roupas. Transar de roupa com a Liv parece melhor do que a coisa real que tive com qualquer das vadias com quem estive. Estico o braço entre nós, encontro seu lugar mágico através do short e esfrego em pequenos círculos, do jeito que sei que ela gosta. Ela não fala muito, mas seu corpo me diz tudo o que preciso saber.

Quando ela está prestes a gozar, cubro a boca dela com a minha. Ela tenta recuar a língua quando a sensação toma conta, mas a forço a continuar me beijando. O som de seu gemido sufocado pela minha boca me deixa louco. É a coisa mais quente que já ouvi na minha vida. Se fosse qualquer outra pessoa, eu já a teria pegado de quatro maneiras diferentes e já teria terminado com ela a essa altura. Só que ela não é qualquer uma. É a doce e pequena Liv, e, aos poucos, vou me deixando fingir que sou o bom moço que ela pensa que eu sou.

Quando termina o orgasmo, ela me apalpa e, de alguma forma, sua mão está na minha calça, me apertando na base antes que eu possa pará-la. A sensação de sua mãozinha em volta do meu pau grosso e latejante faz meu controle deslizar. Depois sinto o calor de sua boca no meu ouvido e perco o maldito controle quando a ouço dizer:

— Por favor, Vinny, eu quero você.

Dane-se. Cansei de ser bonzinho. Menos de dois minutos depois, já arrancamos nossas roupas e estou prestes a conseguir o que eu esperei com tanta paciência. Meu pau se alinhou perfeitamente na sua abertura, quando ela olha para mim e nossos olhos se encontram. Seus grandes olhos castanhos estão arregalados e cheios de emoção, mas não é o que eu vejo que me deixa aterrorizado. Vejo a confiança. Ela está me dando tudo o que tem e não mereço porra nenhuma. Nem por um minuto. Deus sabe como ela vai ficar quando eu estragar tudo. E também não vai demorar muito. Nada de bom dura.

Então, fecho os olhos. Quero tanto a Liv que meu corpo dói, mas não posso olhar para aqueles olhos grandes quando eu tomar o que ela está prestes a me dar livremente. Apenas fechá-los não ajuda... Ainda a vejo, mesmo com os olhos fechados com força. Um retrato tão vívido me encara, que levo um segundo para ter certeza de que não estou realmente olhando para ela. Tento parar de pensar, apertando meus olhos com tanta força, que no meu rosto deve parecer que estou com dor. Só que não funciona para apagar da minha cabeça a maldita imagem de seu rosto doce, inocente e que confia em mim. Nem de longe. Mais alguns segundos se passam, meu corpo começa a tremer por causa da posição firme, tão pronto para penetrá-la, mas incapaz de se mexer.

— Pooooorraa! — Salto com um rosnado, meu rugido é tão alto que ecoa no silêncio. Minhas mãos mexem freneticamente no meu cabelo, minha mente está a toda velocidade, tentando entender que porra estou fazendo. Merda. Merda. Merda. Não posso fazer isso com ela.

— O que foi? — A voz de Liv está hesitante. Devo ser um espetáculo assustador, mas ela vem até mim sem medo.

Sacudo o braço para longe de seu alcance e percebo que a assustei, mas não posso deixá-la me tocar. Preciso dar o fora antes que eu mude de ideia.

— Vista a roupa. — Minha voz é fria e distante.

— O quê? — Ela está confusa.

— Vista a roupa, Liv. Vou te levar pra casa.

Nenhum de nós diz uma palavra durante toda a viagem de volta para a casa dela. Finjo que não vejo as lágrimas que ela tenta limpar disfarçadamente do rosto.

Nas duas semanas seguintes, evito olhar na direção de Liv quando a avisto no refeitório. Hoje, quando entro, vejo Missy à esquerda e Liv à direita, então decido encontrar uma mesa nova. Sento-me ao lado de Evan Marco e alguns dos seus companheiros da equipe de futebol americano. Ele é cheio de si, mas não é um cara mau, só um pouco afrescalhado demais pro meu gosto. Papai tem bolsos fundos, faz com que ele ache que tem valor. Nada que a vida não ensine com um tapa na cara. Os caras estão em um debate acalorado sobre o sistema de pontuação de algum jogo, chega até a parecer que estão jogando juntos há um tempo.

— A única forma que Evan ou Kyle têm de ganhar essa coisa é comer uma virgem no baile de formatura. Ryan ganhou cinco pontos em cima de vocês dois por conseguir duas loiras na festa da fogueira, na outra noite. — Caleb Andrews tem um pequeno caderno com páginas e páginas de marcas e notas que ele está estudando, enquanto fala com os amigos.

— Falando nisso, alguém verificou o "duas por preço de uma" do Ryan? — Evan pergunta aos amigos.

— Sim, cara. Eu vi com meus próprios olhos. Uma tinha caído de boca nele, e ele estava com a mão dentro da saia da outra. Tive vontade de arrancar meus olhos quando vi o pintinho dele. — Caleb ri ao falar.

— Vocês ficam marcando as estatísticas de transa? — Sorrio. Por que eu não estava nesse negócio? Parecia um esporte organizado ao qual eu poderia me juntar nessa droga de escola.

— Nem pense nisso, Stonetti. A gente não ia te deixar entrar com uma vantagem de cem pontos, menino bonito. As meninas adoram esse negócio de garoto problemático que você tem feito. — Caleb só está meio brincando quando fala.

— Então, quem está ganhando?

— Bem, por enquanto, o Ryan. Mas ele não tem mais chances de faturar mais. Transar com uma virgem no baile é um prêmio extra, mas ele vai levar a Laurelyn, então não tem jeito. — Ele ri.

— Então, Evan e Kyle vão levar virgens e podem conseguir uma virada?

— Isso. A competição vai até a última noite.

— O que o vencedor ganha? — Estou pensando que um jogo tão longo assim deve ter apostas altas.

Evan sorri.

— Um dólar.

— Um dólar? Você está brincando comigo?

— Estamos nessa pelo jogo, cara, não pelo dinheiro.

— Tanto faz, cara, mas os dois ficariam melhor na minha opinião. — O sinal toca e todos nos levantamos. Encontro Liv e a observo sair pela porta antes de sequer tentar me mexer na direção dela.

— Quem você vai levar para o baile, Evan?

— Olivia Michaels.

Dezoito

Liv

Coloquei o livro dentro e fora da minha bolsa pelo menos umas dez vezes na hora que o interfone toca exatamente às sete. No momento, está escondido no fundo da minha bolsa, mas, se Vinny demorar mais de trinta segundos para chegar até o meu andar, tenho certeza de que o livro não vai estar lá na hora que ele bater na porta.

Ouço Ally abrir, mas fico no meu quarto mais alguns minutos para me recompor, até que prendo a respiração e me forço a sair do esconderijo e seguir até a sala.

Ally está em pé, servindo uma taça de vinho, enquanto Vinny está sentado numa banqueta no nicho da cozinha. Ele se vira e levanta quando entro na sala e deixa Ally conversando com a parte de trás de sua cabeça.

— E aí? — Ele se levanta e me observa caminhar em direção a ele, um leve sorriso no rosto bonito. Paro na frente dele, de repente me sentindo estranha sobre como eu deveria cumprimentá-lo, mas o sentimento não dura muito tempo. Vinny gruda a mão no meu pescoço e se inclina para me beijar suavemente nos lábios.

Quando olho para cima, encontro um sorriso no rosto de Ally, e as sobrancelhas arqueadas numa pergunta em relação ao cumprimento. Taça de vinho na mão, a meio caminho da boca, ela olha para minha cara, muda de ideia e resolve oferecer a taça de vinho para mim.

Desesperada para me acalmar, pego a taça e silenciosamente agradeço à minha melhor amiga com um sorriso.

— Quer uma taça de vinho, Vince? — Ally ergue os braços para o armário onde guardamos os copos.

— Não, obrigado. Mas fiquem à vontade. — Suas palavras e sorriso são em tom de brincadeira, afinal, eu já estava tomando meu vinho às goladas, e Ally estava ocupada servindo outra taça para si mesma.

Ally e Vinny colocam a conversa em dia, muito assunto sobre a próxima luta. A maioria do que ele compartilha com ela, eu já sabia por tê-lo entrevistado para o artigo. Fico surpresa quando ele estende um convite para Ally.

— Você deve vir com a Liv. Eu vou dar a ela alguns ingressos extras.

Gostaria de saber se Vinny tem ciência do apoio inabalável que ele acabou de comprar da minha melhor amiga a respeito do meu novo envolvimento com ele. Ela é fanática por esportes, para não mencionar que nunca iria recusar uma oportunidade de admirar os homens de tanquinho vestindo apenas bermuda, cercados por alguns milhares de outros homens viris munidos de testosterona extra, na expectativa de assistir aos primeiros homens em questão encherem um ao outro de porrada.

Termino minha taça de vinho em tempo recorde e interrompo a troca de afetos que os dois parecem estar compartilhando.

— Quem disse que eu ia à sua luta? — Arqueando uma sobrancelha com cara interrogativa, me viro para Vinny.

— Você não quer ir?

— Eu não disse isso.

— Então, qual é o problema?

— Você parece estar tomando um monte de decisões por mim sem me consultar. — Cruzo os braços sobre o peito ao responder.

— E você não gosta das decisões?

— Eu não disse isso... mas...

— Mas o que, Liv? — Vinny dá de ombros. É evidente que ele não faz ideia do que eu estou querendo dizer.

— Você deveria perguntar às pessoas o que elas querem antes de decidir as coisas por elas.

Vinny cruza os braços sobre o peito, imitando minha posição.

— Parece ser um desperdício de tempo quando a gente já sabe o que a outra pessoa quer.

Na verdade, fico de queixo caído. A arrogância desse homem é simplesmente inacreditável.

— E se você estiver errado sobre o que a outra pessoa quer?

Vinny balança a cabeça, cobre a distância entre nós e envolve os dois braços na minha cintura.

— Eu não tenho nenhuma dúvida de que você vai me contar se eu estiver errado. — O sorriso arrogante no rosto dele desaparece apenas por um segundo, quando ele planta um beijo casto em meus lábios.

Nunca fui ao restaurante onde Vinny me leva. É pequeno e íntimo e, normalmente, seria algo que eu apreciaria, mas os funcionários todos parecem conhecê-lo e eu me percebo irritada que é claramente um lugar que ele frequenta com suas conquistas. Não sei por que isso me incomoda, mas é assim. Nós dois somos adultos, até eu mesma tive meu quinhão de casos e parceiros com quem passei a noite. No entanto, algo dentro de mim se incomoda por saber que ele esteve aqui e fez isso antes... com outra pessoa.

A garçonete vem para nos cumprimentar, e sinto meu pulso acelerar quando ela também cumprimenta Vinny, não Vince, pelo nome. Ela é bonita, embora magra demais. Tanto é assim que eu me pergunto se ela tem um transtorno alimentar, ou talvez um problema com drogas, enquanto ela e Vinny tomam um minuto para atualizarem a fofoca. Uma inspeção cuidadosa encontra círculos escuros sob seus olhos, apesar de uma espessa camada de maquiagem que tenta escondê-los.

— Então, o que posso servir a vocês esta noite? Cerveja para você e... — A garçonete subnutrida sorri para mim e espera minha resposta.

— Vou tomar um Merlot. Obrigada. — Enterro o nariz no cardápio, incapaz de esconder que estou incomodada com a familiaridade de Vinny com o restaurante, com a garçonete... toda a cena de encontro. Que garota quer que essa situação seja esfregada na sua cara quando sai para jantar com um homem em quem ela está tentando aprender a confiar?

— Você gosta de tilápia?

— Gosto — respondo, mas não levanto os olhos do cardápio.

— Vou pedir para nós dois, então. — Vinny dobra seu cardápio e joga em cima da mesa, como se a discussão que acabamos de começar já terminou.

— Posso pedir por mim. — Não tenho sucesso em esconder meu

aborrecimento, mesmo que eu realmente tente.

— Eu não disse que você não podia. Só imaginei que, já que experimentei a maioria dos itens no menu...

— Parece que experimentou também algumas que não estão. — As palavras saem sob a minha respiração, gotejando com tanto despeito que até eu acho o comentário ofensivo.

Vinny não responde imediatamente. Curiosa para saber sua resposta à minha declaração imatura, levanto a cabeça e o encontro olhando para mim. Nenhum de nós diz nada por um minuto, olhando nos olhos um do outro, num duelo de olhares, os dois teimosos demais para desviar.

— Venho aqui com Elle e Nico o tempo todo. Conheço Lily da reabilitação, nunca toquei na mulher. E nunca trouxe um caso meu aqui.

Vejo em seu rosto que ele está dizendo a verdade. O calor toma meu rosto. Fico envergonhada por tirar conclusões precipitadas, mas ainda mais constrangida com a forma como reagi à conclusão que tirei. Como uma namorada ciumenta, insegura de si.

— Desculpe.

— Não precisa. — Há um ligeiro curvar no canto de sua boca. — Estou feliz por você ser territorial, porque me sinto da mesma forma.

— Eu não...

Vinny me interrompe antes que eu possa negar o que ele me acusou de ser.

— Você é.

Exasperada, deixo escapar um suspiro e faço um gesto com a mão.

— Tanto faz. — Ele me presenteia com um sorriso que inclui covinhas, e tenho vontade de tirar a calcinha.

Com a tensão do início da noite há muito esquecida, passamos horas conversando.

— Então, você foi oradora da turma?

Surpresa por ele saber que eu tinha recebido quaisquer honras, eu o corrijo:

— A segunda. Você manteve controle dos meus feitos?

— Ou seja, a segunda melhor aluna da classe, né? E sim. — Ele arqueia a sobrancelha. É evidente que ele se lembra de como eu podia me tornar competitiva.

— Scott Julian me ultrapassou por 0,002. — Anos já se passaram, mas a agonia da derrota ainda arranha meus nervos. — Fiquei com B+ em Educação Física. — Reviro os olhos para a minha própria admissão.

Minha resposta ganha uma risada.

— Você perdeu o primeiro lugar por causa de Educação Física?

— Sim. — Levanto meu vinho à boca e dreno a taça. Isso me irrita, mas também consigo encontrar o humor. Finalmente. Bem, talvez um pouco, de qualquer maneira.

— Foi a única matéria em que tirei A.

— Que tal Inglês? Você ia bem, quando eu te ensinava.

— Tenho um B. — Ele termina a cerveja. — A professora era gata. — Dá de ombros, com um sorriso no rosto. — Me distraiu.

— Então a culpa é minha por você não tirar A em uma matéria de verdade?

Ele enrugou as sobrancelhas.

— Educação Física *é* uma matéria de verdade.

— Aff — ridicularizei sua resposta. — Educação Física *não* é uma matéria de verdade.

Sobrancelhas balançando, ele encontra diversão na minha resposta.

— Aposto que Scott Julian concorda comigo.

— Que seja. — Aperto os olhos, minha mão afasta nossa discussão como se não fosse grande coisa, mesmo que seja um assunto sobre o qual eu poderia argumentar com certeza por horas. Um que eu ainda não engoli. — Você só gosta de me provocar — acuso.

Um lábio se curva diabolicamente para cima, uma sobrancelha erguida de modo sugestivo, e ele nem precisa fazer sua réplica. Nós dois sabemos qual seria.

Durante a sobremesa, conto a ele histórias sobre Ally e eu termos feito faculdade juntas, e o atualizo sobre as quatro alterações na escolha da carreira de Ally, desde que se formou no ensino médio. Ele me conta histórias sobre Elle e Nico. Há muita história nesse quesito. Eles parecem ter se tornado a família de Vinny. Percebo que ele não costuma mencionar a mãe.

Depois que paga a conta, ele se levanta e me oferece a mão para me ajudar a levantar, embora não a solte quando estou totalmente na vertical. Em vez disso, ele me puxa para perto e baixa a boca de encontro à minha. Sinto o calor da sua respiração e um toque tão suave nos meus lábios, que não consigo ter certeza se nos tocamos.

— Você trouxe o livro? — pergunta ele em voz baixa, mas com um jeito rouco que aquece meu corpo todo.

— Trouxe. — Minha respiração vem mais rápida e mais rasa por causa da proximidade, a palavra cai de meus lábios quase como um gemido. Esse homem consegue me levar de zero a cem em apenas alguns segundos.

— Boa menina. — Ele afasta um pouco a cabeça para olhar bem meu rosto. O ar travesso que encontro faz meu coração pular um batimento. — Você sabe que eu sempre adorava quando você lia para mim. Eu tinha que sentar em cima das minhas mãos para impedir que elas encontrassem o caminho até a minissaia preta que você costumava usar. Imagino que este livro vai ser muito mais divertido do que as coisas que líamos na escola. E, definitivamente, não vou sentar sobre as mãos. — Um maldito sorriso sexy misturado com sua voz rouca e profunda derrete qualquer convicção que eu ainda tinha. — Vamos sair daqui.

Ele não me diz para onde estamos indo, e também não pergunto. Ficamos em silêncio enquanto ele vai costurando pelas ruas do centro com sua caminhonete, atenção focada em nos levar para o próximo destino. Minha mente dá voltas e me esforço para separá-la do corpo, que parece ter ideias próprias. A essa altura, Vinny provavelmente poderia me dizer que ele era um assassino em série, mas, se seu corpo rígido e quente me encurralasse, sei que meu cérebro iria perder a batalha na busca incessante do meu corpo para resolver as próprias necessidades.

Sou levada para o apartamento dele, nós dois ainda quietos. Estou nervosa e ansiosa, e ele sente isso. Sabe que estou cogitando mudar de ideia... Bom, não que eu tivesse recebido uma oportunidade de mudar de ideia. Um grande braço envolve minha cintura, me puxa para perto dele. Inclino a cabeça no peito de Vinny, ainda me sentindo em conflito, embora a grande proximidade faça a balança pender um pouquinho para a ideia de ver esse homem lindo pelado.

Depois de um minuto, Vinny passa a mão lentamente pelo meu rosto, parando no meu queixo, usando seu dedo para levantar delicadamente minha cabeça, e meus olhos encontram os dele.

— Eu quero você, Liv. Eu queria você há sete anos. Quero você ainda mais agora. Tanto, que não consigo pensar em mais nada. Preciso de você. — Ele solta o ar lentamente e inclina a testa para tocar a minha, controlando-se antes de continuar. — Você só precisa dizer não, Liv, mas, estou te dando um alerta justo... se você não me negar, eu vou te tomar pra mim. — Seu rosto sério muda, vejo suas pupilas dilatarem e sinto o calor que emana de seu corpo quando ele continua, segurando-me cada vez mais firme pela nuca. — E então você vai ser minha para fazer o que eu quiser.

Minha respiração engata com suas palavras, e não sei o que fazer. Seus dedos grossos e longos enredam-se firmes no meu cabelo e ele puxa minha cabeça ainda mais para trás, tomando minha boca na dele. Os gestos rudes me assustam; mas, ao mesmo tempo disparam um raio de eletricidade misturado com expectativa ardente por todo o meu corpo, o que me deixa toda arrepiada.

Meu corpo pressiona o dele quando entro no beijo com um desespero que nunca conheci. Lentamente, ele lambe o contorno da minha boca e depois mergulha dentro dela para sugar minha língua. Meus mamilos endurecem com expectativa. Mordiscando meu lábio inferior, só consigo ter a sensação de que é mais do que um beijo. Ele está me mostrando o que ele quer fazer comigo com a boca quente e úmida. Meus olhos reviram profundamente apenas com o mero pensamento de Vinny lamber e sugar outros lugares no meu corpo.

O braço que não está emaranhado no meu cabelo me puxa de modo possessivo mais para perto de seu corpo, tão perto que consigo sentir a ereção pressionando contra minha barriga. Seu comprimento duro aperta-se em mim e um gemido baixo escapa dos meus lábios.

Em um minuto, estou em pé na sala de estar, sendo beijada até

O INVENCÍVEL **95**

perder os sentidos, e a próxima coisa que sei é que estou sendo levantada sem esforço e levada para o quarto dele. Ele me coloca no chão, com cuidado novamente. Sinto a cama encostar na parte de trás dos meus joelhos, mas, juntos, permanecemos em pé.

— Tire a blusa — diz ele, com a voz rouca e pecaminosamente grave. O tom de comando faz meu corpo formigar inteiro.

Vinny dá um passo para trás e espera. Seus olhos semicerrados estão cheios de desejo e me fazem sentir desejada. Adorada. Venerada. Lentamente, levanto a blusa sobre a cabeça e revelo o sutiã preto de renda que contrasta fortemente com a minha pele branca de alabastro. Os olhos de Vinny me percorrem com aprovação e eu ainda fico por um longo minuto deixando-o se embebedar com minha visão.

— Sua vez. — Meus olhos encontram os dele e fitam. Espero que ele atenda ao meu pedido tão facilmente como eu.

Vinny dá um sorriso travesso, um sorriso de quem sabe das coisas, e balança a cabeça de um lado para o outro.

— Não é assim que funciona. — Ele estica a mão e passa um dedo sobre um mamilo quase evidente por trás da renda preta. Meu mamilo já alerta incha ao seu toque. Satisfeito com a resposta, Vinny passa para o outro seio e meu corpo novamente responde facilmente a suas demandas.

— Vire-se.

Meus olhos, que estavam fixos em observar a mão explorar meu corpo, saltam para encontrar os dele. Ele não diz mais nada, mas espera pacientemente que eu faça o que ele me pediu. Ele envolve os longos braços em volta da minha cintura e me puxa para junto dele, minhas costas pressionando firmemente a frente do seu corpo. Enterrando o rosto no meu pescoço, ele traça uma linha de beijos molhados da minha nuca até a orelha. Suas mãos sustentam meus seios, e os dedos beliscam os mamilos, arrancando um gemido da minha garganta, que eu nem senti subir à superfície.

Ele me aperta ainda mais contra seu corpo, seu membro duro pressiona e palpita contra minha bunda.

— Está sentindo, Liv?

Incapaz de falar, engulo em seco e faço que sim.

— Vou me enterrar tão fundo, que você vai se sentir vazia quando eu não estiver com você.

Jesus. Meu corpo começa a pulsar por conta própria. Sinto o sangue correr nas minhas veias, meu coração bater descontroladamente com ansiedade.

Vinny aperta meus mamilos novamente, desta vez com mais força, mais firme. Uma dor dispara em meu corpo, mas apenas incita minha necessidade.

— É isso que você quer, Liv?

— É. — Meus quadris empurram para trás, pressionando a espessura dele ainda mais em mim. Solto um gemido quando começo a balançar os quadris. Eu quis isso pelo que parece ter sido sempre.

— Me fala. Me fala o que você quer, Liv. — Ele se aperta mais na minha bunda.

— Você.

— Fala. Fala o que você quer que eu faça.

— Quero que me possua. Quero que você me possua.

— Vira.

Viro, sem querer perder a conexão, o contato... mas o olhar em seus olhos é ainda mais íntimo do que o toque. Ele diz que me quer, que sente o mesmo que eu sinto. No entanto, mesmo que eu veja em seus olhos, ele ainda consegue manter o controle.

— Tira seu jeans.

Com ele totalmente vestido, me sinto exposta quando saio da calça jeans e fico diante dele sem nada a não ser o sutiã de renda meia-taça e a calcinha fio-dental.

Sem pressa, Vinny olha meu corpo lentamente de cima a baixo, absorvendo cada centímetro com os olhos. Vejo a luxúria e a adoração, que me acendem, enquanto fico ali tão completamente exposta diante dele. Quando seus olhos finalmente encontram os meus, vejo que ele está pensando antes de dizer as palavras.

— Você é tão linda, Liv.

Sorrio de volta, porém, não demora muito para seu doce sorriso se tornar diabólico. É uma mudança quase imperceptível, algo na forma como seus olhos se desviam e um brilho reluz de suas pupilas. Contudo, está ali e eu noto.

— Deita na cama.

Devagar, eu me sento, depois me deito, olhando para o homem que paira sobre mim.

Vinny se inclina, pega as duas laterais da minha calcinha e as puxa lentamente para baixo pelas minhas pernas até que tire por completo. Com cuidado, ele desabotoa e desliza meu sutiã pelos braços, permitindo que seus dedos ásperos rocem de um jeito vagaroso sobre meus mamilos despertos. Inclinando-se sobre mim, ele traz a cabeça para a minha e dá um beijo suave nos meus lábios antes de falar. Sua voz é baixa e gutural.

— Levante os braços. Agarre a cabeceira da cama com as duas mãos. Se você ficar segurando, não vou te amarrar.

Meus olhos se arregalam diante da ameaça. Com um sorriso diabólico no rosto, ele continua:

— Desta vez.

Ele espera e me observa atentamente, sem dizer nada mais até que eu enfim faça o que ele pediu, esticando os braços acima da cabeça para segurar a cabeceira.

Ele desce pelo meu corpo e para nos meus seios para sugar os dois mamilos sensíveis, um de cada vez. Cada chupada termina em uma mordidinha que dispara uma explosão de dor no meu corpo, mas que se transforma em desejo antes que ele chegue ao destino final. Sua mão desce entre minhas pernas, e o largo polegar acaricia meu clitóris ao mesmo tempo em que ele insere um dedo longo dentro de mim com habilidade. Reagindo ao seu toque, meu corpo envolve seu dedo até que fique liso e escorregadio, permitindo que ele entre e saia de mim facilmente.

Um gemido que eu nem mesmo tento parar escapa assim que ele desliza um segundo dedo para dentro, fazendo meu corpo se sentir repleto. Instintivamente, meus quadris se levantam até se equipararem ao ritmo da pressão de seus dedos, e baixo a mão para entrelaçar nos cabelos dele.

De modo abrupto, Vinny fica parado e suspende meu êxtase.

— Cabeceira da cama, Liv. Último aviso.

Eu nem percebi que havia soltado a armação fria de metal. Um minuto atrás, meus dedos estavam brancos, segurando firme como se minha vida dependesse disso; depois, meus dedos o estavam procurando, como se tivessem vida própria. Volto as mãos para a cabeceira da cama, respiro fundo e faço o que ele me diz para fazer, segurando firme até ficar com as juntas dos dedos brancas novamente. Isso parece satisfazer Vinny, porque os dedos estão de volta se movendo dentro de mim. Ele suga meu mamilo e meus quadris começam a circundar por vontade própria.

Outro gemido escapa de mim e ouço Vinny grunhir antes que seus dedos comecem a bombear furiosamente dentro de mim. O círculo lento dos meus quadris fica mais largo quando eu me movimento para encontrar as penetrações escorregadias. Assim que começo a sentir meu corpo se contrair sozinho, os dedos dele se foram, apenas para serem substituídos pelo calor de sua boca.

Ele circunda meu clitóris com a língua, primeiro de leve, num giro contínuo e provocador. Mas a pressão aumenta depressa até que ele esteja chupando de verdade e reinserindo dois dedos dentro de mim, sem parar de atacar meu clitóris. Cada nervo do meu corpo inflama e eu grito quando chego ao clímax, com meu corpo tremendo incontrolavelmente e pulsando com a intensidade súbita do meu orgasmo.

Ainda estou me recuperando do poder do meu corpo que se entregou a Vinny, com uma vaga consciência de que ele está tirando a roupa, e ouço o estalo de uma embalagem antes de sentir o peso de seu corpo cobrindo o meu.

— Você pode soltar a cabeceira da cama, se quiser.

Eu nem tinha percebido que ainda estava segurando. Começo a liberar meu aperto de morte, depois reconsidero minhas ações. Após o orgasmo mais intenso da minha vida, quero ver o que me espera. Sorrio para Vinny e firmo meu domínio na cabeceira da cama com um sorriso malicioso.

— Perfeito, porra. — Com um gemido, Vinny entra em mim e me enche profundamente. Sua boca cobre a minha, e sentir meu gosto na língua dele me coloca à beira de um orgasmo antes que ele possa sequer começar a se mexer. Depois que ele está totalmente encaixado dentro de mim, eu me preparo, esperando um desempenho rude e ardente. Em vez disso, ele me pega de surpresa e diminui o ritmo dos nossos beijos de selvagem a sensual, quando começa a se mexer devagar dentro e fora de mim.

Minha vontade de soltar as mãos e tocá-lo é muito forte, quero sentir os músculos duros de suas costas se contraírem e distenderem no ritmo do seu corpo. Mas não faço isso. Ele está indo devagar e com jeito sensual, em retribuição ao controle que permiti que ele tivesse.

Diferente do primeiro orgasmo, que me atingiu com dureza, sem piedade, e me deixou zonza com a euforia, o segundo vai se formando lentamente, com Vinny incitando-o com uma penetração incrível de cada vez. E quando enfim o orgasmo começa a tomar conta de mim, vejo como o clímax de Vinny o atinge ao mesmo tempo e, juntos, somos lançados sobre o penhasco, com gemidos abafados em nosso beijo.

Nem me lembro de cair no sono na noite passada, mas acordo completamente envolta em Vinny. Minha cabeça está sobre seu peito, e nossas pernas estão firmemente entrelaçadas. Não tenho nenhum desejo de me mexer, mas vejo o sol começar a espreitar através das cortinas e me lembro de que preciso desligar o alarme do meu celular antes que dispare e o acorde. Lentamente, faço o meu melhor para me desvencilhar de nossa confusão de membros emaranhados. Tenho cuidado para não o acordar. Quando me estico para alcançar o telefone, meu corpo responde com um monte de dores. Aperto o botão para desligar o alarme que estava programado para soar em menos de cinco minutos, e uma mão quente me envolve pela barriga nua e me puxa de volta no lugar.

— Bom dia. — A voz de Vinny logo de manhã é rouca e profunda. Sexy pra caramba.

— Bom dia. — Sorrio para o som de sua voz, mas ele não pode ver, pois estou com as costas pressionadas firmemente na frente de seu corpo.

— Está tentando fugir?

— Só desligando meu despertador para ele não te acordar.

Ele mexe com o nariz no meu cabelo e suavemente beija a parte de trás do meu pescoço antes de falar. Seu hálito quente aquece todo o meu corpo.

— Tenho que dar uma aula agora de manhã na academia do Nico. Preciso correr.

Fico desapontada, mas tento fingir que não.

— Ah. Ok.

Vinny beija meu ombro e levanta da cama. Um arrepio percorre meu corpo quando o calor de seu corpo rígido desaparece, e o ar frio entra no lugar. Espero até que ouço a porta do banheiro se fechar, antes de me levantar e procurar minhas roupas espalhadas de qualquer jeito.

Quando Vinny retorna, já juntei a maioria das roupas, mas ainda estou envolta em um lençol, em busca da minha calcinha.

— Aonde você vai?

Ele esqueceu a conversa que acabamos de ter? Quando ele me disse que precisava sair?

— Hummm... para minha casa.

— Achei que você não estava tentando fugir.

— Eu não estava, mas você vai sair.

Vinny veste uma bermuda de corrida e se abaixa para pegar do chão a calcinha que eu ainda estou procurando.

— Estava procurando isso? — Ele gira meu projeto de roupa íntima em torno de um dedo com um sorriso diabólico.

— Estava. — Estico o braço para agarrá-la, mas Vinny é rápido demais. Ele a amassa em uma das mãos e, com a outra, enlaça o braço na minha cintura, me puxando para junto dele.

— Fique. Vou voltar em menos de duas horas.

— Você quer que eu fique?

Inclinando-se, a boca perto do meu ouvido, ele responde:

— Quero você na minha cama esperando por mim quando eu voltar.

Suas palavras são gentis, e eu aprecio que ele me fale essas coisas, mas não é necessário. Sou uma menina crescida, ele não precisa me mimar depois de uma noite de paixão.

— Não tem problema. É fofo da sua parte oferecer, mas tenho coisas para fazer, de qualquer maneira.

Vinny vira meu rosto para ele e inclina-o para eu olhar em seus olhos.

— Eu não me faço de bonzinho, Liv. Quero que você fique porque sou egoísta. Quero entrar em você de novo. Fico duro só de pensar no som que você faz quando goza pra mim. Então fodam-se suas tarefas, volte para a cama e tente descansar um pouco. Você vai precisar.

Meu Deus. Talvez eu devesse estar ofendida com a dureza das palavras dele, mas não estou. Em vez disso, elas me fazem sentir embriagada com desejo e me pego olhando para ele, sem palavras. Vinny sorri, ele deve saber que venceu.

— Está bem? — Ele me dá um beijo casto nos lábios.

— Está — respondo, enfim, com um sorriso que mostra que ele me fez mudar de ideia.

Vinny pega as chaves de cima da cômoda e depois abre a palma da mão para mostrar a renda preta. Eu tinha esquecido que ele estava com minha calcinha na mão.

— Isso fica comigo. — Com um sorriso diabólico, ele enfia a calcinha no bolso e sai de casa.

DEZENOVE

Vince

Estou cheio de energia enquanto conduzo as mulheres da aula de defesa pessoal por uma série de técnicas. Normalmente, escolho minha assistente para demonstrar os movimentos com base no tamanho ou no formato da sua bunda, mas hoje peguei a pessoa mais próxima de mim, uma mulher gorda, provavelmente na casa dos 50 anos. De modo estranho, com ela faço a demonstração mais divertida em meses — além do dia com a Liv. Ela sente cócegas e é sensível ao toque, e cada vez que eu a agarro para mostrar uma posição, ela ri pelo nariz. Normalmente consideraria irritante uma pessoa feliz demais a essa hora da manhã, mas hoje seu riso parece contagioso.

Depois do fim da aula, a mulher me dá um abraço, agradecendo-me por fazer seu dia valer a pena. Algo absolutamente fora do meu normal, eu me despeço dela com um beijo no rosto, dizendo-lhe que sou eu quem deveria agradecer por fazer o *meu* dia valer a pena. Enquanto guardo o resto das minhas coisas na bolsa de ginástica, não fico surpreso em ouvir a voz de Nico. Ainda não recuperei sua confiança e ele ainda sente necessidade de vir falar comigo sempre que tenho aulas na agenda.

— Hoje você está de bom humor.

— Acho que sim. — Sem entregar nada, coloco a alça cruzada sobre o peito, ansioso para levar minha bunda de volta para casa. A ideia de o que está esperando por mim me faz salivar.

— Você tem a chave da porta dos fundos? A Elle se mandou com os dois molhos de chave e quero trancar a garagem, antes de sair por algumas horas.

— Tenho sim. — Enfio a mão no bolso para pegar minhas chaves e nem percebo que algo cai no chão.

Os olhos de Nico apontam para baixo, e se dirigem para o pedacinho de renda delicada caído.

O **INVENCÍVEL 103**

— Acho que você deixou cair alguma coisa.

Pego rapidamente a calcinha nos meus pés e sinto um aperto no peito. Fico irritado que Nico tenha visto algo que pertence à Liv.

— Cai fora.

Nico é pego de surpresa.

— Desde quando você é protetor com os pertences de alguma piranha?

— Não é de piranha. — A raiva ressoa de cada palavra minha pronunciada através dos meus dentes cerrados.

Nico se mostra confuso por um minuto e depois parece chegar a algum tipo de entendimento, apesar de eu não ter oferecido nenhuma explicação. Ele me dá um tapa nas costas e caminha comigo até a porta.

— Fico feliz em ouvir isso. Agora saia daqui e vá aproveitar a Liv.

Como é que ele sabe?

Paro no caminho de casa para pegar o almoço e o jornal. Faz anos desde que comprei um maldito jornal pela última vez. Só olho quando vejo alguma foto minha, um anúncio para uma próxima luta. E então eu leio de trás para frente, parando antes de chegar a qualquer notícia de verdade. Mas é o jornal da Liv, no que ela trabalha, e acho que ela provavelmente o lê todos os dias.

Está tudo quieto quando entro. Por um minuto, acho que ela pode ter ido embora. Então, entro no meu quarto e capto a visão dela. Ela está deitada no meio da cama, vestindo a camisa que eu estava usando na noite passada. Seu rosto está tão sereno durante o sono, que quase fecho a porta para deixá-la descansar. Quase. Mas ela se mexe, e uma perna já flexionada se levanta mais, o que faz a bainha da camisa subir e revelar sua bunda desnuda de porcelana. Eu simplesmente não consigo resistir.

Tiro a roupa sem que meus olhos abandonem a curva de sua bunda seminua. A forma fica arredondada ao encontrar a coxa; músculos tonificados moldando as laterais em um coração que me deixa salivando. Não há nada que eu queira fazer mais do que usar a mão para transformar essa pele de seda branca em um tom quente de vermelho. É difícil resistir a ela me espreitando, me provocando a dar um tapa. Forte. Para que ela sinta a ardência na bunda quando se sentar. Para que ela se lembre de mim dentro do vazio da vagina quando eu for embora. Lembre de quem o colocou ali. Quem lhe ensinou a desfrutar dos prazeres de um pouco de dor...

Estou a dois segundos de acordá-la com o ardor da minha mão, seguido por eu bombeando dentro dela durante mais uma rodada de penetração dura e profunda, porém seus olhos pestanejam e ela olha para mim com um sorriso. É doce e inocente, e uma expressão a que não estou acostumado. Uma que não me lembro de ver outra mulher dirigir a mim. Nunca. Nenhuma mulher. Observo seus olhos entrarem em foco e descerem para perceber que estou pelado. E ereto. Seus olhos percorrem meu corpo com apreço, mas então nossos olhos se encontram novamente e seu sorriso se alarga ainda mais. As mulheres geralmente não encontram meu rosto de novo depois que seus olhos recaem abaixo do meu pescoço. Isso funciona para mim. Normalmente.

Puxando o lençol para o lado, Liv rola sobre suas costas e estende a mão sem palavras. Então eu a pego, esquecendo a dor que estava tão pronto para infligir e, em vez disso, seguindo a iniciativa dela. Mas posso fazer isso mais tarde...

106 VI KEELAND

VINTE

Liv

Divido o jornal em dois e ofereço a Vinny o caderno de esportes enquanto mergulho no caderno de negócios. Sentada com as costas apoiadas no braço do sofá, minhas pernas encontram-se sobre o colo de Vinny, e ele começa a esfregar meus pés.

— Ai, meu Deus, isso é tão gostoso. — Minha voz baixa faz pouco para disfarçar o prazer do toque dele. Meu corpo se lembra de imediato a sensação das mãos em outras partes do meu corpo. Fecho os olhos, liberando o jornal que eu pretendia ler, e me esqueço completamente do assunto do artigo em questão de segundos.

— Estou aqui para servir.

Vinny pressiona o polegar no arco do meu pé com uma das mãos, enquanto a outra massageia a planta, a parte que carrega o meu peso na maioria dos dias, quando uso saltos altos para ir ao escritório.

— Hummmmm. — O som escapa de mim num revirar de olhos. Meus ombros se curvam conforme a tensão se alivia, mesmo que o toque seja na outra extremidade do meu corpo.

— Jesus, Liv. Não posso responder por mim quando você faz aquele som e faz essa cara.

— Desculpe, não consegui evitar. Você tem mãos ótimas.

— É o que me dizem.

Como se arrancada de um sonho feliz quando eu estava sentada em nuvens brancas e macias, meu corpo fica tenso e eu arranco meus pés do toque dele. Minha voz endurece quando respondo:

— Não me interessa nem um pouco saber da opinião das suas Krissys e Missys.

Sobrancelhas franzidas, Vinny tem a audácia de parecer irritado com minha resposta, quando as palavras dele é que foram um tapa na cara.

— Sou um lutador, Liv. Esqueceu? São *treinadores e adversários* que me dizem que tenho boas mãos. — Ele arrasta os dedos pelo cabelo. — É bom saber que você pensa tão pouco de mim a ponto de achar que vou me gabar com você sobre outras mulheres.

— Eu, eu... Eu sinto muito... Pensei que você queria dizer...

— É, eu sei o que você pensou que eu queria dizer. — De repente, ele se levanta e parece que vai embora, mas em seguida para e volta a falar: — Como você se sentiu quando pensou que eu estava falando sobre estar com outras mulheres?

— Eu... eu não entendi a pergunta.

Vinny se inclina para baixo, mãos pressionadas no sofá, de cada lado do meu rosto, me enjaulando.

— Pergunta simples. A resposta é simples. Você é a pessoa inteligente aqui.

Sem querer admitir a verdade, decido ser vaga e desviar o assunto.

— Achei que era grosseria. Como você se sentiria se pensasse que eu estava falando sobre outro homem, enquanto te tocava?

Observo as pupilas escuras no meio do azul-pálido crescerem mais e mais em seus olhos, deixando apenas uma sombra fina da cor quando a escuridão toma conta. Mandíbula apertada, a raiva ressoa de seu corpo.

— Como se eu quisesse arrancar a cabeça de alguém. Responda a droga da pergunta, Liv. — Seus olhos se estreitam com raiva.

— Com ciúmes, tá? Você está feliz? — grito minha resposta.

— Acho bom.

— Bom? — Ele só podia estar de brincadeira comigo. — Você *quer* que eu fique com ciúmes?

— Quero que você pare de encontrar razões para fugir de mim a cada poucas horas. Ciúme, pelo menos, significa que você dá a mínima.

Abro a boca duas vezes para responder. Mas, a cada vez, percebo que não tenho nada para retrucar. Os olhos de Vinny me assistem e esperam. Eles dizem muito. Deus do céu, eles dizem tudo, assim queimando em mim com tanta intensidade que me tiram o fôlego.

— Você me assusta, Vinny. — Faço uma pausa. — O *nós* me assusta

— sussurro, constrangida com o que sinto. Mas sou honesta. Enfim.

Os olhos de Vinny fecham por um minuto e vejo sua garganta funcionar quando ele engole. Quando abre os olhos, estão diferentes, menos irritados, porém ainda cheios de emoção. Ele levanta uma das mãos ao lado da minha cabeça enquanto ainda paira sobre mim e, com cuidado, segura meu queixo.

— Você também me assusta, Liv.

Eu me viro, aconchegando-me em seu toque e beijando o interior de sua mão. Volto a visão para seu rosto, e me dou conta de algo que me faz sorrir.

— Eu assusto Vince "O Invencível" Stone?

Vinny retribui meu sorriso.

— Você está mesmo pedindo hoje, né?

Uma sobrancelha arqueada, não consigo me conter... ele se abriu para mim.

— E se estiver, significa que você vai me dar?

Ele geme, e antes que eu possa sequer protestar, sou levantada para fora do meu assento e jogada por cima do ombro dele e levada até o quarto. As próximas horas se alternam entre a leitura do meu novo livro e Vinny me dando o que eu pedi.

É quase meia-noite quando Vinny me leva de volta para casa. Não há estacionamento perto do meu prédio, por isso digo a ele para apenas me deixar, mas ele insiste em me levar até a porta. Nós nem notamos Ally sentada na sala de estar enquanto gastamos dez minutos dando uns amassos como adolescentes na porta, antes de eu realmente ter de empurrá-lo para fora do meu apartamento. Empurrá-lo porta afora na verdade é tanto para seu próprio bem, quanto para o meu. Nós dois temos que trabalhar amanhã. Pelo menos o meu trabalho é ficar quase todo o tempo sentada. O dele o exige fisicamente.

Fecho a porta e apoio a cabeça nela.

— Parece que você se divertiu. — A voz de Ally me assusta.

— Você fica sentada no escuro, esperando que eu volte para casa só para me dar um baita susto?

— Talvez.

— Você precisa de ajuda.

— Preciso de um desses. — Ela faz um gesto para a porta que eu acabei de fechar atrás de Vinny.

Rindo, ando até a cozinha.

— Eu estava indo para a cama. Quer tomar uma taça de vinho antes?

— Vince Stone faz as mulheres babarem?

Nego com a cabeça e pego duas taças de cristal de dentro do armário. Em muitas noites, pedimos comida no delivery, às vezes comemos direto da embalagem. No entanto, nosso vinho é sempre no cristal.

— Vou tomar isso como um sim.

— Pode crer.

Não evito o sorriso ao notar a empolgação de Ally quando nos sentamos no sofá, uma de frente para a outra.

— Esse homem está *super* na sua.

— Ele estava mesmo há algumas horas.

Arregalando os olhos, Ally sorri e bate palmas.

— Agora é isso sim que eu quero ouvir!

Saboreio meu vinho e me inclino para trás no sofá com um suspiro dramático.

— Caramba, Ally, ele é tão... tão... intenso. É como se ele pudesse enxergar através de mim. Não há onde me esconder.

— Bem, e por que você quer se esconder, hein?

— Não sei. Apenas sinto que preciso ir devagar. Guardar um pouco do que estou sentindo para mim mesma. Mas ele é difícil de recusar. Não consigo explicar direito.

— Ele te fez sofrer uma vez, Liv. Você está sendo cautelosa. — Ally pisca e sorri. — Apenas curta o sexo e veja aonde isso vai dar.

Finalizando meu vinho, sinto os efeitos subirem direto para a cabeça. Sou ruim de copo normalmente, mas fico ainda pior quando dormi pouco.

— Ah, estou curtindo o sexo, sem a menor dúvida.

— Odeio você. — Minha melhor amiga sorri.

— Odeio você também. — Retribuo o sorriso e me inclino para beijar o rosto dela antes de me levantar e me recolher por essa noite. — Bons sonhos, Al.

— Só me fale uma coisa — Ally grita quando chego à minha porta. — Ele é o tipo de parceiro que toma o controle na cama?

Sorrindo, não me viro quando respondo.

— Você não faz ideia.

112   VI KEELAND

VINTE E UM

Liv

Sentada atrás da minha mesa, olho fixamente para a tela do computador e me mexo no meu lugar para encontrar uma posição confortável. Meu corpo ainda dói por causa do fim de semana prolongado de escapadas sexuais com Vinny, e me pego repetindo suas palavras sem parar. *Vou me enterrar tão fundo, que você vai se sentir vazia quando eu não estiver com você.* Remexendo na cadeira, percebo que ele fez isso. Só se passaram três dias desde que o vi pela última vez, mas, mesmo assim, me sinto vazia esta manhã sem ele.

Como se aproveitando a deixa, meu celular toca e sorrio quando o levo ao ouvido.

— Eu estava pensando em você agora mesmo.

— Ah, e o que você estava pensando? — Sexo exala da voz rouca e profunda de Vinny.

— Eu... — Lembro-me de onde estou, levanto a cabeça e encontro os olhos de Summer colados aos meus, esperando pela resposta. — Hummm... vou ter que te dizer mais tarde.

— Ah, não, você não vai. Foi você que começou, é você que vai terminar. Nada desse lance de me deixar esperando, Liv.

Abaixo a voz:

— Foi só uma coisa que você disse.

— Quem está sentado tão perto que você tem que sussurrar?

— Uma colega de trabalho.

— A princesa?

— É — respondo, rindo.

— É mais um motivo para você me dizer. Vamos, Liv. Conta pra mim — diz ele, a voz baixa e sedutora. — Você sabe que quer.

Senhor, era impossível esconder as coisas desse homem. Eu precisava

O INVENCÍVEL 113

muito começar a prestar atenção no que saía da minha boca no futuro.

— Foi sobre me sentir vazia — sussurro e olho para Summer. Encontro-a com os olhos arregalados. Acho que eu não sussurrei baixo o suficiente.

Vinny solta um grunhido.

— Você se sente vazia sem eu estar enterrado dentro de você, Liv?

Hesito, sentindo meu rosto ficar vermelho.

— É.

— Diga.

— Você está louco? Não posso. Estou no trabalho.

— Vou te buscar ao meio-dia para o almoço.

— Vinny — adverti.

— Te vejo daqui a pouco, Liv. — Ele desliga antes que eu possa responder novamente.

Levanto os olhos e encontro Summer ainda me observando. Se olhos pudessem atirar punhais, eu pareceria um queijo suíço nesse momento.

— Desculpe — ofereço e encolho os ombros. Minha voz sai tão grossa e doce como xarope de bordo, combinando perfeitamente com meu sorriso falso demais. É claro que nenhum dos dois é sincero.

Passo com dificuldades pelas próximas horas, meus olhos constantemente verificam o celular para saber que horas são. Quando bate as doze, estou ansiosa e igualmente empolgada. Depois do nosso fim de semana juntos, ficar separada por alguns dias parece uma vida. Mas meu horário de trabalho me levou para fora da cidade por dois dias; além do mais, Vinny estava ocupado com a promoção da sua próxima luta.

No minuto em que passo pela maldita porta giratória, capto um vislumbre dele. Está apoiado casualmente em uma meia parede de concreto à direita, pernas cruzadas na altura do tornozelo. Ele se levanta quando sigo caminho para ele, mas não faz nenhuma tentativa de chegar a mim. Em vez disso, observa cada movimento meu com um sorriso diabólico no rosto.

Quando fico diante dele, nenhum de nós diz uma palavra. Vinny engancha um braço bruscamente em volta da minha cintura, puxa meu corpo para ele e toma minha boca em um beijo. É tão poderoso, que literalmente perco a noção de onde estou por um minuto, quando ambos nos afastamos para tomar fôlego.

— E aí? — Ele inclina a testa contra a minha.

— Oi.

Seus olhos disparam sobre meu ombro e depois voltam rapidamente.

— Acho que temos plateia.

Dou meia-volta e encontro Summer boquiaberta. Ela parou no meio do caminho, sua boca, na verdade, aberta. Envergonhada, me viro de novo para Vinny e escondo o rosto. Até parece que Deus permitiria que Vinny seguisse minha dica e tentasse baixar a bola.

— Oi, Summer. — A mão que não está em volta da minha cintura sobe para um aceno casual e eu quero matá-lo por tornar a situação pior.

— Hummmm... oi. — Ela se manda, completamente sem graça.

Passamos a próxima hora colocando a conversa em dia. Vinny me conta sobre sua sessão de fotos promocionais e ridiculariza o fotógrafo, um homem que não fez segredo de sua paixão por Vinny e que passou quatro horas chamando-o de "Sr. Doces Músculos".

Estou dez minutos atrasada quando ele me leva de volta para o escritório, por isso não há tempo para jogos quando Vinny me tranca em seus braços e exige que eu diga a ele o que eu estava pensando antes.

— Você realmente precisa que inflem seu ego tanto assim? — provoco.

— Se você não estiver inflando outra coisa, eu preciso.

Reviro os olhos e tento seriedade.

— Estou ultrapassando meu horário de almoço.

— Então é melhor você se apressar.

— Mas você está me segurando.

— Você sabe o que precisa fazer para ser liberada.

— Você é um idiota arrogante. — Bato em seu peito com jeito brincalhão e tento sair de seu aperto.

— Você sabia disso há sete anos.

Sorrindo, não consigo evitar o riso. Ele está supercerto. Sempre foi confiante, até pendendo para o lado arrogante, na escala do "cheio de si".

— Sério, preciso voltar.

— Diga.

Senhor, esse homem não ia recuar.

— Sério?

Com um enorme sorriso no rosto, ele acena com a cabeça.

— Sério.

Revirando os olhos, eu cedo.

— Ainda estava um pouco dolorida, hoje de manhã, por causa do... você sabe, do nosso fim de semana. E estava pensando em algo que você disse.

— Vá em frente — diz ele, o sorriso largo, os olhos brilhando.

— Está bem. Você me disse que ia se enterrar tão fundo dentro de mim, que eu me sentiria vazia quando você estivesse longe.

— E você se sente? — Vinny dá um sorriso radiante, claramente encantado por eu ter repetido suas palavras.

— O quê?

— Se sente vazia? — pergunta ele, com um sorriso de covinhas insolentes no rosto. É óbvio que ele já sabe a resposta.

— Sinto, Vinny. Eu me sinto vazia sem você dentro de mim. Pronto. Falei. Está se sentindo melhor agora?

— Eu me sentiria melhor enterrado dentro de você.

— Você é impossível. Sabia disso?

— Tanto faz, mulher vazia.

— Sr. Doces Músculos.

— Eu meio que gosto disso vindo de você.

Rindo, ele quase me faz esquecer do quanto estou atrasada. Quase.

— Sério, estou muito atrasada. Tenho que ir.

Ele me dá um beijo casto nos lábios, ainda sem me soltar. Sua voz é baixa e sexy.

— Fiz exame uma semana antes da luta. Estou limpo. — Inclinando a testa contra a minha, ele menciona e espera, procurando nos meus olhos cautelosamente por uma resposta.

Mal capaz de engolir, minha boca seca quando tento formar as palavras para responder.

— Tomo pílula. Nenhum parceiro desde o último exame.

Um sorriso malicioso se espalha por seu rosto.

— Então você não vai ficar vazia por muito tempo.

O calor do meu rubor se espalha da ponta dos meus dedos dos pés até o topo da minha cabeça. Vinny ri, claramente apreciando o meu constrangimento.

— Amanhã à noite?

— Amanhã à noite. — Vou embora sentindo os olhos dele fixos no balanço dos meus quadris.

De volta à minha mesa, sou recebida com uma olhada feia da Summer. O ciúme não lhe cai bem, deixa seu rosto, normalmente bonito, contorcido e malvado, e a feiura rasteja de dentro dela e transparece na superfície.

— Acho que sei por que Vince escolheu você. Ele queria alguém fácil. — Olhando para as unhas feitas, ela tenta agir como se não estivesse incomodada, mas eu percebo.

Antes que eu possa responder, o *Cretino* sai da sua sala e chama nós duas para seu covil com um sorriso malicioso que faz minha pele arrepiar.

Sorrio para Summer, determinada a não descer ao nível dela. Com um lápis e um bloquinho, vou para o escritório de *Cretino*. Normalmente, tento evitar passar tempo sozinha com ele, mas hoje estou pensando que até mesmo a companhia dele é melhor do que a da princesa.

Cretino sai de trás da mesa e se coloca no espaço entre nós e à frente da mesa. Como se ficar sentada com os olhos quase que perfeitamente alinhados com a virilha dele não fosse ruim o suficiente, ele abaixa a mão direita e se arruma antes de falar. Nojento, apenas totalmente nojento.

— Então, senhoras, precisamos fazer um pouco de malabarismo

com as atribuições. Summer, vou precisar que você assuma a cobertura da fusão da editora.

— Mas... — tento protestar. Faz três semanas que estou trabalhado nessa história e vai ser uma das grandes. Uma que poderia me ajudar a conseguir o emprego no final.

Summer sorri. Tenho certeza de que ela ainda não sabe nada sobre a fusão, ou sobre o que vai torná-la uma grande história, mas ela vê o quanto fico aborrecida e isso é suficiente para satisfazê-la.

— Não tem problema, James. Eu ficaria feliz em consertar tudo o que a Olivia começou.

Consertar? Ela só podia estar brincando comigo. Vejo as chances de enfim conseguir meu emprego dos sonhos diminuírem drasticamente e não posso deixá-la escapar sem lutar.

— James, estou quase terminando a reportagem... Eu realmente só precisava de mais alguns dias para poder juntar todos os pedaços. Não gostaria que Summer tivesse que passar por todo o trabalho de percorrer a pesquisa que fiz.

Dispensando meu apelo com um aceno, sem nem mesmo considerá-lo, Cretino caminha de volta ao outro lado da mesa.

— Summer deve ser capaz de lidar com isso muito bem. Na verdade, Summer, por que você não vai buscar o arquivo da Olivia sobre essa história e começa a trabalhar nele? Olivia e eu precisamos de alguns minutos.

Regozijando, Summer sorri para *Cretino* e sorri para mim. Percebo por seus passos enquanto sai do escritório que ela considera a vitória a seu alcance. E tenho medo de que ela possa estar certa. Até parece que vou abrir mão disso tão fácil assim.

— James, eu...

Cretino me interrompe, como se eu não estivesse no meio de uma fala, e passa por cima da minha curta tentativa de protesto.

— Olivia, você vai receber uma tarefa especial. Uma que pode fazer ou destruir a sua carreira.

Agora, ele tem toda a minha atenção.

— Recebemos de uma fonte muito confiável a informação de que o senador Preston Knight tem um filho ilegítimo.

Sem dúvida, *essa* é uma história de verdade. Uma que impulsiona as vendas de jornais para os primeiros lugares diários e são lidas, e notadas, por pessoas ao redor do globo. Estou animada, mas surpresa, que eles deixassem a mim, uma joana ninguém, mergulhar em uma história dessas.

— Uau. Não posso acreditar. As implicações são enormes. — Preston Knight está concorrendo ao quarto mandato. Sua campanha de reeleição está diretamente centrada em seus valores cristãos. Porém, ainda maior do que o efeito que uma notícia dessas poderia causar no próprio homem, se ele perder a cadeira no Senado, a maioria vai ser alterada, permitindo que o outro partido recupere o controle.

— Com certeza é. E vamos confiá-la a você. Entende o tamanho disso? — Cretino se encosta na cadeira e junta as mãos, numa tentativa fracassada de parecer digno.

— Sem dúvida... — Minha mente dispara. — Não quero parecer ingrata de nenhuma forma... mas estou surpresa por você ter me escolhido.

— Não fui eu. Foi o editor-chefe. — *Cretino* se inclina e faz um gesto para eu me aproximar mais, como se ele fosse me contar um grande segredo. Mesmo que a porta esteja fechada e estejamos apenas nós dois na sala. Sussurrando para aumentar o efeito dramático, ele continua: — Fui autorizado a te dizer, Olivia, que, se você tiver sucesso nessa história, o emprego é seu. — Ele pisca.

É uma oportunidade única na vida, e ainda assim fico aqui sentada, sentindo-me nervosa por algum motivo.

— Isso é incrível. Mal posso esperar para começar.

— Bom, bom, tenho certeza de que você vai se dar superbem, Olivia. — Ele abre uma gaveta e tira um arquivo em uma pasta de papel pardo comum. — Só mais uma coisa.

Não sei por que, mas meu coração afunda. Alguma coisa estava me dizendo que tinha mais. Um mais que significava algo grande.

Abro a pasta, confusa quando ele começa a virar páginas e páginas de fotografias ampliadas. Em todas elas, o mesmo assunto... Vinny. Na academia, na moto, saindo da loja de suplementos... ele passa e passa até que para em uma que faz meu coração parar... eu e Vinny nos beijando na frente do prédio. Não mais de duas horas atrás.

— Não estou entendendo.

— Nossa fonte acredita que seu novo amigo, Vince Stone, é o filho ilegítimo do senador Knight.

A imagem familiar no arquivo do Vinny não era um ator, era o senador. Sangue estronda tão depressa pelas minhas veias, que sinto como se um trem desgovernado fosse sair dos trilhos e cumprir seu destino final de encontro a uma parede de tijolos. Minha respiração se torna difícil e, por um segundo, acho que eu poderia vomitar tudo sobre as fotos. Agarrando meu peito, sinto a cor drenar do meu rosto tão rapidamente que mesmo *Cretino* percebe e fica nervoso.

— Olivia. Você está bem?

Nenhuma resposta.

— Olivia. — Em pé. Mais alto agora.

Nenhuma resposta.

— Olivia! — Gritando. Ele chega perto e toca meu ombro, me assustando e eu quase salto para fora da cadeira.

— Você está bem?

— Estou... hum... sim, estou bem — minto.

— Você vai conseguir lidar com essa tarefa?

Minha resposta é atrasada, mas, finalmente, dou a ele a resposta que ele está procurando.

— Vou.

— Bom, por que você não se demora um pouco para percorrer a pesquisa? Venha falar comigo se tiver alguma dúvida.

Levanto-me, um pouco instável sobre meus pés, mas sigo caminho em direção à porta sem cair.

— Olivia?

Olho para trás, sem realmente ver nada quando me viro. Apesar de pelo menos a reação parecer normal.

— Consiga a história. Consiga o trabalho. É fácil assim.

Sim, com certeza. Fácil.

VINTE E DOIS

Vince

Passo por três parceiros de treino em menos de uma hora. Estou tão cheio de adrenalina, que poderia enfrentar Nico a essa altura. Fico saltitando na ponta dos pés sem usar nada a não ser meu protetor de cabeça e um calção, e espero impaciente que Nico prenda o capacete da próxima vítima. Já vi o cara pela academia. Ele é ruim. Normalmente eu poderia derrotá-lo com alguns socos e dois chutes fortes, mas hoje não estou me sentindo normal. Estou pilhado. Sem nenhuma ajuda extracurricular para ficar desse jeito.

— Anda, está demorando mais pra prender o capacete do que ele vai durar no ringue.

— Não fique convencido, garoto — responde Nico, mas percebo que ele está se divertindo, está orgulhoso pela forma como estou bem hoje. Ele realmente não se importa com a minha arrogância, principalmente porque também está cheio de si.

Meu quarto parceiro finalmente entra no ringue e, merda, eu estava errado. Devo ter pensado demais nisso. Me subestimado. Só precisei de um chute e um soco para deixar o cara esparramado no chão. Isso porque era treino leve.

Nico ri e balança a cabeça. Estendo o braço para o pobre cara no chão.

— O que vou fazer com você hoje?

Ainda saltitando, respondo às pressas:

— Arranje um oponente de verdade.

Nico olha em volta, há alguns caras malhando, nenhum deles sequer perto de ser um candidato. Levantando os dois braços ao lado do corpo, ele responde com uma pergunta:

— Quem?

O INVENCÍVEL 121

— Você.

Ele ri.

— Acho que não, garoto. — Ele começa a sair do ringue de treino.

— Você está com medo? — grito alto o suficiente para chamar a atenção de todos na academia. Vou precisar de um pouco de ajuda para levá-lo a fazer isso.

Nico se vira e levanta uma sobrancelha.

— Não peça coisas que você não pode aguentar, Vinny.

— Não sei se sou eu que não vou aguentar, meu velho.

Os caras que estavam malhando param o que estão fazendo e respondem com uma série de "uuuhs" e "aaahs" e alguns "você vai derrotar esse, Nico", para garantir.

— Me dá seu protetor de cabeça. — Nico se vira para o meu último oponente e depois se volta para mim. — Não diga que eu não tentei sair dessa.

Sorrindo, eu salto por todo o perímetro do ringue, fazendo uma grande encenação para todos os cabeças de músculo que pararam para nos assistir.

Capacete no lugar, Nico levanta as mãos e me encara, com um sorriso no rosto.

— Você já merecia isso há muito tempo. Vai ser divertido. — E então ele ataca. Inesperado, duro e veloz... ele acerta minhas costelas. Perco o equilíbrio e recuo dois passos, mas, de alguma forma, consigo me manter sobre meus pés.

Então eu respondo, lançando um chute circular que acerta o ombro de Nico. O enorme impulso da conclusão do golpe o pega desprevenido e ele tropeça, forçado a recuar três passos de costas, e bate nas cordas, enquanto se esforça para ficar em pé. Espero que ele dispare contra mim, mas ele para em seco. Sigo sua linha de visão e encontro Elle, uma das mãos no baixo ventre, o rosto mostrando sinais de aflição.

— Nico... Acho que chegou a hora.

— Merda. — Passando por cima das cordas com um movimento só, ele me joga as chaves quando aterrissa ao lado da Elle.

— Encoste o carro do lado de cá, Vinny.

Uma vez dentro do veículo, Elle não quer que Nico a solte, então eu os levo ao hospital no estilo motorista particular, ambos no banco de trás. É uma viagem rápida, ainda mais rápida quando se dirige quarenta quilômetros por hora acima do limite de velocidade. Chegamos ao St. Joseph's e Nico e eu corremos para ajudar Elle a sair do carro. Nenhum de nós sequer nota que o motor ainda está ligado e que três portas são deixadas abertas. Nico entra na recepção e eles nos dizem para sentarmos, pois o médico irá admitir Elle dali a alguns minutos.

Com as contrações diminuindo, Elle senta-se em uma cadeira e olha entre Nico e mim, cada um de um lado dela, em pé. Rondando. Um grande sorriso bobo no rosto rapidamente se transforma em riso.

— Vocês dois percebem que se parecem?

Olho para Nico, pela primeira vez notando que nós dois estamos vestindo apenas calções. Sem sapatos, sem camisa. Apenas dois lutadores empertigados, dezesseis gomos de músculos abdominais entre nós, pairando sobre uma Elle muito grávida. Olhando ao redor da sala, acho que todos os olhos estão em nós. Nico e eu nos juntamos à Elle em seu ataque de riso.

Três horas mais tarde, todos estamos de volta na academia. Contrações de Braxton Hicks ou alguma merda assim, também conhecido como falso trabalho de parto. Pego minha bolsa e digo boa-noite a Elle, com um beijo na bochecha.

— Sei que você encenou aquele trabalho de parto. Nos viu lutando e não quis que seu marido ultrapassado e fora de forma passasse vergonha na frente da própria academia. — Sorrio e Elle retribui, sacudindo a cabeça.

124   *Vi* KEELAND

Vinte e Três

Liv

Sentada na minha cama, centenas de documentos e fotos espalhados por toda parte, eu me sinto doente... como se uma grande mão tivesse se enfiado no meu peito e apertado meu coração tão forte que ele estivesse com dificuldade para bombear o sangue pelas minhas veias. Há fotos, registros de nascimento, entrevistas, estudos de genealogia incompletos e horas e horas de inúmeras pesquisas, tanto sobre o senador Knight como sobre Vinny.

Aprendi muito sobre os últimos dez anos da vida de Vinny, tantas peças do quebra-cabeça pareciam todas se encaixar, fazendo dele o homem que é hoje. Mas são coisas que ele é quem deveria ter me dito. Coisas que eu deveria ter aprendido um pouco de cada vez, quando tivemos a oportunidade de nos conhecer novamente.

Olhando para a foto da qual não consegui tirar os olhos pelas últimas quatro horas, encontro os cativantes olhos azuis-bebê de Vinny olhando de volta para mim. Encarando. Só que a foto é do senador Knight. Não há como negar a semelhança. Os ombros largos, o formato do maxilar, até mesmo a postura que eles mantêm quando estão em pé. Confiantes, firmes, com autoridade que instantaneamente faz a gente sentir que eles estão no comando.

O testemunho remonta há quase vinte e cinco anos, antes de o senador Knight ter sequer sido eleito. Em seus vinte e poucos anos, Preston Knight era uma estrela em ascensão em um dos mais prestigiados escritórios de advocacia de Chicago. Casado com sua namorada da faculdade, ele era a imagem da perfeição em carne e osso. Parecia ter tudo quando se tornou o mais novo parceiro na Kleinman & Dell com apenas vinte e oito anos.

Fontes localizam o primeiro encontro entre a mãe de Vinny e o senador Knight em uma festa realizada em um lugar chamado de *Toca do Wally*, na noite em que ele foi votado como sócio. Um clube masculino, conhecido na época como o lugar para homens influentes e poderosos relaxarem com privacidade, onde a mãe de Vinny era garçonete. Uma que aparentemente chamou a atenção do senador Knight, e ele a perseguiu de modo implacável por um mês antes de, enfim, conseguir o que queria.

Histórias confirmavam que o senador Knight ficou extremamente infeliz quando soube da gravidez da mãe de Vinny apenas dois meses depois de terem começado seu caso. A esposa do senador Knight já estava esperando seu primeiro filho, um menino que nasceu apenas algumas semanas antes de Vinny.

A trilha do seu caso esfriava depois de um incidente que havia deixado a mãe de Vinny no hospital. Aparentemente, ela tinha sido atacada uma noite, quando saía da *Toca do Wally*. Foi espancada de tal maneira, que os médicos ficaram espantados por ela não ter perdido o bebê. Em especial, já que o espancamento parecia ter se concentrado na barriga. A polícia nunca pegou o agressor, já que a mãe de Vinny foi vaga na descrição. Embora os relatórios de inquérito interno parecessem sugerir que a mãe de Vinny estava escondendo alguma coisa, possivelmente, ela até mesmo sabia e estava protegendo a identidade do bandido.

Meu telefone toca, assustando-me do torpor em que estive desde que comecei a lidar com os montes de documentos.

— E aí? — Ouvir a voz de Vinny derrete meu coração.

— Oi.

— Te acordei?

— Não, eu só estava trabalhando um pouco.

— Alguma coisa interessante?

— Não. — Minha resposta é tão rápida, que me pergunto se minha culpa viaja pelo telefone, atingindo Vinny na cara do outro lado da linha.

— Bem, eu tive um dia interessante.

Congelo, convencida de que ele sabe o que eu estou fazendo, talvez até capaz de ver as imagens que estão sobre a cama na minha frente. Sei que não faz sentido, mas isso não impede que a minha paranoia entre em ação.

— Liv? — Há preocupação na voz dele por minha falta de resposta.

— Desculpe. Deixei cair o telefone por um segundo — minto.

— Ah.

— O que deixou a sua tarde interessante? — pergunto, hesitante, e prendo a respiração à espera de sua resposta.

— Elle entrou em trabalho de parto.

— Oh. — Expiro. — Uau.

Paranoia e culpa se misturam em um coquetel potente, me fazendo sentir ressaca, embora eu tenha acabado de fazer uma pausa.

— É. — Ele ri. — Não sei quem ficou mais nervoso. Eu, Nico ou Elle.

— Ela já teve o bebê?

— Não. Acabou sendo falso trabalho de parto.

— Ah. Eles devem ter ficado desapontados.

— Acho que Nico parecia mais aliviado do que qualquer outra coisa. — Sei que ele está sorrindo, desfrutando da ideia de seu treinador demonstrar medo. — O grandalhão parecia muito assustado.

— Talvez ele esteja nervoso em ver a mulher dele em trabalho de parto. Vê-la com dor.

— Acho que ele estava era com medo do que viria depois do trabalho de parto.

— Você gosta da ideia de ele estar com medo de um bebezinho, não é?

— Gosto.

Não contenho a risada por sua honestidade. Falamos por mais meia hora. Ele me conta histórias sobre Elle e seu irmão mais novo, Max. É evidente que ele os adora, e o entusiasmo pelo bebê transparece em sua voz.

Depois que desligo, deito de novo na cama, minha cabeça girando por causa do dia de hoje. Me oprime a sensação de estar em um trem desgovernado e sem meios para diminuir o impacto do acidente que inevitavelmente vai acontecer. O emprego com que sonhei desde que era uma garotinha está pendurado em um fio frágil, bem diante do meu rosto. Tão fácil de alcançar e agarrá-lo. Mas, se eu não fizer isso, se eu deixar a chance de uma vida inteira escorrer pelos meus dedos, não terei como estar preparada para o impacto da queda. O emprego seria de Summer.

O INVENCÍVEL 127

Meu celular toca novamente nem dez minutos depois de eu desligar a ligação com Vinny e me faz debater se devo ignorar a chamada ou não. Mas não ignoro, atendo, embora sem o entusiasmo com o qual costumo cumprimentar as pessoas.

— Ainda estou pensando em você, no olhar em seu rosto depois que eu te beijei na frente do seu prédio hoje. Estou deitado na cama com o pau duro, lembrando de como seu corpo reage a mim. — A voz de Vinny some. — Mesmo em público. É incontrolável e você é sexy pra caramba, eu só precisava ouvir o som da sua voz de novo.

Engulo em seco, e minha voz é rouca quando respondo:

— Foi um beijo gostoso...

— Amanhã à noite. Vou fazer coisas que vão te fazer gritar meu nome mais e mais.

Hummm... como a gente responde a isso? Além de ficar com os mamilos rígidos e sentindo o lugar entre suas pernas inchar com a expectativa.

— Está bem — digo em voz baixa.

— Boa noite, Liv.

— Boa noite, Vinny.

Desligo e jogo o celular sobre uma pilha de papéis. Depois de um tempo, caio no sono com visões de Vinny me fazendo gritar, em vez de pensamentos a respeito da história que eu tenho de me conformar a escrever.

VINTE E QUATRO

Liv

Acordei hoje com uma nova perspectiva sobre a vida. Decidi que a história simplesmente não é verdade. Deus simplesmente não poderia ser tão cruel ao trazer aquele homem de volta para mim e depois me fazer esmagar sua única memória honrosa de família. Uma que ele preza tanto. Muitas pessoas têm olhos azul-claros e robustos maxilares quadrados. Droga, existe toda uma comunidade de pessoas bonitas por aí que poderiam passar por um parente do senador Knight ou de Vinny.

Chego ao escritório muito cedo, pronta para mergulhar de cabeça. Só preciso esclarecer algumas coisas com *Cretino* antes de entrar no meu estado alegre.

— Bom dia, James. Tem um minuto para mim?

— Tenho tudo o que você precisar. Entre. — Seu sorriso pervertido me informa que sua escolha de palavras não é coincidência. Sinto a necessidade de tomar banho depois de ouvir aquele duplo sentido brutal. No entanto, sorrio do mesmo jeito e pego meu lugar no assento que ele indica a mim com um gesto.

— Passei muito tempo pensando sobre a história do senador Knight ontem à noite.

— Achei que você fosse fazer isso. — Cretino se recosta na cadeira, tocando a ponta dos dedos como numa pose de oração.

— O que acontece se eu trabalhar na história durante as próximas semanas e, no final, chegarmos à conclusão de que o senador Knight não é o pai de Vince? Onde é que isso me deixa com o trabalho?

— Estamos confiantes de que acertamos com este. — Ele se senta na cadeira. — Mas ninguém foi capaz de provar essa história de um jeito ou de outro. Traga-nos a prova e o emprego é seu. Eles tiveram alguns pesos pesados trabalhando nisso já há algum tempo, mas o senador Knight guardou essa história mais bem guardada do que bunda de virgem. O

O INVENCÍVEL **129**

lutador é nosso único caminho... e vendo essas fotos suas lá fora, estou pensando que ter uma conversa de travesseiro com esse homem vai ser como tirar doce de um bebê.

Ignorando a observação nua e crua, escolho uma postura profissional e vou direto ao ponto.

— Vou precisar que despesas e viagens sejam cobertas.

— Feito.

— Também vou precisar de uma reportagem de capa, algo que me faça conseguir tempo com o senador Knight. Eu estava pensando em uma matéria de várias páginas falando dele e da família. Dizer a ele que queremos recriar uma atmosfera dos Kennedy em nosso artigo sobre valores familiares. Isso vai me dar acesso à esposa e ao filho.

— Pode deixar. Gosto de como você está pensando agora — ele zomba.

Só esse comentário devia me deixar apavorada.

VINTE E CINCO

Liv

É sexta à noite e não estou com vontade de sair e comemorar. Foi uma semana longa demais, por isso prefiro rastejar para cima da minha cama, ficar em posição fetal e dormir por doze horas seguidas, a passar a noite pulando de bar em bar com Ally. Mas é aniversário dela e prometi que a gente iria se divertir. Sei que preciso deixar de lado a semana de pesquisa que não chegou a lugar algum e me desapegar por um tempo, mas é mais fácil falar do que fazer. Sinto-me culpada por esconder minha missão de Vinny, mas não quero magoá-lo, fazê-lo questionar seu pai sem motivo. Um soldado que nunca conhecemos, um homem por quem ele sempre teve carinho.

Ainda estou surpresa que Ally tenha convidado Vinny para se juntar a nós, na outra noite, quando ele veio me buscar. Normalmente, as comemorações de aniversário são estritamente para meninas. Mas, pelo visto, a sugestão de trazer alguns dos caras da academia foi o suficiente. A aniversariante é facilmente seduzida com a menção de lutadores de físico torneado e cheios de tatuagens.

— O que você acha? — Ally surge de seu quarto, vestindo uma microssaia e saltos tão altos que ela deve estar quase com 1,80 m de altura, mesmo que normalmente meça apenas 1,67 m.

— É uma blusa ou uma saia? — provoco.

— Algumas de nós não têm um monstro sexy, sabe?

— Imagino que você vá atrair um monstro com essa roupa. — Tomo um gole da taça de vinho que acabei de servir, esperando que vá me fazer relaxar um pouco.

— Você acha? — Sem captar o sarcasmo na minha voz, Ally toma o comentário como um elogio, olhando para sua roupa. Satisfeita com o que vê, ela continua: — Vá se vestir... precisamos encontrar um presente que essa aniversariante possa desembrulhar mais tarde. — Ela balança as sobrancelhas.

O INVENCÍVEL 131

Em nenhum momento cheguei a duvidar do que eu usaria. Cada garota tem aquele traje preferido, aquele que consegue mais elogios do que ela recebe no resto do ano. O meu é verde-esmeralda. O vestido simples é justo na parte inferior, abraçando minhas curvas e terminando um pouco acima do meu joelho. A parte superior fica mais folgada acima da minha cintura e termina num drapeado nos meus ombros. Vendo de frente é simples; a cor e o caimento são o que o vestido tem de mais chamativo. A cor verde-esmeralda contrasta com minha pele clara e com meu cabelo avermelhado, criando uma paleta bonita de cores que as pessoas realmente parecem notar.

É a parte de trás do vestido que para o trânsito e eu sei disso. O mesmo drapeado, que mostra apenas um pouquinho de decote recatado na frente, fica pendurado atrás. Bem baixo. Revelando um toque de pele branquinha do topo do meu pescoço, até um pouco acima da minha bunda. Como um mapa do tesouro, que leva os olhos pelas minhas costas para onde a cor de esmeralda fica justa ao redor da minha bunda. Algo me diz que Vinny vai amar o vestido. Tenho notado que ele parece estar criando um gosto pelo meu traseiro. Posso fingir que não percebo para onde seus olhos são atraídos com frequência quando falamos sobre coisas mundanas, mas eu percebo. E hoje estou me vestindo para ele.

Fazendo um beicinho de brincadeira quando me vê sair vestida pela porta do meu quarto, Ally confirma: eu escolhi a roupa certa.

— É o meu aniversário. Como alguém vai me notar se você for vestindo *isso*?

O segundo bar em que paramos, onde marcamos de encontrar Vinny e seus amigos, está lotado. Vamos nos espremendo entre as pessoas até conseguirmos comprar nossas bebidas. Ally não perde tempo em contar ao barman que é aniversário dela.

— Dois chás gelados Long Island — ela grita em meio à música ensurdecedora que está tocando nos alto-falantes, que têm uma batida grave absurda. É tão grave, que sinto a vibração nas minhas mãos sobre o balcão do bar, e meu coração pula junto com o ritmo.

— Faça um só, e o outro substitui por água — grito, e o barman sorri e acena com a cabeça.

— É meu aniversário! Você tem que comemorar comigo!

— Alguém tem que cuidar de você. Um Long Island e você vai precisar ser carregada.

— Vou tomar devagarinho. — Ela sorri.

— Já ouvi isso antes.

Meio copo mais tarde, Ally ri por entre as palavras quando nós duas fixamos os olhos em um casal sentado calmamente do outro lado do bar. Parecem desconfortáveis: a mulher agita a bebida e o homem fica olhando no relógio.

— Ontem à noite, eles saíram. Fazia dezenove meses que ela não dormia com ninguém. *De-ze-no-ve me-ses.* — Ela arrasta as palavras para dar ênfase, antes de continuar. — Eles se conheceram no Namoro. com. Espere, não, Namoronaigreja.com. Sabe? O site no qual entram os tementes a Deus para conhecer outras pessoas que se levantam muito cedo aos domingos para passar uma hora ouvindo um velho pregar. — Ally respira, tempo suficiente para dar outro gole na bebida, antes que ela continue o discurso. — Conversaram online por um mês antes que ele tivesse coragem de convidá-la para sair. Eles se conheceram em um café ontem à noite, vendo um ao outro pessoalmente pela primeira vez. Os dois ficaram altamente decepcionados.

Levanto uma sobrancelha para a história dela e aponto para seu copo.

— Estou com medo de ouvir o que acontece depois que você virar o resto desse negócio — brinco.

Sem se abalar nem um pouco pelo meu comentário, Ally continua com a história:

— Então, Elgin, que é o nome do cara — seu sorriso se alarga —, sugere que eles saiam para beber alguma coisa. Sabe, depois de algumas cervejas, todo mundo parece mais apetitoso. — Outro gole do líquido inocente, porém muito potente, que ela está bebendo como se fosse limonada. — Os dois bebem quatro vodcas-tônica. Elgin é um cara grande, mas ele é ruim de copo, assim como Penny.

— Penny? — pergunto, sorrindo. Ally sempre escolhe os melhores nomes. Pessoalmente, nunca conheci uma Penny, mas a mulher sentada do outro lado do bar se encaixa perfeitamente nesse nome. Eu não ficaria surpresa se Penny fosse realmente o nome dela.

— Isso, esse é o nome da acompanhante. Pare de interromper, você está me fazendo perder o fio da meada. — Claro, é a minha pergunta que a está deixando confusa e não a bebida que tem cinco doses diferentes de álcool altamente inflamável. — Enfim, Penny e Elgin vão para a casa dela. Que, por sinal, contém uma coleção enorme de pelúcias da Hello Kitty. Estou falando de centenas. Só isso deveria ter levantado as bandeirinhas de alerta para o pobre Elgin. Mas, infelizmente, álcool e o pau nas calças dele o impediram de ver todos os sinais. — Ally suspira, como se quisesse dizer que ela se compadece do pobre Elgin.

— Então o que aconteceu na terra da Hello Kitty? — De modo lamentável, estou ansiosa para ouvir o resto da história.

— Eles entraram no clima depressa. Dois contadores cheios de tesão e sexualmente famintos. Enfim, ela acaba se mostrando uma gata no cio. — Ally esvazia o resto do líquido do seu copo alto, e depois o bate sobre o balcão com um pouco de entusiasmo demais.

— Gata no cio? — Sobrancelhas unidas, começo a pensar que já estou vendo sinais da Ally bêbada, e ela não fala coisa com coisa.

— É, tem um fetiche de gatinha. Ela gosta de fingir que é uma gata na hora H.

— O quê?

— Isso. Agora que os segredos foram expostos, ambos estão sóbrios e o resultado é esse. — Ela aponta para o casal ainda sentado num clima constrangedor à mesa do outro lado do salão. — É o dia depois do encontro. Os dois se sentem obrigados a, depois do sexo felino, fazer sexo selvagem.

— Sexo selvagem? — A voz de Vinny me pega de surpresa, já que estou focada em Ally, fazendo o meu melhor para continuar com a história que está sendo contada pela minha melhor amiga louca.

Esquecendo a história inteiramente, Ally se ilumina como uma árvore de Natal, jogando os braços em volta do pescoço de Vinny, cumprimentando-o com excessiva animação.

— Que bom que você veio! — Sim, ela está definitivamente bêbada. A feliz Ally movida a álcool chegou.

Divertido, Vinny sorri e levanta as sobrancelhas para mim em questionamento. Dando de ombros, sorrio vendo Vinny lidar com Ally embriagada. Ele a apresenta para os três amigos que trouxe junto, um mais definido e musculoso do que o outro. O mais alto do trio tem a cabeça raspada e tatuagens escapando debaixo do colarinho de sua camisa. Eu apostaria dinheiro que ele grunhe e rosna em vez de falar. Não é difícil adivinhar qual vai ser o objeto da atenção de Ally esta noite.

— E aí? — Vinny chega até mim, engancha o braço em volta do meu pescoço e me beija na boca com jeito possessivo. Eu nunca teria sonhado que iria gostar de algo tão "homem das cavernas". Antes de Vinny, demonstrações públicas de afeto não eram a minha praia, especialmente aquelas com a intensidade que exala tão naturalmente dele.

— Oi.

— Você está linda — diz ele, com a voz baixa e sensual. Ele olha meu corpo lentamente de cima a baixo com aprovação, sem fazer nenhuma tentativa de esconder seu apetite. Estranhamente, é uma das coisas que eu acho tão atraentes nele. Ele é confiante, verdadeiro, sem rodeios. Honestidade pura e sem filtros.

— Obrigada. — Receber elogios desse jeito nunca foi algo com que eu estivesse confortável, mas Vinny torna mais fácil... porque acredito que ele está sendo sincero.

— Então, quem é que vai fazer sexo selvagem e pervertido? — Ele sorri e eu sinto meu rosto esquentar de vergonha.

— Foi só uma história inventada. Uma brincadeira de que Ally e eu gostamos.

Vinny faz sinal para o barman, pede uma cerveja para ele e faz um gesto na direção de Ally.

— E dois desse negócio que ela está bebendo.

— Hummm... Eu não estava bebendo. — Levanto minha água. — Água. Estou sendo a pessoa responsável esta noite. Alguém tem que levar Ally pra casa.

— Eu levo vocês duas para casa. Divirtam-se. Eu não vou tirar os olhos de vocês duas, aqui, de jeito nenhum. — Examinando o salão, ele pega a água da minha mão e a coloca no bar, substituindo-a pela bebida que o barman preparou.

Sorrindo, dou um golinho no copo:

— Está bem, mas você não sabe onde está se metendo. Ally fica maluca quando bebe demais e eu sou ruim de copo.

Vinny toma uma golada da sua cerveja e redireciona a conversa para um lugar do qual ele não vai me deixar sair facilmente.

— Me conta, sexo selvagem?

— Você não vai deixar essa passar, não é?

— Não. — Seu sorriso diabólico e suas covinhas de menino se combinam para formar um rosto que é simplesmente irresistível.

Suspirando de forma dramática, tomo um gole de coragem líquida antes de mergulhar na brincadeira que Ally e eu fazemos desde que éramos meninas. Tudo começou em uma festa onde estávamos entediadas, na época do ensino médio, mas a brincadeira se transformou em algo mais criativo ao longo dos anos.

— Perícia de bar.

— Perícia de bar? — Pelo jeito, Vinny nunca ouviu falar da nossa brincadeira maravilhosa.

— Uma de nós escolhe um casal e a outra tem que inventar a ficha dos dois... um conto sobre a história deles.

— Quem fez sexo selvagem?

Tímida, aponto para o casal que está sentado do outro lado do salão, ainda parecendo terrivelmente desconfortável.

— Eles não fizeram sexo selvagem, querida.

— Como você sabe?

Levantando uma sobrancelha, como se dissesse "duh", ele toma um gole de cerveja e vira para dar uma geral pelo salão.

— Cara magro e alto vestido com um casaco esportivo preto, que está conversando com a morena vestida com... — ele vacila, à procura de uma palavra — ... quase nada. — Vinny fica ao meu lado. De costas para o bar, nós dois nos apoiamos casualmente nos cotovelos. Tomo do meu copo e não perco tempo no desenvolvimento da minha história.

— Brendon. — Viro a cabeça e olho Vinny no rosto, com uma máscara de seriedade facilmente no lugar. — Esse é o nome dele.

Vinny arqueia as sobrancelhas e sorri com divertimento, à espera de mais.

— É programador de computador — continuo. — Ele ficou com a ex, Julie, por seis anos e meio. Por ser programador, ele passa muito tempo no laptop, e a Julie estava se sentindo safadinha uma noite...

Vinny me interrompe:

— Safadinha?

— Isso, safadinha. Não se pode interromper uma reconstituição forense, Sr. Stone. — Eu sorrio, arqueando uma sobrancelha, um desafio silencioso para ele me questionar.

Brincalhão, Vinny coloca as mãos para cima fingindo rendição e faz um gesto para eu continuar.

— Então, enfim, Julie estava se sentindo *safadinha* uma noite e foi à procura de Brendon, no home office dele. Como ele não estava esperando ninguém, quando a porta foi aberta, Julie teve uma visão de primeira fila do show. Ela o pegou em flagrante, dando um trato nele mesmo, enquanto batia papo em vídeo com uma mulher com quem ele vinha conversando online por quase um ano.

Faço uma pausa e dreno mais do meu copo. Droga, isso aqui é gostoso, mas é muito fácil esquecer o quanto é potente, até que a gente sinta a cabeça começar a rodar.

— E a mulher ali é Julie ou a mulher do vídeo?

— Nenhuma das duas. Julie o largou. Saiu de casa no dia seguinte. Acontece que a mulher do vídeo era casada, por isso o pobre Brendon levou dois foras em 24 horas.

— Então, quem é a garota?

— Ele a conheceu numa loja. Ele entrou para comprar uma jaqueta esportiva. Estava pensando em gastar uns 300 dólares, mas a conheceu. Ela trabalha no departamento masculino e vendeu para ele aquela jaqueta superfaturada de 1500 dólares. Ele teve que passar no cartão de crédito porque Julie levou tudo o que eles tinham na conta bancária. O suor estava começando a se formar na testa do Brendon enquanto a senhorita sem roupas passava a compra... ele estava preocupado que o cartão fosse recusado.

Um riso verdadeiro e completo me diz que Vinny gostou da minha história.

— Você inventou tudo isso agora, da sua cabeça?

Fingindo-me de ofendida, respondo:

— Não é inventada, é a história deles.

A voz borbulhante de Ally desvia minha atenção da brincadeira com Vinny. Ela está pulando de um lado para outro, fazendo o que é comumente conhecido como a dança do xixi.

— Vem comigo.

Beijo Vinny na bochecha, sorrio e me afasto do bar para permitir que minha amiga comece a me arrastar em direção aos banheiros. Dou três passos quando um braço forte envolve minha cintura e me para no lugar.

— O quê? — Viro e encontro o rosto de Vinny sério.

— Vou junto.

— Ao banheiro?

— É, vou esperar do lado de fora — Vinny rosna em resposta.

— Ué, o que foi?

— Acabei de ver a parte de trás do seu vestido.

Duas horas mais tarde, Ally está numa forma impagável e eu não estou sentindo dor nenhuma. Dois dos amigos de Vinny desapareceram na multidão, para nunca mais voltar. Eu, Ally, Vinny e Careca estamos juntos no bar, sendo entretidos pelas loucuras de Ally. A última rodada de perícia consistiu em Ally arrastando as palavras enquanto descrevia uma história de problemas com a mamãe, que o pobre casal escolhido estava lutado para superar.

Depois que Ally arrasta o Careca para a pista de dança improvisada, Vinny me puxa para perto dele, minhas costas na sua frente, e envolve seus braços confortavelmente na minha cintura.

— Quer dançar? — pergunto, embora tenha certeza de que sei a resposta antes que ele responda.

— Eu não danço.

— Nunca aprendeu? — pergunto, quando ele mergulha a cabeça no meu cabelo e encontra um ponto sensível no meu pescoço para mordiscar discretamente.

— Não disse que eu não sei, disse que eu não danço.

— Você sabe dançar? — Minha voz começa a mostrar minha distração conforme as mordidinhas descem para o meu ombro. Ele me puxa pelo vestido num movimento brusco para expor mais pele e segue fazendo uma trilha de mordidinhas.

— Claro que sei, mas prefiro dançar com você na horizontal.

Minha nossa. Eu também. Me segurando perto, ele me gira nos braços e os trava atrás das minhas costas, pressionando nossos corpos um contra o outro.

Olho para ele, nossos olhos se encontram, e isso me faz querer saber em que ele está pensando. Só que já bebi muito e esse questionamento é feito em voz alta.

— Qual é a nossa história na perícia de bar?

Ele afasta a cabeça para trás e olha nos meus olhos, sua confiança descontraída me cativando enquanto espero a resposta.

— O cara? Ele vagou por anos à procura de alguma coisa, só que ele não tinha ideia do que era. Apenas sentia como se faltasse um pedaço do seu quebra-cabeça. Depois, ele conheceu uma mulher inteligente, bonita e divertida, que gostava de se perder dentro da própria cabeça.

A parede de gelo que eu construí em torno do meu coração para me proteger desse homem derrete, deixando-me vulnerável. Emoções que estou lutando para conter acabam me dominando e transparecem na minha voz tensa. Quase um sussurro, incentivo-o a continuar enquanto espero, desejando que a história tenha um final feliz.

— O que acontece depois que eles se conhecem?

Apertando-me ainda mais nos braços, Vinny planta um beijo suave nos meus lábios. Seus belos olhos hipnotizantes aquecem meu coração descongelado e ele continua:

— Lentamente, um pouco mais a cada dia, ela o deixa entrar na cabeça dela e um dia ele acorda e percebe que não estava mais dando voltas sem rumo. Ele não sabia bem quando isso tinha acontecido ou por qual motivo; ele apenas sabia. Tudo pelo que ele tinha procurado nos últimos sete anos já não faltava mais.

Não consigo falar, minha respiração foi literalmente roubada de meus pulmões. Suas palavras lavam toda a minha dúvida e deixam livre o caminho para o meu coração, e Vinny fica um passo mais perto de possuí-lo. Mais uma vez.

Duas horas mais tarde, estou meio alta quando Vinny abre a porta do carro para eu entrar. Jogo os braços ao redor de seus ombros em vez de subir, pego-o desprevenido e ele sorri com meu beijo na ponta do seu nariz. Eu me sinto mal por acabar com a festa antes que Ally estivesse pronta para ir embora, mas as bebidas subiram direto para a minha cabeça. Além do mais, Careca já tinha prometido levá-la para casa e ela parecia mais do que animada com a perspectiva.

— Você fica bonitinha quando está bêbada.

— Não estou bêbada. — Minhas palavras saem apenas um pouquinho arrastadas, não importa o quão sóbria eu tente parecer.

Ele me dá um beijo casto nos lábios e me surpreende por me pegar no colo e me colocar com cuidado no banco do passageiro. Ele prende meu cinto, fecha a porta do carro e corre para o lado do passageiro.

— Na sua casa ou na minha? — Ele liga o motor.

— Você é muito presunçoso. — Rio e viro no banco da frente para encará-lo.

— Só quero tomar conta da minha garota.

Enrugo as sobrancelhas, e Vinny vê a confusão no meu rosto.

— Estou te devendo uma dança. — Sua voz se torna baixa e pastosa.

Engulo em seco e me mexo no lugar para acalmar a pulsação que desperta entre as minhas pernas, quando penso no ritmo que mal posso esperar para sentir entrando e saindo do meu corpo.

— Na sua.

Vinny sorri e coloca o carro em movimento.

— Dirija rápido — sussurro, descansando a mão sobre a coxa dele.

— Querida, você ia pra minha casa de qualquer jeito. Fica mais perto e não tenho certeza se consigo aguentar mais dez minutos depois de ter visto a parte de trás do seu vestido por metade da noite.

VINTE E SEIS

Liv

Vinny não acende as luzes quando entramos no apartamento. Em vez disso, ele mantém um aperto firme no meu quadril e me orienta pelo caminho. Virando à esquerda no corredor, na escuridão, perco a noção sem saber onde estamos, mas certa de que o quarto é do outro lado.

Guiando-me lentamente até que eu bato de leve em algo na minha frente, ele fica quieto até chegar onde quer.

— Dobra o corpo pra frente. — Ele vem e para atrás de mim, depois aplica uma pressão na minha nuca e me empurra para frente até eu tocar em algo duro e frio. *A ilha na cozinha.*

Com meu rosto virado de lado, bochecha colada ao tampo da ilha fria, ele afrouxa o aperto no meu pescoço. Sinto a força em suas mãos quando ele percorre lentamente minha coluna até alcançar minha lombar.

— Levante os braços, segure o outro lado da bancada.

Dobrada na cintura, rosto pressionado à bancada, levanto as mãos sobre a cabeça e agarro o outro lado do tampo como ele me pede. Vinny se aproxima um passo, pressiona a virilha contra a minha bunda e se inclina sobre mim, seu tronco sobre as minhas costas para que eu fique presa entre o granito duro e seu corpo musculoso.

O cômodo escuro está tão silencioso que ouço cada respiração quando sua boca se aproxima da minha orelha.

— Este vestido é uma provocação. — Seus dentes afundam na minha orelha, me fazendo gritar em uma mistura de choque e dor. Sua língua rapidamente segue a mordida, sugando suavemente minha orelha, onde os dentes apenas marcaram.

— Você o vestiu para mim? Para me deixar louco de ver outros homens te comendo com os olhos?

Quero falar, mas minha voz está presa na garganta, as palavras mal saem como um murmúrio.

— Vesti porque achei que você ia gostar.

— E eu gostei. É perfeito. Seu corpinho apertado me fez perder o juízo a noite toda. — As mãos fortes acariciam para cima e para baixo pelas laterais do meu corpo. Seus dedos sentem cada centímetro conforme se movem sem pressa pelas minhas curvas. Não é um toque suave; é impaciente e rude, e sua pegada me faz sentir como se ele precisasse me segurar firme desse jeito para não perder os restos de seu próprio controle.

— Fico louco de ver os olhos de outro homem em você — Vinny diz num grunhido, como se apenas a simples menção de um outro homem acendesse suas emoções intensas. Rispidamente, ele levanta minha saia até a cintura, e arranca a calcinha do meu corpo. A força de sua ação me excita e eu me mexo, minha bunda nua à espera dele.

— Tudo em você simplesmente me faz... — Sua voz some quando ele fica em pé, e sinto falta do seu corpo assim que ele sai de cima de mim.

Sua mão se move para minha bunda exposta e a acaricia delicadamente.

— Você está pronta para mim? — Sua voz é rouca. Tensa. Grossa.

— Estou.

Traçando um caminho lento da minha bunda para entre minhas pernas, seus dedos mergulham dentro de mim para ver se minha resposta é verdadeira.

— Você está muito molhada — ele sibila, ao mesmo tempo em que ouço reverberar pela cozinha o som do seu zíper sendo aberto.

Solto um gemido quando ele entra em mim, meu corpo escorregadio, mas ainda se esforçando para receber a largura dele todo lá dentro. Firmemente acomodado, ele para por um momento, me dando tempo para me adaptar. Sua voz é rouca e tensa quando ele fala:

— Quero gozar dentro de você. Encher essa bocetinha que me pertence.

Ele sai quase inteiro, passa o braço com força debaixo da minha cintura e puxa meus quadris para trás para satisfazer cada impulso vigoroso. Cada vez esfregando sobre o ponto sensível dentro de mim, e então se afastando pouco antes de me lançar sobre o precipício. Pairar tão perto é uma tortura, mas é um êxtase ao mesmíssimo tempo. A intensidade de suas investidas aumenta, aproximando-nos mais e mais do clímax com cada mergulho rítmico dentro e fora. Um gemido alto escapa de mim, sinto meu corpo e mente seguindo em direção ao litoral do oceano que espera para me inundar. Vinny sai quase inteiro e solta um grunhido em resposta ao meu gemido e, inesperadamente, sua mão atinge minha nádega uma vez com força e provoca um grande barulho, antes de mergulhar fundo dentro de mim novamente. Meu corpo reage à contundência de seus movimentos antes que meu cérebro sequer consiga acompanhar. Pulsando freneticamente com vontade própria, meu sexo se aperta ao redor dele, conforme onda após onda de latejar que me deixa inconsciente toma conta de mim no orgasmo mais violento que já se apossou do meu corpo. Uma série de palavrões abandonam a boca de Vinny quando ele encontra a própria libertação. O calor dele que se derrama dentro de mim é uma extensão da minha própria felicidade.

Momentos depois, quando nossa respiração finalmente diminui o ritmo e nossos corpos suados ainda estão pressionados um contra o outro, Vinny me envolve, me levanta nos braços e me leva para o quarto. Ainda estou em transe quando o sinto tirar o vestido do meu corpo encharcado de suor. Roupas com as quais não tínhamos nos importado enquanto estávamos no frenesi. Ele sobe na cama atrás de mim, me cobre com as cobertas cuidadosamente e se encaixa em mim de conchinha, com beijinhos no meu rosto, antes que eu caia no sono.

Na manhã seguinte, acordo com a sensação de estar sendo observada. Estou deitada na cama, de barriga para baixo, com o lençol enrolado na minha cintura, fazendo pouco para esconder a minha bunda.

Viro a cabeça, esperando encontrar Vinny ao meu lado, mas a cama está vazia. Em vez disso, ele está sentado a poucos passos de distância em uma cadeira, vestindo nada além de calça de moletom e bebendo um café com aroma divino em uma caneca enorme.

— Bom dia. — Ele bebe um gole, parecendo bem acomodado.

— Quanto tempo faz que você levantou? — pergunto com voz de sono.

— Não sei. Talvez uma hora.

— Quanto tempo faz que você está sentado aí?

— Não sei. Talvez uma hora. — Ele sorri.

— Ficou simplesmente sentado aí?

— Estou apreciando a vista. — Com um sorriso malicioso, os olhos de Vinny se movimentam sobre minha bunda exposta.

— Você ficou olhando para minha bunda por uma hora?

— É uma bunda maravilhosa pra cacete. — Sem mostrar arrependimento, ele beberica o café e encolhe os ombros.

Estico as mãos para trás e puxo o lençol que eu, de alguma forma, enrolei em volta do corpo como uma serpente irritada a ponto de esmagar sua vítima.

— Não. — Vinny se levanta, caminha até a cama e tira das minhas mãos o pedacinho de lençol que eu consegui libertar das minhas mãos. A cama afunda quando ele se senta, um braço cruza a cama e me traz mais para perto em um movimento rápido, que parece não ter exigido nenhum esforço dele.

— Estou adorando ver a cópia da mão aqui. — Ele me dá uma palmada forte na bunda. Murmurando, sua voz muda de brincalhona para profunda, sexy e áspera. Suas mãos acariciam suavemente meu traseiro. — Você está com dor de ontem à noite?

— Não. — Sinto meu rosto corar só de pensar na noite passada.

— Olhe para mim — ele diz com voz de comando. — Você achou ruim a noite passada? — Seus olhos encontram os meus e me prendem em seu olhar.

— Não. — É difícil admitir, por algum motivo, mas é a verdade. Não achei nadinha ruim a noite passada. Eu nunca teria pensado que gostaria de sexo um pouco mais duro. Mas estou descobrindo que há uma série de coisas sobre mim que eu não conhecia.

Vinny balança a cabeça para cima e para baixo, aceitando minha resposta.

— Café?

— Ai, meu Deus, sim.

Vinny sorri, é genuíno, e vejo seu rosto relaxar. Eu não tinha sequer percebido que estava tensa antes, mas já passou.

— Vou buscar, mas é melhor essa bunda ficar exatamente onde está quando eu voltar. — Ele se abaixa e morde minha bunda de brincadeira.

Depois de uma longa e quente chuveirada, nós dois nos enxugamos juntos no banheiro. Limpo o embaçado do espelho enquanto Vinny está atrás de mim, beijando meu ombro.

— Você vai comigo no próximo fim de semana? — Seus olhos encontram os meus no espelho.

— Aonde?

— Tenho uma exibição nos arredores de Washington, no sábado. Estava pensando em pegar um voo na sexta-feira de manhã, mas, se você não puder sair do trabalho, podemos ir mais tarde.

Nos arredores de Washington, sério?

— Na verdade, preciso ir a Washington esta semana de qualquer maneira. Tenho que fazer uma entrevista. Poderíamos sair na quinta de manhã para que eu possa trabalhar na sexta durante o dia na capital? — Olhando fixamente para o reflexo de seus olhos, por uma fração de segundo, considero dizer a ele o que preciso fazer lá. Apenas entregar tudo. A cada dia, me percebo me apaixonando um pouco mais por esse homem complicado. Mas a culpa de esconder um segredo tão pessoal encobre a sensação e pesa muito nos meus ombros. Rapidamente reconsidero, pois não posso machucá-lo apenas para aliviar meu fardo. Em especial quando não estou certa se é mesmo verdade.

— O que você quiser. Sempre tem caras na academia para cobrir minhas aulas por algum dinheiro extra.

— Certo.

Vinny me vira para eu encará-lo.

— Tudo bem? — Com um sorriso questionador, ele parece muito jovem e feliz. Vê-lo tão leve e livre de estresse me faz sentir como se eu estivesse fazendo a coisa certa. Não me lembro de ele sequer parecer tão despreocupado no colégio.

— Claro, parece legal. Vou poder ver sua apresentação? — provoco.

— Você pode me ver dando uma surra em alguém. — Ele planta um beijo na minha boca antes de arrancar a toalha enrolada no meu corpo e me puxar por cima do ombro.

— O que você está fazendo?

— Te levando de volta para a cama.

— Consigo andar.

— Eu consigo te levar.

— Talvez, mas eu chego mais rápido.

VINTE E SETE
Vince

— Vê se não dá trabalho ao Preach. Ele está me fazendo um favor por ir com você a Washington, já que a Elle não pode viajar.

— Eu vou ficar bem.

— Foi isso que você disse na noite antes da sua primeira luta e eu tive que ir buscá-lo na delegacia, às duas da manhã.

— Eu não vou estar em um bar, às duas da manhã, dessa vez. — Eu salto na barra de flexão de braços e pouso na frente de Nico. Ele não se mexe.

— É melhor você não estar.

Pego a corda de pular e não olho na direção dele enquanto falo.

— A Liv vai junto.

— A Liv vai junto?

— Existe uma droga de um eco aqui?

Nico ri e balança a cabeça.

— Isso é bom. Ela parece que consegue te manter longe de problemas.

— Eu mesmo consigo me manter longe dos problemas. — Chicoteio a corda, girando na velocidade da luz, dois movimentos de pulso a cada salto. Nico tem que se afastar para não levar uma chicotada na cara quando a corda começa a zunir com cada giro.

— Tanto faz, fico feliz que ela vá.

— É, eu também.

Na quinta-feira, paro na casa da minha mãe para dar uma olhada antes de ir até a casa da Liv para buscá-la e irmos ao aeroporto. Ela está em melhor forma do que na maioria dos dias, até mesmo sentada no sofá e capaz de ter uma conversa lúcida.

— Você parece bem, mãe.

Ela ri, achando que estou sendo gentil.

— Obrigada, bebê.

— Por acaso o Jason deu as caras e consertou as coisas com os dois caras que estavam aqui na semana passada? — Comecei a perguntar por aí, o cara é um perdedor ainda maior do que eu pensava. E olha que eu não pensava muito dele, para começo de conversa.

Os olhos dela estão fixos no chão, e ela torce as mãos enquanto fala. Sei a resposta antes que as palavras saiam de seus lábios.

— Não, tentei tudo que eu sabia para chegar até ele, mas ele desapareceu. Sumiu do mapa.

Merda, eu sabia que aquele lixo não prestava. Eu deveria ter acabado com a raça dele quando tive a chance, no dia que o encontrei levantando a mão para minha mãe.

— Mãe, esses caras não estão brincando. Já andei perguntando por eles na praça. Eles não fazem ameaças em vão. Quanto eles estão tentando conseguir de você?

— Duzentos.

— Por favor, por favor me fala que você está brincando! Ou são duzentos dólares? — Começo a andar de um lado para o outro. Que diabos ela fez? Onde é que eu vou conseguir esse tipo de dinheiro? Imaginei que o perdedor estava desmaiado em algum lugar, chapado, mas faz muito tempo... começo a me dar conta de que ela provavelmente o está escondendo. Ele está mantendo minha mãe refém para encobri-lo. Agora estou começando a ficar nervoso.

— Sinto muito, Vincent. — Ela começa a chorar. Ela me deixa maluco, arruinou metade da minha infância e provavelmente é responsável por meus relacionamentos fodidos com mulheres; só que mesmo assim ainda não consigo vê-la chorar.

Sento-me ao lado dela, passo o braço em torno do seu ombro e a puxo para perto.

— Para, mãe. Vai dar tudo certo. — Não tenho ideia de como, mas tem que dar. — A gente vai encontrá-lo ou pensar em alguma coisa. — Um choramingo irrompe dela. — Prometo.

VINTE E OITO

Liv

Vinny esteve quieto durante todo o voo para Washington, até agora. Ele disse que não havia nada errado, mas eu percebia que ele não estava sendo totalmente sincero. Ele parece preocupado, me pergunto se talvez a luta de exibição que ele tem no sábado o incomoda mais do que ele deixa transparecer. Ou talvez ele realmente não goste de voar, embora tenha sido tranquilo até agora.

— Então, depois que eu pintar meu cabelo de azul e fizer um piercing na sobrancelha, eu estava pensando que poderíamos ir ao Target e comprar todo o creme de barbear que eles tiverem no estoque. — Vinny balança a cabeça e sorri, mas ainda não ouve uma palavra do que estou dizendo, então eu continuo: — Você sabe, nós podemos precisar de um suprimento vitalício de creme de barbear se formos ter mesmo aquela enchente que falaram. Não vamos poder ir até a loja por um tempo. Você não concorda?

Vinny se vira para mim, finalmente percebendo que estou esperando por uma resposta. Ele olha diretamente para o meu rosto, mas não está ouvindo mesmo nenhuma palavra do que estou dizendo.

— Hummm, com certeza.

Ele ainda está a um milhão de quilômetros de distância, mesmo que estejamos sentados tão perto, por isso eu saco armas de calibre maior.

— Ah, tudo bem, ótimo. Eu não achei que você se importaria. Quero dizer, concordei em sair com ele antes de a gente começar a se ver. Vai ser apenas um ou dois encontros, então é provável que eu não durma com ele mais do que uma vez, tudo bem?

— Espera, o quê? — A tensão se mostra em seu rosto quando ele se vira para mim, e não faço a menor ideia de que parte ele ouviu, mas é evidente que algo finalmente entrou.

— Bem-vindo de volta.

— Você acabou de me dizer que vai sair com um cara?

— Eu disse que ia tingir meu cabelo de azul e fazer um piercing na sobrancelha antes disso, mas você não pareceu se importar... então, pensei em testar a que distância você estava daqui. — Sorrio, brincando.

— Legal. Mas você sabe o que acontece quando eu sequer penso em outro homem perto de você, não sabe? — Vinny se inclina para frente, uma expressão ameaçadora no lugar da que estava a milhões de quilômetros de distância há alguns minutos.

Assustada, eu me vejo ser levantada da minha pequena poltrona de avião e recolocada no colo de Vinny. Meus protestos são solenemente ignorados quando ele toma minha boca em um beijo forte e com pouco aviso prévio. Não sou uma pessoa chegada a demonstrações públicas de afeto e fico surpresa quando meu corpo traidor cede a ele com a necessidade de pouca persuasão. Em questão de segundos, estou entrando no beijo com tudo o que eu tenho, meu cérebro incapaz de pensar, e meu corpo dolorosamente consciente de ser abraçada com tanta força por esse homem imprevisível.

Estou tão consumida pela sensação de suas grandes mãos segurando meu rosto no lugar, para que ele possa me beijar até minha visão escurecer, que nem sequer ouço a primeira tentativa da comissária de bordo nos interromper com jeito educado.

— Senhor, a senhora precisa voltar para o assento dela agora. Estamos nos preparando para o pouso.

Meu rosto está vermelho de vergonha, quero rastejar para debaixo do assento quando percebo que a comissária está falando conosco. Vinny, por outro lado, acha divertido que tenhamos sido pegos agindo como dois adolescentes excitados.

— Desculpe, é que às vezes ela não consegue se conter. — Ele dá de ombros e desfere o sorriso de covinhas. — Vou fazê-la voltar para o lugar.

— Vinny! — Bato no peito dele e o olho feio de brincadeira, quando ele pisca para a comissária.

Assim que fazemos check-in no hotel, Vinny se parece mais com o normal dele. Sem perguntar, ele pede uma garrafa do vinho que eu bebo e um prato de frutas do serviço de quarto. Considero discutir com ele novamente sobre tomar decisões por mim, mas percebo como a conversa vai acabar. *Você quer vinho? Quero, mas essa não é a questão. Você quer um pouco de fruta? Quero, mas isso não significa que você tinha que pedir por mim.* Por isso resolvo escolher as batalhas que quero um resultado final diferente.

— Então, você nunca me contou sobre a entrevista que vai fazer amanhã. É alguém que eu conheço? — Vinny pergunta.

Paraliso no lugar, e o pânico me domina. Mentir nunca foi meu forte, mas mentira e culpa combinadas não são uma dupla fácil para eu mascarar no meu rosto. Sou grata por estar de costas para ele quando sou obrigada a responder.

— Hummm... Duvido, é só um senador qualquer.

— Senador, hein? — Vinny vem até atrás de mim, enquanto desempacoto meus artigos de toalete. Paro de respirar, meio que esperando que ele me diga que sabe o que vou fazer. Envolvendo os braços na minha cintura, ele coloca o nariz atrás do meu pescoço. — Ele é jovem? Devo ficar com ciúmes? — Ele vai beijando um caminho até minha orelha.

Seu hálito quente e suas mordidinhas nublam meus pensamentos, e eu fico imóvel, sem saber como responder. Vinny me cutuca de brincadeira em busca de uma resposta. Minha resposta sai um pouco defensiva demais.

— Hummm... não, ele é velho o suficiente para ser seu...

Para minha sorte, somos interrompidos pelo serviço de quarto, batendo na porta.

— Você se importa de receber? — peço. — Preciso me refrescar.

— Claro. — Vinny me dá uma palmada na bunda de brincadeira, quando eu praticamente corro para o banheiro. Me olho no espelho e molho meu rosto, desesperada para clarear a cabeça. Depois de alguns minutos, recupero minha compostura, o suficiente para me aventurar de volta ao quarto, e fico surpresa quando encontro o serviço de quarto ainda presente.

— Você se importaria de me dar um autógrafo? Sou uma grande fã. Vi todas as suas lutas. Eu até mesmo vou à luta de exibição amanhã. — A camareira coquete oscila para frente e para trás no lugar. Ela é bonita, mas num estilo "líder de torcida do Meio-Oeste".

— Claro. O que você quer que eu assine? — Tenho certeza de que ele não está perguntando com segundas intenções, mas vejo as bochechas da menina ficarem rosadas.

Pego um pedaço de papel do bloco do hotel, dentro da gaveta, e vou até lá, interrompendo a conversa.

— Aqui está. — Entrego o papel à menina e sorrio. É um sorriso açucarado, do tipo que outra mulher pode ler instantaneamente e saber o verdadeiro significado escondido abaixo da superfície.

Vinny me olha com curiosidade antes de pegar o papel e escrever seu nome.

A sem-vergonha dá pulinhos com entusiasmo, pega o autógrafo da mão dele e depois se volta para mim, lendo meu rosto e captando a mensagem.

— Nos vemos no sábado, Sr. Stone.

Já servi uma taça inteira do vinho desarrolhado quando Vinny volta, depois de ter acompanhado a menina até a porta. Enfiando um morango na boca, eu sorrio e levanto uma sobrancelha.

— Ela era bonitinha.

— Ah, é? Não é meu tipo. Acho que não percebi. — Ele pega duas uvas do prato, joga uma na boca e desliza a outra suavemente entre meus lábios.

Bebendo meu vinho, decido que provavelmente não quero saber, mas não posso deixar de perguntar:

— Então, qual é o seu tipo, *Sr. Stone*? — Imito a moça na última parte.

Vinny pega a taça de vinho da minha mão e a devolve ao carrinho. Envolvendo os braços na minha cintura, ele me puxa para perto dele.

— Só tenho um tipo.

— E qual é?

— Você.

Reviro os olhos, mas lá no fundo, amei a resposta. Ele beija a ponta do meu nariz e me puxa para perto dele em um abraço terno inesperado.

— O que você quer fazer hoje à noite? — pergunto, contente em apenas ficar bem onde estou pelas próximas três ou quatro décadas.

— O que você quiser.

— Sério? — Me afasto para olhar no rosto dele.

— Claro, contanto que o que você quiser implique ficar neste quarto, comigo dentro de você.

Mais uma decisão que não ouso questionar.

156 *Vi* KEELAND

Vinte e Nove
Liv

— Bom dia. — A voz rouca de Vinny me diz que ele também não acordou faz muito tempo. Me aconchego mais perto dele, as pernas e os braços ainda emaranhados, minha cabeça descansando pacificamente em seu peito, ouvindo seus batimentos cardíacos. Inalando fundo, temo o pensamento de sair da cama e embarcar na montanha-russa do dia que planejei.

Vinny trilha seu dedo para cima e para baixo pelas minhas costas nuas, levemente traçando formas de oito. O movimento me acalma e torna ainda mais difícil eu sair da cama. Ele faz isso comigo, me faz querer fechar a porta para o mundo exterior e esquecer que ainda existe. Ainda mais hoje. Quero ficar na pequena bolha deste quarto, alimentando um ao outro com frutas e bebendo vinho entre encontros carnais.

O alarme do meu celular dispara cedo demais e eu solto um gemido quando estico o braço para desligá-lo e começo a sair da cama. Um braço forte me puxa de volta para baixo.

— Aonde você vai?

— Tenho que entrar no chuveiro, meu compromisso é às dez e eu preciso encontrar o fotógrafo pelo menos meia hora antes disso.

— Dá pra mim essa boca.

— Mas eu não escovei os dentes.

— Então me dá outra coisa pra beijar. Estou deitado, te vendo pelada e, se você não for rápida, vai definitivamente se atrasar.

Beijo-o castamente nos lábios e salto para fora da cama antes que ele possa me puxar de volta, embora eu preferisse ficar na cama e que ele me fizesse chegar atrasada.

Paul Flanders, um entre as dezenas de fotógrafos da equipe do *Daily*

Sun Times, e eu chegamos na casa do senador Knight. Pilares de tijolo sustentam dois grandes portões de ferro forjado. Uma câmera montada em cima de um dos pilares aponta em nossa direção quando diminuímos a velocidade ao alcançarmos o interfone.

— Posso ajudá-los? — ribomba uma voz masculina vinda da caixinha, misturada com estática.

— Tenho um horário marcado às dez horas com o senador Knight. Meu nome é Olivia Michaels, do *Daily Sun Times*.

— Segure sua identificação no X vermelho na caixa.

Pego minha carteira de motorista, faço como instruído e vejo a câmera se mover novamente. Um momento depois, a porta se abre.

— Dirija até o topo da colina e estacione em frente de uma das garagens.

Uma das garagens? Uma estrada longa cercada por gramados verdes bem-cuidados leva até uma casa senhorial no topo da colina. Estaciono o carro e olho em volta para a vista deslumbrante. Construída sobre um pico, a casa espetacular que parece saída de um livro está empoleirada num local que oferece uma visão aérea da cidade de Washington à distância.

— Não vai ser difícil encontrar um lugar para recriar a sensação Kennedy aqui — brinca Paul, quando estamos em frente às portas duplas brancas, intimidantes e altíssimas, esperando para sermos recebidos.

As portas abrem e fico surpresa de encontrar o senador Knight diante de mim. Com uma casa assim, eu meio que esperava um mordomo em traje completo com cauda para nos cumprimentar com um sotaque britânico refinado.

— Vocês devem ser a Srta. Michaels e o Sr. Flanders. Por favor, entrem. — O senador Knight sorri e estende a mão para nos cumprimentar individualmente, à medida que entramos.

Vestindo um suéter azul-marinho e calças cáqui, sua aparência é casual e elegante. Eu me pego encarando-o enquanto ele fala. Mal entrei, mas já estou procurando em seu rosto por sinais reveladores da linhagem de Vinny.

Felizmente, o senador e Paul passam alguns minutos discutindo lugares onde Paul pode tirar fotos da propriedade. Isso me dá uma oportunidade de observar o rosto dele sem ter de participar da conversa.

Seus olhos azul-claros são bonitos de modo impressionante, contrastando fortemente com a pele muito bronzeada. Não há qualquer dúvida de que a cor é quase uma correspondência exata da pele de Vinny, mas também há algo muito diferente, embora eu não consiga definir exatamente o que é.

Em pé ao seu lado, quando ele faz um gesto para Paul sair ao ar livre em uma certa direção, consigo observar seu perfil. O que eu vejo quase faz parar meu coração. O queixo quadrado, talhado, define um rosto forte com o qual estou intimamente familiarizada. Quase me deixa desconfortável vê-lo em alguma outra pessoa; faz eu me sentir exposta por algum motivo. Os dois homens trocam palavras e, em seguida, Paul sai para fotografar a casa, deixando o senador Knight voltar a atenção para mim.

— Senhorita Michaels, conheci muitos de seus colegas do *Daily Sun Times*, mas acredito que não tivemos o prazer de nos conhecer antes. — Ele sorri, é um sorriso treinado, um que me lembra que ele apertou mãos e beijou bebês em campanha por votos, durante uma boa parte da vida. — Na verdade, tenho certeza de que nós não nos encontramos antes, pois eu me lembraria de conhecer uma moça tão bonita.

— Hummm... Obrigada. — Será? — Sou nova no *Daily Sun Times*.

— Bem, espero que esta seja a primeira de muitas entrevistas. Tenho uma longa história com alguns dos jornalistas no *Sun*. Sinto que vi alguns crescerem ao longo dos anos.

Com um sorriso agradável, minto entre dentes:

— Eu gostaria disso. É uma honra conhecê-lo. — Minha pesquisa prévia me ensinou que ele gosta de impressionar as mulheres. As mulheres jovens. Quanto mais abismada eu puder parecer na presença dele, mais ele irá falar.

— Por que não vamos para a biblioteca? — É uma pergunta, mas ele não está à espera de uma resposta. Ele faz um gesto para eu o seguir e me leva até uma série de corredores. A casa grande é linda, de arquitetura deslumbrante, embora fria, quase estéril. Nós nos acomodamos em uma bela biblioteca, em dois sofás posicionados um de frente para o outro. Não é incrivelmente grande no perímetro, mas o cômodo se estende por dois andares. Uma pequena escada leva a um corredor que contorna a sala, permitindo que os visitantes possam alcançar livros no segundo andar.

— Você gosta da biblioteca? — O senador Knight sorri, me observando absorver a imagem do cômodo. Aqui não tenho que fingir espanto, pois o lugar é muito bonito, o sonho de todo jornalista.

— É impressionante. — Olho para cima e para baixo pelas inúmeras fileiras e mais fileiras de livros lindamente encadernados, abrangendo, pelo menos, seis metros de altura, se não mais.

— É absolutamente linda, uma beleza tão clássica e simples.

— Sim, sim, certamente. Linda. — Viro-me para o senador Knight, e encontro seus olhos percorrendo meu rosto. Por um segundo, não tenho certeza se ele ainda está falando sobre a biblioteca.

Enterro a cabeça na minha bolsa para esconder o rubor que sinto subir pelo meu rosto, e demoro algum tempo para encontrar o bloco de notas, papel e o gravador, esperando que o calor se dissipe tão depressa quanto tinha subido.

— Então, senador Knight. Eu tinha esperanças de alguma história como pano de fundo, para situar e dar o tom do artigo. Mostrar aos leitores a sua escalada ao topo. — Sorrio e ligo o gravador diante de mim.

— O que você quiser saber. Sou um livro aberto.

Claro que é.

— O senhor é da região de Chicago mesmo. Escolheu frequentar a faculdade de Direito nas proximidades, ou foi para estar perto da família?

— Ótima pergunta. Existe uma série de motivos pelos quais eu escolhi Loyola, mas, sim, estar perto da minha família era importante. A família está no coração de cada história de sucesso e, para mim, realmente nunca houve outra escolha. Frequentei a graduação em Loyola, e os valores católicos da instituição se encaixaram de maneira muito forte com os meus. Me trouxeram mais perto da minha fé e da vida familiar. Por isso, quando me foi dada a oportunidade de seguir carreira na faculdade de Direito lá, eu a agarrei. — Ele sorri e pisca. — Além disso, lá conheci minha namorada da faculdade.

Não demorou muito para o bom senador colocar na conversa seus fortes valores familiares e suas crenças religiosas, não é? Tenho a sensação de que esse homem poderia enfiar os dois assuntos em uma resposta a praticamente qualquer pergunta. "Político" é uma característica que exala dele assim que a gente liga o gravador. Como um ator na frente da câmera, ele ganha vida. Rápido, alguém dê a ele um bebê para beijar.

— A Sra. Knight se formou em educação infantil. Ela lecionava quando o senhor estava em Chicago?

— Não, não. Ela fez muito trabalho voluntário, mas nos casamos muito jovens, e ela assumiu a tarefa de cuidar da nossa família em tempo integral. Não são muitas as mulheres dispostas a se comprometer mais com esse trabalho importante.

Ou homens. O comentário dele é machista e imediatamente me incomoda, mas grudo um sorriso no rosto e retribuo com palavras que assumem gosto ácido assim que deixam meus lábios.

— Espero que eu tenha a sorte de poder ficar em casa com minha família algum dia.

Senador Knight se arruma mais para trás no assento, movendo um braço sobre a lateral do sofá, com um sorriso de aprovação no rosto presunçoso.

— O senhor só tinha 28 anos quando se tornou sócio da Kleinman & Dell, algo impressionante, o senhor deve ter comemorado.

Quando ele se vira para olhar pela janela próxima, noto uma mudança tomar conta de seu rosto. A mandíbula aperta e ele leva mais tempo para responder. Se eu não estivesse cavando uma reação, provavelmente não teria percebido, mas percebo porque estou atenta aos mínimos detalhes.

— Sim, bem, eu era mais jovem naquela época. — Poucos segundos depois ele se vira para frente outra vez, a máscara de volta firmemente no lugar.

Passamos a hora seguinte conversando, mas a realidade é que eu poderia ter escrito a matéria sem nem mesmo ter vindo aqui. Não há nada de novo no que ele revela. Desesperada para descobrir mais, para cavar mais fundo, decido pressionar mais sobre a família.

— Você só tem um filho, Jackson, certo?

— Sim.

Eu posso estar imaginando, procurando por algo que não está lá, mas a resposta pareceu quase rápida demais.

— Eu adoraria fazer algumas perguntas, se ele estiver disponível? Sei que Paul marcou de fotografá-lo hoje, mas, se ele estiver disponível para algumas perguntas, eu realmente gostaria de algumas declarações. Tenho certeza que ele deve ter muito orgulho do senhor e de tudo o que o senhor apoia.

Sorrindo, ele se levanta.

— Tenho certeza de que ele vai encontrar tempo, Srta. Michaels. — Outra piscada.

Seguindo o senador Knight até o lado de fora, para o quintal amplo, encontramos a Sra. Knight sendo fotografada por Paul enquanto se ocupa de jardinagem. Ela está vestindo uma camisa branquíssima, calça cáqui enfiada dentro de botas de borracha, e seu cabelo perfeitamente arrumado está bem amarrado para trás em um lenço colorido em tons pastel. Maquiagem tão perfeita quanto a pose, ela está abaixada cavando um pequeno buraco para plantar uma muda de tomate.

Acho a cena toda quase cômica. Quem arruma o jardim vestida em uma camisa branca cara e usa maquiagem? Ainda mais engraçado, estacionei ao lado da caminhonete do jardineiro assim que entramos na garagem. Apesar disso tudo, ergo os olhos para o senador Knight com a minha melhor tentativa de espanto quando ele olha com orgulho para a cena falsa representando sua vida.

— Sua esposa é linda. — E de plástico.

— Obrigado. — Ele fica mais empinado, como se na verdade fosse o responsável pelo fato que acabei de elogiar.

— Vamos, vamos encontrar aquele meu filho para você ter alguns minutos com ele.

O senador Knight me conduz por um caminho de tijolos a uma casa menor, que se parece com aposentos de hóspedes, ou talvez a residência de algum empregado da propriedade.

— Jackson prefere a casa de hóspedes à idolatria constante de sua mãe na casa principal. Esse foi o acordo que eles fizeram quando Jackson decidiu que era hora de sair. — Ele abre a porta sem bater e grita para dentro: — Jackson, tenho alguém que gostaria de conhecer você.

A casa está em silêncio. O senador entra e olha em volta; eu espero na porta. Uma voz atrás de mim me assusta.

— Posso ajudar com alguma coisa?

Dou um salto com o som inesperado e perco o equilíbrio, quase caindo para trás ao tropeçar em cima de um par de tênis deixados logo na beira da porta. Um braço forte me pega quando eu vacilo.

— Desculpe, eu não queria te assustar. Você está bem? — Usando os dois braços, ele me estabiliza em meus pés. Eu olho e encontro o rosto ligado à voz.

Olhando nos olhos de Vinny, fico paralisada, sentindo-me subitamente zonza. Os olhos do senador são da mesma cor; mas, apesar disso, algo era diferente e me deu esperança de que talvez a fonte estivesse errada. No entanto, os olhos que me encaram estilhaçam instantaneamente a esperança à qual eu me agarrava.

Boquiaberta, olho para ele sem expressão. Não consigo me desviar da familiaridade que é olhar para eles dois, mesmo que este seja um completo estranho. Incapaz de falar, balanço a cabeça numa resposta afirmativa.

Ele ainda está me segurando firme e posso ver preocupação em seu rosto.

— Tem certeza de que está bem?

Senador Knight interrompe:

— Jackson, aí está você. — Confuso, ele se vira para mim. — Você está bem? Parece pálida.

Jackson responde por mim:

— Eu só a assustei e quase a atropelei. — Ele sorri para mim, revelando uma covinha profunda. — E ainda nem perguntei o nome dela.

Ele solta meus braços lentamente para se certificar de que eu estou firme sobre meus pés, dá um passo para trás e estende a mão em minha direção.

— Oi, sou Jax Knight. — Seu sorriso parece genuíno.

— Olivia Michaels — respondo enfim. Ele pega minha mão na sua e a aperta, mas continua a segurá-la enquanto seu pai termina as apresentações.

— A Srta. Michaels é repórter do *Daily Sun Times*. Ela está fazendo uma reportagem para a campanha de reeleição e gostaria de lhe fazer algumas perguntas.

— É um grande prazer te conhecer, Srta. Michaels. — Com um sorriso no rosto, ele finalmente solta minha mão.

— Por favor, me chame de Olivia.

Ele concorda com a cabeça.

— Só se você me chamar de Jax.

— Não Jackson?

— Não, formal demais. Meu pai aqui gosta de usar Jackson, ele acha que soa mais presidencial, mas meus amigos me chamam de Jax.

O celular do senador Knight toca e ele se afasta por um instante, deixando Jax e eu sozinhos.

— Então, como seus amigos te chamam, Olivia Michaels? — O sorriso galanteador está de volta. É diferente do sorriso de Vinny, mas tenho absoluta certeza de que tem o mesmo efeito sobre as mulheres. Só há alguma coisa ali. O toque de arrogância misturado com boa aparência é uma combinação letal. Jackson Knight é alto, talvez até de dois a cinco centímetros mais alto do que Vinny, e tem as costas largas como seu pai. Ele está vestindo uma camiseta branca simples e calças de moletom de cintura baixa, o que o torna ainda mais parecido com Vinny.

— A maioria dos novos amigos me chamam de Olivia, mas meus amigos mais próximos, mais antigos, me chamam de Liv.

— Ok, então, Liv. — Ele sorri. — Eu estava de saída para uma corrida, mas esqueci da água, por isso voltei. — Ele faz uma pausa. — Que bom que voltei. Posso te oferecer alguma coisa para beber?

— Sua mãe quer que eu esteja no jardim para tirar algumas fotos. — O senador Knight se vira para nós enquanto segue caminho até a porta. — Comporte-se com a Srta. Michaels, Jackson — ele repreende o filho antes de sair.

Ignorando o pai, Jax faz um gesto para eu segui-lo.

— Venha, vou pegar água para nós e podemos dar uma caminhada lá fora enquanto conversamos, se você quiser.

— Seria ótimo, obrigada.

De forma surpreendente, nossa conversa flui livremente durante a caminhada. Ao contrário do senador Knight, todas as perguntas parecem ser respondidas sem discurso ensaiado. O papo é fácil, natural, e muitas de suas respostas beiram o flerte; mas ele não cruza a linha.

— Então, o que fez você entrar no mundo da gestão financeira? — Sei que ele ganhou nome na gestão de patrimônio líquido particular elevado. O próprio *Wall Street Journal* notou os retornos que ele garantiu para seus investidores no ano anterior.

— Meu pai — diz Jax, com uma resposta verdadeira que eu não esperava.

— Não foi sua primeira escolha, hein?

Ele ri.

— Não. Não me interprete mal, eu me saí bem, e é um trabalho interessante.

— Mas... — Encorajo-o a continuar. Obviamente, há mais em sua declaração.

— Mas, o que eu gostaria de fazer de verdade não é exatamente um grande passo na carreira a longo prazo.

— E o que é?

Jax sorri timidamente, quase envergonhado de admitir seu sonho de infância.

— Eu sempre quis entrar no boxe profissional. Luto desde que era criança.

Paro de andar de repente. Jax dá mais dois passos antes de perceber que não estou andando mais ao lado dele.

— Liv. Está tudo bem? Você está me assustando de novo. — Um braço se levanta rapidamente para mim, como se Jax estivesse com medo de que eu fosse perder o equilíbrio outra vez.

A realidade do que está pairando sobre minha cabeça desde que me foi dada essa tarefa finalmente me atinge e sinto náusea. Deixo os fatos se assentarem pela primeira vez, sabendo que, não importa o quanto eu gostaria que essa história não fosse verdade, não posso mudá-la. O tempo congela, minha vida do "tudo é possível" de repente passa diante dos meus olhos. Portas que eu vejo se abrirem em meu futuro se fecham com um baque e eu simplesmente sei que nada nunca mais vai ser igual a partir desse ponto.

— Liv. Você precisa se sentar? — Há preocupação em seu rosto e eu percebo que nem sequer notei-o chegar e ficar na minha frente, os dois braços segurando meus ombros com força. Aliás, perdi a noção do tempo, presa em algum lugar dentro da minha própria mente.

Balanço a cabeça para me forçar fisicamente a sair dessa situação e finalmente recupero os sentidos.

— Estou bem. Desculpe. Devia ter comido alguma coisa esta manhã. Às vezes meu açúcar no sangue fica um pouco baixo e eu fico um pouco zonza — minto.

— Vamos lá, vou te dar um pouco de açúcar lá dentro.

Assim que entramos, Jax me faz sentar, comer algumas frutas e beber uma garrafa cheia de Gatorade, antes que ele me permita ficar em pé. Mais uma coisa que ele tem em comum com Vinny: berrar ordens que eu pareço obedecer como um suboficial a um sargento.

— Tem certeza de que está bem?

— Estou ótima. Me desculpe, não queria te assustar.

— Você sabe, se quisesse um abraço meu era só pedir. Você não precisa fingir que vai desmaiar.

— O quê? Eu não... — Estou a ponto de colocá-lo no lugar dele, quando olho para cima e vejo escrito na cara dele que ele está brincando. Ele ri e, com isso, me ajuda a relaxar um pouco.

— Tem certeza de que você não tem mais nenhuma pergunta para mim? — Jax sorri em resposta depois de eu ter lhe dito que eu já tinha terminado e era melhor ir embora. Em pé, pego como quem não quer nada as nossas garrafas vazias de cima da mesa e vou até o lixo. Bem quando estou prestes a jogar a garrafa dele, mudo de ideia e a coloco no bolso do blazer. Esperando que ele não tenha notado, coloco meu prato dentro da pia.

Viro-me para ele e encontro Jax em pé atrás de mim. Perto. Perto demais. Minhas costas viradas para a pia, não tenho espaço para me

166 VI KEELAND

afastar e criar um espaço pessoal entre nós. Ele percebe que estou olhando em volta, pronta para fugir dali, e coloca as mãos uma em cada lado da pia e me aprisiona entre seus braços, com o corpo perto o suficiente para eu sentir o calor que emana dele, mas sem me tocar.

— Jante comigo, Liv.

Ai, cara.

— Eu, eu não posso. Tenho namorado. — Que, a essa altura, eu tenho certeza, calhou de ser também seu irmão.

— Não estou vendo aliança no seu dedo. — Ele arqueia uma sobrancelha e sorri. — Uma saída. Hoje à noite.

— Meu namorado está aqui comigo, acho que ele não ia levar numa boa se eu dissesse que vou sair com outra pessoa, esta noite.

Jax me liberta de onde tinha me encurralado e sorri.

— Azar o meu. Você sabe onde me encontrar, se mudar de ideia.

Ajudo Paul a arrumar seu equipamento, e toda a família Knight nos acompanha até o carro.

— Muito obrigada a vocês por todo o seu tempo. — Dirijo-me aos três membros da família. — Foi um prazer conhecê-los. — O senador Knight e a Sra. Knight nos dizem adeus e conversam com Paul sobre receberem cópias antecipadas das fotos para aprovação. Jax me acompanha ao meu lado do carro. Estendo a mão para ele. — Foi um prazer, Jax.

— Igualmente, Liv. — Ele puxa minha mão estendida e transforma meu cumprimento em abraço.

Rindo, porque foi feito de brincadeira mais do que para se aproveitar de mim, sussurro em seu ouvido antes de me afastar:

— Você deve fazer uma tentativa com o boxe. Nunca desista dos seus sonhos.

168   VI KEELAND

TRINTA

Vince

Está começando a escurecer quando começo a corrida de volta para o hotel. Não faço ideia de onde foi parar o tempo. A corrida de oito quilômetros até o cemitério de Arlington não poderia ter tomado mais de meia hora, o que significa que passei quatro horas andando sem rumo e sentado no túmulo do meu pai. Eu tinha visto fotos do cemitério na TV, mas nada poderia ter me preparado para as emoções que senti quando entrei e vi quilômetros e quilômetros de lápides brancas austeras perfeitamente alinhadas, muitas delas com bandeiras americanas que tremulavam na brisa da tarde.

Pensamentos de vidas perdidas e outras crianças que cresceram sem um pai deveriam ter me consumido, mas em vez disso, fiquei sentado ao lado do túmulo dele e fiquei brincando de "E se?" na minha cabeça, algo que faço desde que eu era criança. E se meu pai tivesse voltado para casa, em vez de ter perecido na guerra? Minha mãe teria sido diferente? Talvez não debilitada pelo vício pela maior parte da minha infância? E se ele tivesse estado presente todas as noites quando eu chegava da escola?

Por toda parte em Washington, passo por famílias andando juntas enquanto corro de volta para o hotel. Estão visitando os pontos turísticos e se divertindo. Um menino e seu pai posam na frente do Lincoln Memorial, e a mãe tira a foto, os três estão sorrindo para as memórias que estão criando. Isso me faz correr mais rápido. A raiva sobe dentro de mim, raiva por meu pai não voltar para casa, mas ainda mais raiva por minha mãe não ter enfrentado a situação e se tornado a mãe que ela precisava ser.

Nem me lembro do último quilômetro da corrida, pois vou correndo tão rápido, que ainda nem recuperei o fôlego quando entro de volta no quarto de hotel.

— Oi. — Liv olha de onde está sentada na cama, digitando no laptop. Não respondo. Em vez disso, vou atrás dela, enlaço seu cabelo na minha mão, puxo a cabeça dela para trás e assim ganho o acesso à boca da qual eu estava precisando tão desesperadamente.

Ela não reclama mesmo que eu esteja completamente encharcado de suor e tenha simplesmente marchado para dentro do quarto como um completo idiota. Ela responde ao beijo. Forte. Quase como se ela precisasse tanto quanto eu.

— Preciso de você — murmuro em sua boca sem deixá-la recuperar o ar.

— Preciso de você também — ela geme, e mal ouço suas palavras, sufocadas sob meu beijo.

— Como foi a sua entrevista? — Uma hora mais tarde, finalmente faço a pergunta que deveria ter feito assim que passei pela porta. Mas eu precisava dela pra caralho. Precisava que ela apagasse toda a merda que estava passando pela minha cabeça. Que me ajudasse a me livrar da raiva. Sei que não é justo, ela não merece que eu despeje minha merda nela, mas simplesmente não consigo evitar. Me odiando, no fundo, pela forma como a trato, tento atenuar as coisas, mesmo que ela nunca tenha reclamado.

— Não foi ruim. — Ela está sendo lacônica e não a culpo. Deve estar pensando que, se eu estivesse mesmo interessado, teria perguntado quando entrei pela porta... como uma droga de uma pessoa normal.

— O que você fez o dia todo? — pergunta ela, com a cabeça apoiada no meu peito. Acaricio seus cabelos, pois me traz paz. O ímpeto de enrolar a mecha na minha mão e puxar já desapareceu com a minha frustração reprimida, graças à Liv.

— Eu fui ao cemitério de Arlington.

Liv ergue a cabeça, apoia o queixo em sua mão que está bem em cima do meu coração, e olha para mim. Com uma voz baixa e cheia de preocupação, ela pergunta:

— É lá que seu pai está enterrado?

— É. — Afasto o cabelo de seu rosto com uma carícia. Ela é linda demais.

— Você já esteve alguma vez lá, antes? — Brincando com as plaquinhas de soldado que repousam no meu peito, ela corre o dedo sobre as letras em relevo da identificação.

Nego com a cabeça.

— Eu teria ido com você. Você não deveria ter que ir sozinho.

A droga da coisa é que nunca passou pela minha cabeça que ela fosse querer ir comigo. É que estou tão acostumado a cuidar de mim mesmo, que nem cogitei a possibilidade de não ir lá sozinho.

— Obrigado. Significa muito saber que você teria ido comigo.

Inclinando a cabeça de lado, ela sustenta meu olhar por um minuto antes de falar.

— Vinny, não é que eu *teria ido*, mas sim que eu *quero* estar ao seu lado. — Ela faz uma pausa. — Existe uma diferença, sabe?

Talvez eu seja meio burro, porque não vejo a menor diferença. Mas Liv sempre foi melhor com as palavras. Encolho os ombros.

172 VI KEELAND

TRINTA E UM

Liv

Nunca assisti a uma luta profissional ao vivo antes. Sei que é apenas uma exibição, mas, mesmo assim, estou animada para assistir. Ver Vinny fazer aquilo pelo que ele vive.

Porque não é uma luta oficial, cada par de lutadores passa apenas um minuto em cada um dos três rounds, em vez dos habituais três ou cinco minutos. Já que Vinny tem uma luta do campeonato chegando, ele é a figura mais importante na exibição, por isso sua luta é a última, como a estrela do rock depois dos shows de abertura.

Entramos em uma salinha debaixo do edifício onde as lutas acontecem. Um homem mais velho nos cumprimenta. É evidente que os dois homens têm certo carinho um pelo outro.

— Preach, senti sua falta, seu velho desgraçado. O lugar simplesmente não é o mesmo sem você. — Os dois trocam um abraço de macho, uma espécie de aperto de mão misturado com abraço de um braço só e uma batida no peito.

— Você não sente falta de mim, seu merdinha, você sente falta de Nico ter alguém mais com quem lutar além de você. — Sorrindo, a provocação diz muito sobre a força do relacionamento que eles têm.

Preach me encontra pelo canto do olho.

— Quem é ela... esta moça é bonita demais para andar com um pateta como você. — Ele dá um tapa na nuca de Vinny enquanto passa por ele para se aproximar de mim.

Preach vem e para diante de mim, ignorando a tentativa de Vinny de responder à pergunta, e Vinny olha por trás, rindo e balançando a cabeça.

— Oi, moça bonita, sou Preach e estou solteiro, se você estiver interessada.

Rindo estendo a mão.

— Sou Olivia. Prazer, Preach.

Preach pega minha mão e trocamos um aperto, mas ele não a solta enquanto fala com Vinny, sem desviar os olhos de mim.

— Elle me contou tudo sobre esta aqui quando eu falei com ela na semana passada. Diz que ela é especial e que eu tenho de ser agradável.

— A Elle está certa nesse quesito. — Vinny caminha até Preach e coloca a mão em seu ombro por trás. Sua resposta é para o homem mais velho, mas ele fala isso virado para mim. — Ela é especial mesmo. — Vinny faz uma pausa e vejo como os olhos se demoram sobre meu corpo, me percorrendo devagar, da cabeça aos pés, antes de continuar. — Agora, velho, que tal você largar a mão da minha garota e vir enfaixar as minhas?

Nós três ficamos dentro do pequeno vestiário por mais de uma hora, enquanto os dois homens colocam a conversa em dia com diferentes lutadores. Preach era o treinador de Nico e se aposentou quando Nico se aposentou. Os três homens têm muita história juntos, e tenho a sensação de que os dois treinadores se tornaram a família de Vinny de muitas maneiras.

Algum tempo depois, à medida que se aproxima a hora da luta de Vinny, pego meu lugar dentro da arena. Vinny se certifica de que eu fique ao lado de um corredor, quase que diretamente atrás de onde ele vai estar, apenas a duas fileiras de distância da gaiola. Vejo o fim de uma luta e depois entra o locutor. Meu coração começa a bater freneticamente no peito antes mesmo que ele comece a falar.

— *Senhoras e senhores, no canto vermelho, com um metro e oitenta e três de altura, pesando oitenta e três quilos, o homem que todos estavam esperando, o desafiante ao título mundial dos pesos-médios, as mulheres o amam, os homens o temem... com vocês, Vince "O Inveeeeeencííííível" Stone!*

O público vai à loucura quando Vinny entra pelo corredor, coberto com o roupão preto protegendo o rosto, mas isso não impede que as mulheres gritem como fãs em um show de rock. Uma mulher a duas cadeiras de mim está pulando no lugar, com lágrimas escorrendo pelo rosto. Ela acena com o braço e grita:

— Vince, Vince, eu te amo, Vince!

Quase que aproveitando a deixa, como se ele estivesse respondendo a ela, Vinny pula na gaiola e se vira lentamente. Me encontra na multidão e dá uma piscadinha, com um sorriso muito arrogante no rosto. Reviro os olhos e ele sorri, voltando a atenção para o locutor diante dele. Ele não faz ideia de que a pobre mulher sentada a duas cadeiras de mim ganhou o dia por causa dele, talvez até o ano. Ela está segurando os braços das amigas em um aperto de morte e gritando tão alto, que posso ouvir cada palavra, embora a multidão ainda esteja torcendo e fazendo barulho.

— Você viu aquilo? Você viu aquilo? Ele acabou de piscar para mim!

O locutor continua e faz a apresentação do adversário de Vinny. Em seguida, começa a falar de um monte de regras que nunca ouvi falar, e nem entendo, e a luta começa. Sentada na beira do meu assento, vejo Vinny assumir o controle da luta quase que imediatamente. Ele golpeia forte e rápido; atinge primeiro o oponente com um chute no peito e segue imediatamente com um soco de direita no rosto. Todos os músculos de suas costas flexionam quando sua força e potência brutas deixam o homem balançando em menos de dez segundos de luta. Mas o vacilo não dura muito tempo. Do nada, Vinny atinge o pé do adversário, e o faz cair de costas rapidamente. No mesmo impulso, ele está em cima do oponente. Tudo acontece tão depressa, que não posso nem imaginar como ele fez isso, mesmo que eu tenha assistido tudo acontecer a menos de três metros de distância. Segundos depois, a luta acaba quando Vinny faz algo com o braço do homem e ele grita bem alto, logo antes de dar três toques no tatame. A luta inteira não pode ter durado trinta segundos. Nem tenho certeza se deu tempo de Vinny suar, mas sem dúvida ele não levou golpe nenhum.

Sem desanimar com a brevidade da luta pela qual pagou um bom dinheiro para ver, o público vai à loucura, gritando e gritando, enquanto o árbitro levanta o braço de Vinny na vitória. Preach está rindo quando os dois passam por ele, a caminho da saída. O homem mais velho carrega o roupão que Vinny nem se dá ao trabalho de vestir de novo, para o prazer das mulheres que declaram seu amor enquanto ele passa com um sorriso arrogante firmemente no lugar. Ele sabe que o público o ama. É uma experiência surreal, que faz meu coração disparar e me deixa querendo saber quantos dias faltam para eu vê-lo repetir aquilo tudo.

Mesmo que eu tenha uma credencial que me permite acesso à área no andar de baixo, espero em fila com os outros, muitos dos quais não têm credenciais. Fico pensando com meus botões por que as pessoas sequer esperam, com o tamanho da força de segurança que faz a verificação das credenciais, até eu entender o que realmente está acontecendo diante de mim. Os que têm credenciais recebem permissão para entrar rapidamente, os que não têm, são retidos. As mulheres bonitas, de saias curtas e belas pernas podem passar. As que não são consideradas dignas são dispensadas. Quantas mulheres no passado será que conseguiram chegar até o quarto de Vinny, nas celebrações após as lutas?

Tentando meu melhor para ignorar a pontada de ciúme que sinto bem no fundo, sabendo que não posso controlar nem meu passado nem o dele, sigo até o quarto de Vinny em transe, sem prestar atenção para onde estou indo. Sem jeito, dou de cara com alguém, enquanto me movimento absorta em meus pensamentos, logo antes de alcançar a porta de Vinny.

— Liv?

A voz é familiar, mas eu não consigo me lembrar a quem pertence. Olho para cima, confusa.

— Jax? O que você está fazendo aqui?

Ele mostra um sorriso genuíno no rosto, e parece surpreso, mas noto que está feliz em me ver.

— Eu poderia te perguntar a mesma coisa. — Ele estreita os olhos alegremente e se inclina para falar bem próximo: — Você está me seguindo por aí, tentando me fazer dar de cara com você, para eu ter que te abraçar de novo? — Ele está brincando, eu sei. Porém, não tenho chance de responder, pois a porta diante da qual estamos se abre e Vinny sai de dentro dela.

Ele dá uma olhada na mão de Jax no meu braço, e seu rosto muda.

— Não sei quem você é, mas tire as mãos de cima dela ou vai descobrir que, quando bati no cara lá na gaiola, estava só me aquecendo antes de quebrar você.

Paralisada no lugar, a visão dos dois homens lado a lado me deixa incapaz de responder. A semelhança é muito mais clara quando os dois estão no meu campo de visão.

— Liv? — Jax olha para Vinny e de volta para mim, um questionamento confuso no rosto.

— Liv. — A voz de Vinny é um verdadeiro rosnado.

Tensão emana dos dois homens, e posso sentir que Vinny está prestes a explodir quando se aproxima mais um passo de Jax, e os dois homens se encaram, nariz com nariz.

Saindo do torpor, passo para o lado de Vinny e tomo seu braço para captar sua atenção.

— Vinny, ele estava brincando, eu o conheço. Está tudo bem. — Minhas palavras fazem pouco para acalmar a fera na minha frente. Pior, Jax desloca os ombros para trás, punhos cerrados ao lado do corpo, preparando-se para o que pode vir a seguir.

— Quem é esse cara, Liv? — Suas palavras podem ser dirigidas a mim, mas ele ainda está cara a cara com Jax, num confronto de olhares.

— O nome dele é Jackson, ele é filho do político que entrevistei ontem. — Na tentativa de reorientar a atenção para mim, puxo mais forte seu braço.

— Isso não explica por que as mãos dele estão em você.

— Esbarrei nele... ele me segurou para eu não cair. É sério, está tudo bem, a culpa foi minha. Ele não estava me incomodando de forma alguma.

Vejo seu rosto deliberar sobre a informação por alguns longos segundos, avaliando o homem em pé na frente dele. Aliviada quando vejo sua mandíbula relaxar um pouco, libero um longo suspiro que eu não tinha percebido que estava segurando.

Vinny dá um passo para trás, e acena para Jax.

— Desculpa aí, cara, entendi errado. Vejo muita merda aqui embaixo. — Ele me puxa para seu lado e passa o braço em volta do meu ombro de modo possessivo.

Jax balança a cabeça em resposta, e acho que talvez nós todos possamos sair dessa ilesos, até que ele abre a boca.

— Sem problemas. Não culpo você por ser protetor em relação à Liv. Você é um cara de sorte. — Jax mostra um sorriso arrogante para mim.

Ele é louco? Ou talvez ele deseje morrer. O aperto de Vinny em mim fica mais firme e me preparo para sua resposta... preocupada que não vá ser verbal. Felizmente, Preach sai da sala e atrai a atenção de Vinny por alguns segundos, assim ele não vê a piscadela de Jax para mim.

Sério?

— Você precisa falar com alguns jornalistas. Está pronto? — Preach me vê do outro lado de Vinny e sorri: — Nosso menino estava bonito lá na gaiola, hein, Liv?

Não consigo deixar de sorrir para Preach, embora eu ainda esteja surtando por dentro com os dois homens frente a frente.

— Isso é verdade. — Sorrio para Vinny, e sou recompensada com um sorriso orgulhoso. Seu braço em volta dos meus ombros escorrega para minha nuca e ele aperta levemente, me vira na sua direção e pega minha boca em um beijo inesperado. Ele não se importa que dois homens estejam parados tão perto de nós, forçados a assisti-lo me beijar até perder os sentidos. Depois de alguns instantes, eu também não me importo.

Assim que ele solta minha boca com um rosnado baixo, me viro e encontro Jax ainda em pé no mesmo lugar. Seu sorriso arrogante se foi, substituído por algo que eu não consigo ler. Ciúme, talvez?

— Tudo bem, tudo bem, vocês dois podem celebrar em particular depois. Vamos lá, pé na estrada, pombinhos — provoca Preach.

Vinny começa a sair dali, seguindo Preach, sem nem mesmo dirigir uma palavra a Jax. Eu, como nunca fui mal-educada, viro a cabeça para me despedir.

— Se cuida, Jax. — E sinto todos os pelos do meu corpo ficarem em pé quando olho além de Jax e encontro o senador Knight parado na outra extremidade do corredor, olhos fixos em Vinny.

TRINTA E DOIS

Vince

Agora que a luta de exibição passou, preciso me concentrar na próxima. Uma disputa pelo cinturão. E também uma chance real de vitória. Junior Lamaro. Ele baixa a esquerda, abrindo a guarda para minha direita poderosa. Ele é durão, mas a modalidade mais forte dele é luta livre. Mantê-lo longe do chão é a chave para minha vitória.

Eu deveria estar na academia esta noite, praticando minha técnica, mas, ao invés disso, estou em uma porra de um bar onde eu não vinha há quase um ano, procurando os lixos que me arrastaram para o fundo do poço. Viciados em drogas. Traficantes. Uns filhos da puta perdedores. Gente que eu costumava considerar meus amigos. Amigos que ficavam felizes da vida em me manter tão fodido quanto eles, quando era eu quem estava pagando a conta.

Não consigo me concentrar no que preciso, com as merdas da minha mãe ainda pairando sobre a cabeça dela. Sobre as nossas cabeças. Como de costume, quando sua vida patética auto-induzida a arrasta para baixo, eu a agarro e tento puxá-la para fora do poço. Na maioria das vezes isso acaba me arrastando para baixo com ela.

Os primeiros três caras com quem eu falo não veem Jason há semanas. Os sujeitos que não estão amarrados o bastante, desaparecem facilmente da cena. Mas vou encontrar esse filho da puta. Provavelmente enchê-lo de porrada até ele mal estar respirando, por ter me feito perder tempo atrás dele quando eu deveria estar treinando. O último suspiro vou deixar por conta dos dois capangas que estão de olho na minha mãe.

Uma mão vem de trás, passa ao meu redor e agarra minhas partes baixas. Ela tem sorte por eu não responder com um soco, pois, na maior parte do tempo, minhas reações são automáticas. Para mim é um esforço não parar e revidar quando passei anos treinando para responder por reflexo. Agarro a mão estendida para mim, dou meia-volta e encontro-a grudada em Krissy. Maravilha, simplesmente maravilha. Tinha como

O INVENCÍVEL 179

minha noite ficar pior?

— Por onde você andou, Vince? — Ela apoia as duas mãos no meu peito. Eu as tiro rapidamente.

— Ocupado. — Viro de costas para Krissy e encontro sua amiga logo atrás de mim. Como dois lobos de um bando, elas me cercam. Tenho certeza de que a amiga me deu uma chupada no banheiro quando eu estava na minha pior fase, chapado todos os dias. Nem lembro do nome dela. Não que eu me importe, diga-se de passagem.

— Oi, Vince — ronrona a amiga.

— Não estou interessado. — Não aqui, não agora, nem nunca mais.

— Eu posso fazer você ficar interessado. — Ela estica a mão e se aproxima da minha boca com uma longa unha vermelha, mas pego sua mão na minha antes que me toque. Aperto a mãozinha ossuda forte demais, penso em como seria fácil pra caramba esmagá-la, por isso eu me forço a soltá-la. Mas ela entende a mensagem.

— Sabe, Vince, nós duas poderíamos fazer você esquecer de tudo o que está te incomodando — Krissy ronrona atrás de mim. Fico me perguntando como foi que algum dia eu tive estômago para ficar com ela. — Temos o suficiente para nós três fazermos uma festinha.

Finalmente, algo que ela diz capta minha atenção.

— Você conhece Jason Buttles?

— Talvez. — Krissy sorri, balançando-se para frente e para trás. Ela está se fazendo de fofa e acha que é bonito, mas não é, acho irritante demais. Mas sei como as mulheres como ela funcionam. Vou conseguir mais se eu der o que ela quer.

Viro-me para ela e ofereço minha atenção total. Seguro a nuca dela com uma das mãos e baixo meu rosto como se fosse beijá-la, mas não beijo. Eu sorrio em vez disso.

— Você consegue entrar em contato com ele?

— É provável. — As duas mãos que tirei do meu peito estão de volta, mas desta vez eu deixo, mesmo que eu fique com nojo.

— Faça isso para mim.

Ela faz beicinho.

— Por que eu deveria?

Minha outra mão a envolve pela cintura e a puxa para perto de mim.

— Porque preciso falar com ele. E assim que isso estiver resolvido, vou poder festejar com vocês duas — minto.

Ela se inclina para mim, trazendo a boca ainda mais perto da minha, esperando que eu a beije. Com o que eu tenho agora, até parece que vou tocar na boca dela. Afasto a cabeça para trás.

— Ligue pra ele.

— Ele não tem celular.

Quem não tem um maldito celular? Ontem eu vi a droga do sem-teto que mora no lado norte da academia de Nico falar no celular.

— Como você entra em contato com ele?

— Bipe.

Bipe? O que é isso, 1982?

— Então bipa.

Ela saca o celular e passa um minuto apertando botões e depois sorri para mim.

— Pronto.

Ótimo, agora tenho que esperar com essas duas.

Uma hora passa e Jason não retorna a ligação. Entretenho as duas o suficiente para mantê-las por perto, mas longe o bastante para não ter que passar tempo falando com elas. Felizmente para mim, alguns caras da academia aparecem e ajudam a passar o tempo.

Mas cansei de ficar esperando. O perdedor provavelmente está apagado em algum lugar, ou não tem um maldito centavo para usar um orelhão e retornar a ligação.

— Escute, tenho que cair fora. Se o Jason der sinal de vida, me ligue, tá bom?

— E a nossa festa? — Krissy faz beicinho.

— Vai ficar pra outra hora até eu ter notícias do Jason. — E estou na rua antes que qualquer uma possa responder.

182 VI KEELAND

TRINTA E TRÊS

Liv

Hoje, depois do trabalho, finalmente despejo toda a minha história em Ally, enquanto tomamos uma taça — não, uma garrafa — de vinho.

— Então, você acha que foi coincidência eles estarem na luta de exibição?

— Não sei... Jax é um lutador, não profissional, mas parecia muito apaixonado pelo esporte. Não me surpreenderia se ele tivesse ingressos. A arena ficava nos arredores de Washington, por isso, quando o vi pela primeira vez, achei que fosse coincidência.

— O que te fez mudar de ideia?

— O olhar no rosto do senador. Ele estava olhando fixo para Vinny.

— Talvez ele seja fã?

Tomo outro gole do meu vinho e fecho os olhos, lembrando do olhar no rosto do senador Knight.

— Foi mais do que isso. Algo me diz que ele sabe.

— Então, o que você vai fazer?

Desabo de volta no sofá e olho para minha melhor amiga.

— Não sei, Al. Se eu der a garrafa de água para o jornal fazer testes, eles vão saber dos resultados e não vai importar a minha decisão. Eles não vão esperar que eu escreva a reportagem.

— Então, mande fazer o teste você mesma. Pegue algo de Vinny e mande as duas amostras para um laboratório sob um nome falso. Descubra com certeza antes de ficar louca tentando decidir o que fazer.

— Acho que posso fazer isso.

— Faça. Você nunca sabe... talvez realmente seja tudo uma grande coincidência. Os olhos azuis, a luta... tudo. Coisas mais estranhas já aconteceram.

Tento sorrir para minha melhor amiga.

— Obrigada, Ally. Eu me sinto muito culpada escondendo isso do Vinny. Mas não quero fazê-lo sofrer. Ele ama a memória do pai. Não consigo explicar... ele acredita que o que ele tem de bom vem do pai. Não posso manchar essa memória se eu não estiver absolutamente certa. — E nem sei se vou conseguir contar se calhar de ser tudo absolutamente verdade.

— Encare dessa forma: se for verdade, pelo menos é você, e você pode protegê-lo do que o jornal faria se outra pessoa fosse escrever a matéria.

Não consigo dormir direito, viro de um lado para o outro durante metade da noite, e a culpa causa estragos na capacidade do meu cérebro de desligar. Entro no escritório arrastando os pés. Por pouco não cheguei atrasada, embora estivesse acordada há horas. Sou recebida por um sorriso falso e exagerado de Summer.

— Bom dia, Olivia. — O sorriso de Summer é melado, porém está longe de ser doce.

— Oi, Summer. — O tom da minha resposta é profissional. Faço o que é certo, como se ela não tivesse passado as últimas três semanas me ignorando e batendo coisas sempre que eu estava por perto.

— Como está o Vince?

Que diabos ela está tramando?

— Ele está ótimo, obrigada. — De alguma forma, consigo manter o comportamento profissional.

Sentada no canto da minha mesa, ela cruza os braços sobre o peito e cruza as longas pernas magras.

— Jantei com papai ontem à noite.

— Isso é bom. — Pego um arquivo e ligo o laptop, tentando muito não alimentar qualquer jogo que ela esteja fazendo.

Inclinando-se para mim, ela sussurra em meio a um sorriso.

— Mal posso esperar para ver o quanto ele vai gostar da sua historiazinha.

Sinto as lágrimas provocarem ardor nos meus olhos, mas me levanto e engulo o choro antes de permitir que Summer veja. Só de pensar em mais uma pessoa sabendo um segredo tão poderoso sobre Vinny destrói meu espírito, e forço a raiva a substituir a tristeza que eu estou sentindo na realidade.

— Admito, quando eu te conheci, fiquei com um pouco de inveja. Uma moça tão bonita, com todas as conexões certas. Mas depois de conhecer você, a inveja se transformou em pena. Por que você não para de se preocupar com a minha vida e cuida da sua, Summer? Tenho certeza de que existe um monte de homens que gostam do estilo magrela, desesperada e que se odeia.

Guardo de volta na bolsa o laptop que eu estava ligando agora mesmo. Até parece que vou suportar ficar aqui o dia todo olhando para ela. Assim que avisto o *Cretino* com o canto do olho, grudo uma expressão alegre na cara, mas continuo em silêncio. O veneno escorre dos meus lábios sorridentes quando dou o alerta:

— Fique bem longe do Vinny, ouviu?

Retribuindo o sorriso, parecendo completamente satisfeita por mexer comigo, ela responde entre dentes cerrados e perfeitos:

— Sou uma mulher paciente. Alguém vai precisar ajudá-lo a recolher os cacos quando você o destruir. Poderia muito bem ser eu.

Passo o dia trabalhando no meu apartamento, terminando uma reportagem que preciso entregar e pesquisando laboratórios que fazem testes de DNA. Imprimo uma lista e decido que os primeiros são muito próximos daqui. Talvez colocar alguns quilômetros entre a minha vida e o laboratório faça tudo isso ficar menos arriscado.

Meu telefone toca, e a voz de Vinny me acalma, mesmo que ele seja o objeto de todas as outras coisas que deixam minha vida tensa ultimamente.

— Oi?

— E aí, linda? — Sua voz me aquece depois um longo dia de sentir de frio.

Suspirando alto, cedo ao que estou sentindo, mesmo que não compreenda totalmente o que é. Como foi que passei de fugir dele a sentir conforto em ouvir sua voz?

— Que bom ouvir a sua voz.

— Dia ruim? — Percebo que ele está sorrindo do outro lado da linha, mesmo que eu não possa vê-lo. Com satisfação masculina gutural na voz, ele gosta do pensamento de me fazer sorrir com tanta facilidade.

— É.

— Quer conversar sobre isso? — A ironia não me escapa.

— Não, mas obrigada. Como foi o seu dia?

— Passei o dia inteiro no hospital.

— O que aconteceu? — Uma preocupação real toma conta de mim.

— Elle vai ter o bebê. De verdade, desta vez.

— Uau, como ela está?

— Ela está indo bem, mas o médico disse que ainda vai levar algumas horas. Vou dar uma corrida em casa e tomar um banho. Vim pra cá no meio de um treino, acho que as enfermeiras estão me olhando porque estou fedendo.

Mesmo confiante do jeito que ele é, às vezes, ele é totalmente sem noção.

— As enfermeiras não estão te olhando porque você está fedendo. Elas te olham porque você é gostoso de ver.

Ele ri.

— Bem, eu não iria notar. Só tenho olhos para uma mulher hoje em dia.

— Bom saber. — É meu primeiro sorriso genuíno em dois dias.

— Que tal se eu te buscar depois de tomar banho e assim podemos comer alguma coisa e eu volto para o hospital. Esperemos que o garotinho apareça por volta das dez.

— Eu adoraria.

Trinta e Quatro

Liv

Nunca vi o Vinny em um estado de espírito tão brincalhão. Chegamos ao hospital e ele pega minha mão. Juntos nós caminhamos, dedos entrelaçados, até a maternidade.

— Quantos filhos você quer ter?

Sua pergunta me pega de surpresa.

— Dois, talvez três.

Ele sorri para a minha resposta.

— E você?

— Nunca pensei de verdade nesse assunto. — Ele fica em silêncio por um minuto, pensando. — Seis.

— Seis? — pergunto horrorizada. O número me deixa chocada.

Vinny ri.

— Todos meninos.

— Seis meninos? Você sabe que não dá para escolher o sexo das crianças, né? — provoco, cutucando-o com o ombro.

Assim que atravessamos as portas duplas, Nico entra em nosso campo de visão. Ele está usando roupa de hospital azul-clara da cabeça aos pés, inclusive com uma touca e botinhas de papel azul. Seu sorriso é tão grande, que posso vê-lo antes mesmo de ele tirar a máscara azul do rosto.

Os dois homens, com lágrimas nos olhos, se abraçam firme por alguns instantes.

— Dez dedos nas mãos, dez dedos nos pés. Ele é lindo, igual à mãe. — Nico funga para engolir o choro iminente.

— Como está a Elle?

— Ela me odeia. Gritou algo sobre minha cabeça ser grande demais e que era tudo culpa minha, logo antes de o bebê sair. — O sorriso largo nunca deixa seu rosto.

— Ela vai superar. — Vinny sorri e dá um tapa nas costas de Nico.

— Sim, as enfermeiras falaram isso. Me disseram que era normal e que ela iria esquecer assim que limpassem o bebê e ela pudesse segurá-lo um pouco mais. — Notando minha presença pela primeira vez, Nico me cumprimenta com um beijo na bochecha. — Oi, Liv. Obrigado por vir.

— Parabéns. Espero que Elle não se importe que eu esteja aqui tão cedo depois que o bebê nasceu.

— Você traz café para ela. Elle não se importaria se você estivesse na sala de parto.

Duas horas depois, finalmente podemos ver a mãe do bebê Nicholas. Café na mão, cumprimento Elle e a felicito. Ela sorri, bebendo rapidamente o café.

— Eu sabia que você não ia me decepcionar.

Sou pega de surpresa quando a enfermeira traz um bercinho transparente sobre rodas, onde o bebê está envolto confortavelmente em um cobertor azul macio. Pensando que eu só iria poder ver o bebê atrás do vidro, olho para as bochechas rosadas perfeitas, hipnotizada pela beleza e pela perfeição desse milagre que respira, com apenas algumas horas de vida.

— Você acha que consegue segurá-lo sem deixar cair? — Nico dá uma cotovelada em Vinny.

— Não sou você, velho. Minhas mãos ainda estão boas. — Ele sorri.

— Lave as malditas mãos. — Nico adverte Vinny. Os dois têm uma dinâmica interessante. É um cruzamento entre uma relação pai-filho e irmão-irmão, misturado com uma dose enorme de desafio de autoridade de ambos os lados. No entanto, apesar de tudo, os dois claramente se amam e se preocupam um com o outro profundamente.

Algo acontece quando vejo Vinny pegar delicadamente o bebê Nicholas dos braços de Nico. Um momento de silêncio, em que toda a energia sexual que emana do homem confiante e controlador desliza sob a superfície, permitindo que um belo homem gentil, incrivelmente amoroso apareça em seu lugar. Só de observá-lo olhar para o bebê, espantado com toda sua perfeição, um leão protetor adorando o filhotinho, sinto um aperto no coração. Sei exatamente o que ele está sentindo quando lágrimas brotam de seus olhos, e o amor transborda desenfreado por nenhum outro motivo além de que seu coração decidiu que o amava. Sei porque também sinto isso... olhando para Vinny.

Elle me pega com o olhar fixo e sorri para mim, os dois homens alheios à nossa observação tão próxima.

— Ele é um bom homem, Liv. Ele vai ser um bom pai e um bom marido algum dia. — Ela pega a minha mão e aperta. — Quando você estiver pronta.

Uma sensação de tranquilidade substituiu a brincadeira de mais cedo; o humor de Vinny ajuda a afastar a ansiedade e a culpa que sempre parecem espreitar ultimamente. Decido ficar no apartamento dele essa noite. Depois de me trocar no banheiro, encontro Vinny sentado ao pé da cama, a cabeça nas mãos, perdido em pensamento.

— Você está bem? — Paro entre suas pernas e descanso as mãos em seus ombros.

Vinny me puxa para perto, virando a cabeça para se aninhar no meu peito através da camiseta.

— Eu estou ótimo, e você? — ele sussurra com uma voz rouca, o tom profundo e baixo me diz que ele está com vontade, mesmo sem a necessidade de palavras.

— Estou bem. Foi legal essa noite. Obrigada por me levar com você.

Vinny me puxa para baixo, na direção dele, e me coloca sentada no colo. Sua mão grande puxa meu cabelo de lado e sua boca toca meu pescoço. Sinto suas palavras faladas no meu pescoço.

— Quero fazer amor com você, Liv.

Meu coração bate alto no peito.

— Quero você também.

— Mais. Eu quero mais, Liv.

— Não entendi. — Afasto a cabeça para trás e olho em seus olhos, ele fita o chão por um minuto, evitando meu olhar, pensando, antes de sua melancolia de bebês encontrar o caminho até mim.

— Nunca fiz amor com ninguém. O mais perto que cheguei disso foi com você, uma vida atrás. Na época, me assustou, e me deixa apavorado agora. Mas eu quero você, Liv. Mais. Mais e mais, droga. Nem eu sei bem o que significa, mas tenho mais certeza disso do que já tive com qualquer outra coisa em toda a minha vida fodida.

Não há palavras para responder ao que ele me oferece, por isso não respondo, ofereço o que ele está pedindo. Selando a minha boca sobre a dele, eu o beijo com tudo o que tenho. É diferente do nosso contato quente e pesado. Desta vez é com alma, é lindo, e muda minha vida para sempre.

Com cuidado, Vinny me levanta de seu colo, e me coloca no centro da cama.

Eu me forço a ignorar todos os impulsos do meu corpo que estão me dizendo para imobilizá-la na cama e me enterrar profundamente dentro dela. Em vez disso, me sustento sobre o corpo de Liv, com uma das mãos ao lado da cabeça dela para me segurar firme no lugar. Minha outra mão levanta a mão dela e a traz para a minha boca, e beijo suavemente cada dedo.

Ela ergue os braços sem dizer nada, quando tiro sua camisa. Baixo os olhos para sua silhueta e admiro a beleza de seu corpo. É simplesmente perfeito. Suave nas curvas, tonificado em todos os músculos, pele branquinha em todos os lugares.

Ela me observa atentamente enquanto eu vou me abaixando devagar, roçando a ponta da língua sobre seu mamilo, que fica rígido ao meu toque, e sinto meu pau se contrair em resposta à reação do corpo dela. Sugo a pedrinha cor-de-rosa na minha boca com firmeza, faltando muito pouco para morder, mesmo que o desejo seja grande.

Mordiscando suavemente de um seio firme ao outro, minha boca toma o outro mamilo que me espera, e meus dedos beliscam delicadamente o outro botão rígido. Liv geme, e é esse o som que me deixa louco. Uma mistura entre gemido gutural e um ronronar, que me deixava louco quando éramos apenas crianças, mas poderia levar um homem a fazer coisas selvagens na idade adulta.

Vejo seu rosto relaxar quando ela fecha os olhos e os entreabre um minuto depois. Alinho nossos corpos, minha cabeça pairando sobre a dela, meu pau perfeitamente posicionado em sua abertura. Sinto o calor úmido irradiar de seu sexo escorregadio e não quero nada mais do que mergulhar dentro dele, penetrando-a com força e enchendo cada último centímetro dela.

Ainda não. Fecho os olhos e me preparo, pairando acima dela. Espero. Observo. Meus braços começam a tremer e eu invoco cada restinho de controle dentro de mim e contenho minha necessidade. Seus olhos castanhos grandes e redondos encontraram os meus quando olho para ela, e os encontro cheios de emoção. O momento me leva sete anos no passado, a um tempo em que eu não confiava em mim mesmo para não machucá-la. Assim como há tantos anos, eu me encontro olhando para os olhos que me assustam mais do que tudo no mundo, olhos que confiam em mim. Só que desta vez, eu quero. Eu preciso disso. Enfim sou homem o suficiente para ter tudo isso.

Assim, beijo-a suavemente nos lábios e sorrio para ela. Liv envolve os braços no meu corpo e retribui meu sorriso. Juntos, fazemos amor pela primeira vez. Entro lentamente, nosso contato visual nunca se desfazendo, mesmo quando estou enterrado profundamente, a base do meu pau colada à abertura molhada.

Quando recuo, nós dois respiramos fundo quase em uníssono e paramos por um minuto antes de começarmos a nos mexer novamente. Juntos, encontramos nosso ritmo, entrando e saindo lentamente, sem pressa, cada respiração e cada pressão em perfeita sincronia um com o outro. Nossos olhos nunca se desviam por mais de alguns segundos, apenas por necessidade de roubar um beijo.

Minutos depois, vejo como sua face vai mudando, minhas estocadas, antes lentas, vão acelerando, e suas mãos que estavam nas minhas costas deslizam para baixo e agarram minha bunda quando ela se aproxima.

— Mostra pra mim. Mostra pra mim, linda. Quero ficar vendo quando essa bocetinha apertada me agarrar. Preciso ver você. — Seus olhos começam a revirar e se fecham; sei que ela está perto. — Abra, linda. Me deixa ver você se entregar a mim.

Ela se esforça para manter os olhos vidrados abertos quando seu orgasmo começa a pulsar através dela. Seu corpo é tomado por espasmos debaixo do meu enquanto eu tremo para continuar contendo minha própria libertação, bombeando dentro e fora, balançando para frente e para trás, uma e outra vez. Sinto cada pulso do seu orgasmo me apertar e me ordenhar, até que, finalmente, não consigo segurar mais. Sufoco seus gemidos com um beijo. O ruído de seu corpo sufocado por mim é quase demais para suportar. Ofegante, eu deslizo meu pau tão fundo quanto posso, e gozo dentro dela, meu próprio corpo convulsionando incontrolável quando ela geme meu nome em meio ao nosso beijo.

TRINTA E CINCO

Liv

Na manhã seguinte, quando acordo, rolo e encontro a cama fria onde Vinny deveria estar. Um bilhete sobre o travesseiro me chama a atenção. "Fui correr, dorminhoca. Volto logo. Fique pelada". Sorrio. O Vinny bonzinho se foi e esta manhã o homem mandão está de volta. Não que eu me importe. Eu não tinha vontade de sair da cama, de qualquer forma.

Meia hora depois, uma batida na porta me desperta do meu estado semiconsciente. Agarro a camisa que Vinny estava usando na noite anterior, enrolo o lençol em volta de mim, e vou andando de fininho para porta, descalça sobre o chão gelado.

Quando abro, eu esperava encontrar Vinny, em vez de um rosto vagamente familiar que me cumprimenta do outro lado da porta. Uma que está vestindo uma saia curta e tem mais peito pulando pelo decote do que abaixo dele.

— Pois não? — Por favor, me diga que você está no apartamento errado. Tento manter a esperança, mas no fundo eu sei que ela está procurando por Vinny.

A loira de farmácia me olha de cima a baixo e há um olhar de irritação quando ela responde:

— O Vince está?

— Não.

— Quem é você? — Com petulância e tudo.

— Considerando que eu sou a pessoa vestindo a camisa dele da noite passada, acho que eu é que deveria estar fazendo essa pergunta. — Minha resposta é à altura.

— Sou Krissy. Diga ao Vince que tenho o que ele precisa e para ele me ligar.

— Acho que você não tem mais nada que ele precisa — respondo bruscamente, mal contendo o meu humor.

O **INVENCÍVEL 193**

Com um sorriso irritante que eu sei que está prestes a oferecer uma notícia de que não vou gostar, ela responde:

— Não foi isso que ele disse ontem à noite.

Analiso se devo ficar e pedir calmamente por uma explicação quando ele volta da corrida, mas minha mente começa a questionar as coisas. Talvez nunca tenhamos definido nossa relação, mas posar de meu namorado e me dizer que ele quer que façamos amor, com certeza, soa como exclusividade para mim. Se eu estava me convencendo de que havia uma explicação válida para aquilo, dez minutos depois estou me achando uma ingênua idiota.

A necessidade de clarear minha cabeça vence e eu decido me vestir e falar com Vinny mais tarde. Só que não sou rápida o suficiente. Sentada na cama, estou no meio do caminho de calçar os sapatos quando Vinny entra no apartamento.

— Você deveria estar pelada na cama. — Ele flerta quando tira a camiseta suada. Sua bermuda está lá embaixo em volta de seus quadris, e a visão do abdome definido é uma distração que não preciso.

— Eu estava. Até você receber uma visita. — Em pé, procuro minha bolsa. Devo tê-la deixado na cozinha na noite passada, quando chegamos.

Captando a mensagem de que algo está errado pelo tom gélido na minha voz, Vinny para, arqueando uma das sobrancelhas e tem a coragem de fazer cara de que não tem ideia do que estou falando.

— Visita?

— Krissy. Ela disse que tem o que você queria na outra noite. — Passo por ele quando ele está na porta.

Ele segue.

— Não é o que você está pensando, Liv.

— Sério? — Eu me viro para finalmente enfrentá-lo. Nem mesmo a visão de seu corpo suado e absurdamente sexy pode esfriar minha raiva. — Você estava com ela na outra noite?

Sua mandíbula aperta.

— Estava, mas...

— Saia do meu caminho, Vinny. — Ele bloqueia a porta da frente para que eu não possa ir embora.

— Não. — Parecendo calmo, ele cruza os braços sobre o peito e fica plantado no lugar.

— Não? — Minha voz fica mais alta.

— Dá um tempo, Liv. Não fiz nada de errado. Você não confia em mim de jeito nenhum? — Sério? Ele está irritado comigo? Como é aquele ditado? Me engana a primeira vez e a culpa é sua; me engana a segunda...

— Como você se sentiria se fosse você a abrir a porta para um homem dizendo que estava comigo na outra noite?

Ele recua. Sua mandíbula tensiona e a resposta para a minha pergunta é clara mesmo sem palavras.

— Tá bom. Mas me ouça. Não aconteceu nada. Eu estava procurando por alguém e dei de cara com ela e uma amiga. Pedi para entrar em contato comigo se ela visse o cara. Não pensei que ela fosse vir aqui.

Eu tento, eu realmente tento aceitar o que ele está me dizendo, pois sua voz ainda soa muito sincera, mas o histórico e minha própria autodúvida ofuscam suas palavras. É então que, de repente, percebo por que ela parecia tão familiar. Ela era a garota da academia. A que ficou esperando Vinny no carro no dia em que retomamos contato. Fico com náusea só de pensar.

— Você dormiu com ela?

Com o remorso no rosto dele, as palavras não são necessárias.

— Foi antes de te conhecer.

— Me deixa ir, Vinny.

Dando dois passos da porta, na minha direção, ele fica na minha frente.

— Não fiquei com ninguém desde o dia em que te vi na academia, Liv. Posso ser um monte de porcaria, mas mentiroso eu não sou.

Preciso reunir toda a minha força de vontade para dar a volta nele e sair pela porta.

196 VI KEELAND

Trinta e Seis
Vince

Nem tenho o telefone da Krissy. Acho que eu deveria ter pensado melhor nas coisas antes de pedir a ela para entrar em contato comigo se soubesse notícias de Jason. Fiquei zangado que tenha vindo ao meu apartamento, mas ainda mais zangado por Liv não parecer acreditar em mim quando digo a ela que não aconteceu nada.

Dois minutos depois de pisar no bar, Krissy entra com a amiga da chupada.

— E aí, Vince — ela murmura com a voz anasalada.

— Krissy. — Aceno com a cabeça. Ela realmente não fez nada de errado. Não é culpa dela que eu não tenha interesse. Pela primeira vez, me sinto mal pela forma como a tratei... e talvez uma porra de um monte de outras mulheres também.

— Acho que você recebeu meu recado. — Ela sorri. Qualquer remorso que senti diminui quando percebo que ela gostou de perturbar a Liv.

— Não se meta com a Liv, Krissy.

— Não me meti com ela. Mas você vai ter problemas com essa aí, ela acha que é sua dona.

Como se batendo de frente com um caminhão enorme, eu percebo pela primeira vez que, porra, ela é.

Quinze minutos mais tarde, tenho um endereço para chegar até Jason. O otário fugiu pelo estado impune, em vez de ser homem para assumir a merda em que ele se meteu. Amanhã vou ter que matar o dia inteiro de treinamento e fazer uma longa viagem para encontrar o filho da puta. Me irrita, mas, esta noite, tenho merdas mais importantes com que lidar.

Ally atende a porta e fica surpresa ao me ver. Acho que até eu estou surpreso por estar aqui. São quase onze horas e não me preocupei em ligar primeiro. E de que adiantaria? Se ela tentasse se livrar de mim, eu viria de qualquer jeito.

— Hum... — Ela abre a porta, mas não me convida para entrar.

— Preciso falar com ela, Ally.

Hesitante, ela dá um passo para o lado e me permite passar. Olho em volta e encontro o apartamento em silêncio.

— Ela está no chuveiro.

Faço que sim com a cabeça.

— E ela está superbêbada.

— Bêbada?

— Isso. — Ela faz um gesto para a garrafa de vinho vazia no balcão. — Vim para casa, ela estava arrastando as palavras e resmungando sobre você e Missy.

— Krissy — eu a corrijo, não que isso importe.

— Não, era Missy. Confie em mim. Passei dois anos ouvindo-a falar sobre Missy; era da Missy que ela estava falando.

Concordo com a cabeça como se tudo fizesse sentido para mim, mas estou muito perdido. O que diabos Missy tem a ver com tudo isso?

— Eu estou indo para a casa da Andrea. Ela mora a dois prédios daqui. Vamos beber *mojitos*, assistir a um filme com um monte de homens pelados, xingar como marinheiros e acabar perseguindo alguém na internet. Vou ficar fora por pelo menos algumas horas, assim vocês vão ter privacidade. — Ela sorri a caminho da porta, mas depois para e se vira para mim. Uma expressão séria substitui seu sorriso: — Por favor, não a faça sofrer de novo, Vince.

O sentimento inquieto que atormentou minhas entranhas durante o dia todo está me vencendo e não espero até ela voltar. Abro a porta do banheiro e falo em voz intencionalmente baixa para não a assustar:

— Liv?

— Vinny? — Ela puxa a cortina do chuveiro.

— Eu, linda.

— Por que você escolheu a Missy e não a mim? — Sem cortina para conter a água, um fluxo forte de água que atinge o corpo dela e espirra no chão do banheiro.

— Não entendi.

— Nem eu... Eu... eu... eu te amava. — Suas palavras são um pouco atrapalhadas, mas ela está muito bem no controle de sua mente. — E você escolheu a Missy, não a mim. — Lágrimas escorrem pelo seu rosto, e cada centímetro de seu corpo está encharcado com a água que respinga por toda parte.

Entro no chuveiro e desligo a água, mas fico encharcado no processo. Envolvendo uma toalha no corpo dela, eu a seco depressa, antes de levantá-la nos braços e a embalar. Levo-a para a cama e a deito com cuidado. Depois subo na cama ao lado dela.

Afasto seu cabelo molhado do rosto, levanto seu queixo e forço seus olhos a encontrarem os meus.

— Não escolhi Missy em vez de você. Você era muito jovem, doce e inocente. — Faço uma pausa, pensando nas palavras certas. Embora eu não tenha certeza se alguma palavra é certa, pois realmente não compreendo minhas próprias ações nem mesmo hoje em dia. — E eu era um perdedor fodido que tinha acabado de ser expulso. Eu não queria te fazer sofrer, Liv. Você confiou em mim, e a única coisa que eu tinha feito era arruinar as coisas. Não queria arruinar você.

Com a tristeza estampada no rosto dela, parte meu coração saber o quanto eu devo tê-la feito sofrer.

— Eu também não toquei na Krissy.

— Eu sei. — Uma lágrima solitária desliza pelo seu rosto.

Abraço Liv apertado até finalmente ouvir sua respiração lenta e sei que ela está dormindo. E então, continuo abraçando-a.

TRINTA E SETE

Liv

Acordo com a cabeça latejando, o que me lembra do quanto bebi na noite passada. Estou contente, um corpo quente me abraçando apertado, mas então me lembro da noite anterior. Bêbada. Banho. Toda uma conversa sobre Missy. E Krissy. Grrr... o pensamento faz minha cabeça pulsar mais forte.

Uma garrafa de vinho inteira faz pressão na minha bexiga e deslizo para fora da cama, ainda envolta na toalha úmida da noite anterior. Olho no espelho e me assusto: cabelo amassado por ter dormido com ele molhado e riscos de maquiagem seca pelo meu rosto. Não dá para consertar sem um banho.

Lavo a maquiagem do rosto e estou prestes a passar condicionador no cabelo, quando a cortina se abre e revela um Vinny pelado e muito, muito ereto.

Ele sorri e vem atrás de mim.

— Bom dia. — Ele beija meu ombro molhado.

— Você está bloqueando toda a água quente — repreendo. Ele está, mas estou brincando e ele sabe.

— Eu te esquento. — Ele me vira, envolve os braços na minha cintura, dá um pequeno passo para trás e me segura firmemente para nós dois ficarmos sob o jato de água quente.

Ficamos desse jeito por alguns instantes de silêncio, até que Vinny afasta a cabeça, olha para mim e pergunta:

— Tudo bem entre a gente?

— Acho que sim.

— Acha? — Colocando os dedos embaixo do meu queixo, ele inclina meu rosto, me forçando a olhar para ele.

— Só estou um pouco assustada.

Ele solta o ar.

— Eu também, Liv.

Balanço a cabeça para cima e para baixo.

— Vira. — Vinny ensaboa minhas costas, demorando-se nos meus ombros, esfregando um dia cheio de estresse dos meus músculos doloridos.

Eu gemo.

— Deus, isso é tão gostoso.

— Vira. — Obedeço, deixando cair a cabeça enquanto ele trabalha os dedos nos meus ombros pela frente. Seus polegares cravam na minha clavícula, e as pontas de seus dedos fortes vão passando dos dois lados da minha coluna até a nuca.

Meus músculos tensos relaxam alguns minutos mais tarde, quando as mãos acariciam seu caminho pelas laterais do meu corpo, e descansam no meu quadril. Sua voz muda: fica mais baixa e mais áspera.

— Abra as pernas.

Obedeço. Ele estende a mão e reposiciona o chuveiro para que o jato caia apenas sobre mim. Fluxos quentes e fortes de água correm sobre minhas costas, enquanto suas mãos continuam a descer. Seus dedos deslizam pelo meu clitóris, e dois deles se concentram em fazer círculos pequenos. O feixe de nervos tenso dispara uma corrente pelo meu corpo, minha pele reage com arrepios, embora a água funcione como um manto.

Inclinando-se para frente, ele toma um mamilo na boca e, provocador, ele suga, prende entre os dentes e morde. Solto um gemido enquanto os dois dedos no meu clitóris descem mais e deslizam para dentro de mim. O polegar substitui a pressão sobre meu inchaço que espera para aumentar.

Minha respiração vai saindo mais rápida e rasa, e logo me encontro a caminho do clímax. Sentindo a reação do meu corpo, Vinny rosna:

— Não goza.

Como se houvesse algo que eu pudesse fazer para impedir, meu sentimento de euforia rapidamente toma conta de mim.

— Não consigo — ofego, tão perto do limiar, precisando cair livremente e lavar todos os meus pensamentos, mesmo que seja por um curto tempo.

Vinny retira os dedos e, por um segundo, quero matá-lo por me deixar suspensa na beira do precipício.

— Vira de costas, segura na parede.

Desesperada para voltar ao lugar onde eu estava, me apresso em obedecer e viro de costas para ele, curvando o corpo na altura da cintura, palmas pressionadas firmemente na parede de azulejos. Ele não perde tempo e me penetra por trás. Com a água e meus próprios fluidos escorregadios, ele desliza facilmente em mim. Sinto cada centímetro grosso dele me esticar gloriosamente, e ele se acomoda totalmente em uma investida dolorosamente lenta e incrível.

— Lento ou rápido?

Ai, Deus. Ele está me oferecendo uma escolha. Só ouvi-lo dizer as palavras é quase o suficiente para me trazer de volta para o precipício.

— Rápido.

Sua grande mão aperta um lado do meu quadril; a outra me envolve por baixo e me levanta para a cintura dele, posicionando minha bunda um pouco mais para cima, pronta para o que ele está prestes a fazer comigo. Ofego quando as investidas duras começam a bombear com fúria.

Segurando-me imóvel, grudada à parede, sendo penetrada poderosamente, mais e mais, digo seu nome com um gemido quando meu âmago aperta ao redor dele e meu orgasmo começa a se formar novamente, à distância.

— Caralho! — ele rosna, inclinando-se sobre mim, seu peito úmido e duro pressionando firmemente minhas costas, seus dentes afundando no meu ombro. Uma pontada de dor corre por todo o meu corpo, transformando meu orgasmo latente em um tsunami que me inunda, tomando minha capacidade de reagir. Meu corpo treme conforme o clímax vai se formando, deixando-me completamente vulnerável à sua força, incapaz até mesmo de me segurar.

Cabelo ainda úmido e a pele enrugada de um banho tão longo que a água esfriou, Vinny se instala em um banquinho para me observar preparar nosso café da manhã.

— Você parece profissional aí — diz ele quando calço uma luva térmica. Abro a porta do forno e retiro os biscoitos bem na hora que o temporizador apita. Dou um toquinho com o pé para fechar a porta do forno e pego a frigideira a tempo de virar os ovos.

— Gosto de cozinhar, mas acabo não tendo oportunidade com frequência.

— Já eu gosto de comer, talvez você deva passar por aqui e fazer meu jantar todas as noites. — Ele sorri.

Rindo, nego com a cabeça e tiro dois pratos do armário.

— Meus serviços de chef particular são bastante caros.

— Talvez a gente possa fazer uma troca? — Vinny ergue uma sobrancelha, com um sorriso sinistro. O cara só pensa em uma coisa, é algo bom que eu goste de entrar na onda dele.

Monto no prato os ovos, o bacon e os biscoitos, posiciono o café da manhã na frente dele e caminho para o outro lado do balcão para acompanhá-lo.

— Isso depende do que você tem para trocar.

Ele me pega quando estou a ponto de me sentar e me puxa para seu colo. Depois me provoca com um pedaço de bacon nos meus lábios e o afasta quando eu abro minha boca para morder.

— Você cozinha, eu te dou de comer.

Inclinada para frente, roubo o pedaço de bacon inteiro com a boca, mordiscando o dedo dele no processo. Suas sobrancelhas disparam para o alto com surpresa, mas não há como esconder como seus olhos se arregalam no mesmo instante, ao sentir minha mordida na pele. Agarrando minha bunda com firmeza, ele grunhe.

— Faça isso de novo e eu vou ficar te dando de comer aqui no balcão da cozinha, só que sua comida vai esfriar enquanto você fica ocupada com o que eu vou enfiar nessa sua boca muito sexy.

Meu estômago dá uma cambalhota e me aproximo para me aconchegar no pescoço dele, precisando sentir minha pele arrepiada grudada na dele, querendo mostrar a Vinny o efeito que suas palavras provocam no meu corpo.

Cega para o que está acontecendo ao nosso redor, absolutamente nem percebo o barulho das sandálias de Ally no chão de madeira; não até ela estar na frente da geladeira.

— Vocês dois não trabalham nem nada do tipo? — ela pergunta com um sorriso e serve um copo de suco de laranja cheio demais, que ela bebe do copo grande com uma golada só.

— Com sede? — Vinny brinca.

Tento sair do colo dele, mas ele me aperta mais forte e me mantém firme no lugar.

— Muita. E com fome também. Quer dividir esse sanduíche de ovo, Liv? — Ela dá uma mordida que consome quase metade do meu café da manhã, antes mesmo de eu ter a chance de responder.

— Fique à vontade. — Balançando a cabeça, minha resposta um ponto discutível, sorrio mesmo assim.

— Você pode me deixar na escola no caminho para o trabalho? Tenho que trabalhar em um projeto *com um grupo*. — Seu rosto feliz vacila; as três últimas palavras da frase são um gemido.

— Não é um grupo legal, suponho.

— Cinco meninas. Eu tinha esperanças de que o cara grandão de cavanhaque ficaria no meu grupo. — Ela balança as sobrancelhas para causar efeito.

Rindo, Vinny me ajeita no colo para pegar o café da manhã.

— Eu te deixo. Estou indo para a academia. Fica no meu caminho. — Dois bocados e o prato inteiro já era. Talvez eu precisasse repensar a quantidade de comida que preparo. Com toda certeza não estou acostumada a cozinhar para um homem que queima mais calorias na academia do que eu consumo em um mês.

— Você está de caminhonete ou de moto? — Ally aperta as mãos com entusiasmo, e sua postura me lembra a de uma menina esperando para descobrir se sua mãe comprou para ela o pônei novo que ela estava implorando.

— Moto. — Vinny se levanta, me coloca sobre meus próprios pés e me vira de frente para ele. Enquanto coloca uma mecha do meu cabelo atrás da orelha, sua voz fica tão baixa, que só eu posso ouvi-lo: — Tudo bem pra você?

Concordo com a cabeça, achando fofo que ele se importe o bastante para levar minha melhor amiga na garupa da sua moto, e ignoro a pontinha de ciúme que não consigo evitar quando penso em outra mulher com os braços em volta de Vinny. Mesmo que seja minha melhor amiga.

— Nico volta hoje, vou ficar na academia o dia todo, depois tenho que fazer uma viagem hoje à noite.

— Viagem? — Franzo as sobrancelhas.

— Um lance que tenho que resolver para minha mãe. — Tristeza escurece os olhos de Vinny. Sua voz tenta ser casual, mas sua mandíbula apertada e seus olhos desamparados abrem uma janela para seu coração.

— Posso ajudar?

Um sorriso genuíno aquece meu coração. Sua mão desliza pelo meu rosto, e com delicadeza pela minha nuca.

— Só a oferta já ajuda. — Ele aperta a base do meu pescoço e baixa a boca na minha para um beijo doce e suave nos lábios. — Tenha um bom dia, linda.

TRINTA E OITO

Vinny

— Como está o pequeno bambino? — pergunto, batendo no saco de pancada.

— Ele é perfeito, mas cheio de energia, assim como a mãe. — Nico sorri. — Elle está de boa, minha sobrinha está lá em cima "ajudando" a cuidar do bebê.

— A menina de 7 anos de idade, que veste tutu cor-de-rosa e botas de cowboy?

— A própria. Saí de fininho quando Elle estava trocando o bebê e ouvi a menina perguntar o que tinha dentro dos *pestículos*. — Nico ri.

Após o saco de pancada, passamos para o ringue.

— Vamos treinar um pouco, depois vou pedir ao Kojo para vir treinar com você no tatame.

— Aquele cara me assusta. Não sei nem como ele consegue ouvir alguma coisa com aquelas couves-flores que ele chama de orelhas. — Dou um chute de aquecimento quando Nico traz as almofadas de impacto.

— Bom, couve-flor ou não, ele tem uma medalha de ouro em luta livre, e você não. Se você quer uma chance real com Lamaro, tem que focar, pegar o máximo que ele tiver para te ensinar nas próximas duas semanas.

Erguendo a perna no ar, sigo as almofadas, golpeando cada vez com um chute quase certeiro no centro de onde miro. Kickboxing é minha disciplina mais forte.

— O que está acontecendo com a Delilah? — Meu chute faz Nico recuar três passos. Só a menção do nome da minha mãe traz de volta os anos de raiva reprimida. Talvez eu deva arrastá-la para o campeonato, colocá-la sentada ao lado da gaiola com um cachimbo nas mãos para me deixar com raiva quando eu for enfrentar Lamaro.

— Confusão, pra variar — resmungo a resposta, e passo a alternar chutes e socos.

O **INVENCÍVEL 207**

— O que ela fez dessa vez? — Nico levanta mais a almofada e avança para eu atingi-lo com uma série de socos precisos. Estamos juntos há tanto tempo, que basicamente podemos treinar como mudos, já que palavras são desnecessárias para a maior parte da nossa comunicação. No entanto, ele sempre fala, de qualquer forma, metendo o nariz nos meus assuntos. É assim desde que eu era moleque.

— Tomou decisões ruins. Anda com perdedores que a afundam ainda mais nas merdas deles. — Atinjo Nico com uma série de socos técnicos e um de direita forte, cujo impacto faz Nico bater de costas nas cordas.

— Não deixe que ela te arraste pra baixo com ela dessa vez. Essa é a sua chance, Vinny. Chances como essa não surgem por aí com muita frequência. Se você estiver distraído, Lamaro vai se aproveitar e te dar uma surra. Se estiver focado, as coisas vão sair de uma forma totalmente diferente do que os agentes de apostas estão esperando. — Nico tira as almofadas e para, querendo toda a minha atenção. — Você pode pegar esse cara, Vinny. Acerte seu gancho de direita, aprimore a técnica com o Kojo. Você está pronto. Apenas fique focado, porra.

Horas mais tarde, estou em cima de uma poça do meu próprio suor, talvez até mesmo em cima de algumas das minhas próprias lágrimas, depois da tortura que Kojo aprontou comigo durante três horas seguidas. Viro um litro de água e pego minha camisa ainda encharcada do chão.

Quando estou me levantando, capto um vislumbre de pernas longas e bem torneadas saindo de baixo de uma saia cor de chocolate que faz minha boca salivar, embora eu tenha certeza de que estou desidratado depois de todo o meu suor. Liv. Estou surpreso por vê-la, mas é uma surpresa boa. Vejo Sal direcioná-la para mim e ela ergue o olhar com um sorriso no rosto. Seus olhos bebem cada músculo rígido do meu peito e ela lambe os lábios inconscientemente no caminho até mim. Não me mexo; em vez disso, espero que ela se aproxime.

— Oi. — Enrolo a toalha no meu pescoço.

— Pronto para nossa viagem? — Ela levanta uma bolsa que eu não tinha notado que ela vinha carregando, tão distraído pela visão daquelas pernas, que minha mente enxergou envolvendo-as nas minhas costas.

Inclino a cabeça e, por meio segundo, penso que talvez eu tenha esquecido de alguma conversa que tivemos, só que então ela sorri. É travesso, é doce e me faz querer agarrá-la e nunca mais soltar. Aperto os olhos — sem deixá-la ver que tomei a decisão no minuto em que ela sorriu — e finjo que estou pensando se ela vai comigo ou não. Ela fica onde está, endireitando os ombros para trás e se preparando para uma discussão. Sua ousadia me excita. Muito.

Aproximo-me mais dois passos dela e fico bem perto, me inclino, impondo minha altura sobre ela, meu rosto ainda ilegível. Sem nunca vacilar, ela olha para mim em meio aos cílios longos e grossos, e a cor de seus olhos cor de avelã se transforma em verde profundo com a convicção. Seus olhos nunca se desviam dos meus, eu inclino a testa suada contra a dela e enlaço a mão na base de seu pescoço, puxando-a para perto de mim.

— Dez minutos, me deixa tomar um banho. — Beijo-a castamente nos lábios, e ela sorri para mim em sua vitória silenciosa.

210   VI KEELAND

Trinta e Nove

Liv

É uma viagem de quatro horas para cruzar o estado, de Chicago a Macomb, mesmo na velocidade com que Vinny dirige. O céu do início da noite está encharcado com os restos do sol. Transforma o horizonte diante de nós numa profunda mistura de alaranjados e roxos. Quando me aproximo o suficiente para apoiar a cabeça no ombro de Vinny, seu braço me envolve e me puxa ainda mais apertado.

— Você quer conversar sobre por que estamos indo e aonde estamos indo? — Levanto a cabeça e nossos olhos se encontram brevemente antes que ele retorne para a estrada, que está escurecendo logo à frente. Vinny solta uma respiração profunda, e há um longo instante de silêncio antes que ele finalmente responda.

— Minha mãe é viciada em drogas. Desde que me lembro. — Meu coração aperta no peito quando ouço as palavras ditas em voz baixa, mesmo que ele esteja confirmando o que eu já sei. — Tem o hábito de se meter em confusão. Desta vez, é com um traficante que não fica vacilando. Não é um cara bonzinho.

— O que você vai fazer? — Não há como disfarçar a preocupação na minha voz, Vinny ouve também.

— Nada. Não se preocupe. Só preciso encontrar o cara que a colocou nessa enrascada e arrastá-lo de volta. — O aperto no meu ombro fica mais firme. Percebendo que as palavras dele simplesmente não estão me convencendo, ele tenta usar a força física.

— Ele é perigoso?

— Para si mesmo. Ele é um lixo. Um perdedor. Era ele que eu estava procurando na outra noite quando vi Krissy.

Meu corpo enrijece só de ouvir o nome dela sair dos lábios dele. Vinny percebe.

— Desculpe sobre isso também. Ela o conhece, eu pedi para ela entrar em contato com ele. Nada mais.

Inspiro fundo e solto o ar lentamente, depois admito a verdade:

— Eu sei.

— Você sabia que nada tinha acontecido? — pergunta ele, surpreso.

— No fundo, eu sabia que você estava me dizendo a verdade.

— Então por que você foi embora daquele jeito?

Incapaz de esconder a verdade quando ele está sendo tão aberto e honesto, eu timidamente aceito admitir tudo.

— Eu estava com ciúmes.

— Ciúmes, hein? — Nem preciso olhar para saber que ele está sorrindo, mas mesmo assim, eu olho.

— Por que você está sorrindo? — Dou uma cotovelada nas costelas dele de brincadeira.

— Você gosta de mim. — Seu sorriso se alarga.

— Você descobriu isso só agora?

— Muito.

Revirando os olhos, mesmo que ele não possa ver, já que está olhando para a estrada, eu respondo:

— Você é todo cheio de si.

— Talvez. Mas você está caidinha por mim do mesmo jeito.

Não é a verdade?

Horas mais tarde, entramos no estacionamento de um hotelzinho.

— Ele está aqui?

— Não.

— Você precisa descansar?

— Não. Vou registrar a gente aqui para você ter um lugar seguro para ficar enquanto vou atrás dele.

— Quero ir com você. — Detesto o som que vem da minha boca: um choramingo.

Ele estaciona perto da entrada principal e vai ao bagageiro do carro para pegar as malas.

— Você vai ficar aqui onde sei que você está segura.

— Mas...

— Liv, essas pessoas são viciadas em drogas, são gente zoada. Não posso me distrair com você lá e manter nós dois seguros enquanto tento achar esse perdedor.

— Então, eu sou uma distração? — Minha voz se eleva.

Enganchando o braço em volta do meu pescoço, ele me puxa para perto dele.

— Você é uma distração enorme, droga — diz sem remorso, bem na minha cara.

Insultada, tento me desvencilhar de suas garras, mas meu esforço não dá em nada.

— Não tão rápido. — Tem um toque na voz dele. Vinny espera até cruzar o olhar com o meu, antes de continuar. — Sou louco pra caralho por você, então, é, você é uma maldita distração enorme. Por isso, que tal você deixar essa passar? Me dá uma folguinha. Porque quanto mais rápido eu encontrá-lo, mais rápido posso voltar e te mostrar o quanto você me distrai.

Um forte sentimento de satisfação feminina me percorre e me faz esquecer o que eu sequer estava discutindo. Tudo o que veio depois de "sou louco pra caralho por você" foi desnecessário. Ele já tinha me convencido.

214 *V*I KEELAND

QUARENTA

Vince

Pego o taco de beisebol que guardo enfiado debaixo do assento da caminhonete e tomo cuidado de manter silêncio quando ando em torno do perímetro da casa pregada com tábuas, onde era para Jason estar, avaliando meu novo ambiente. Um cheiro rançoso de plástico paira no ar e confirma que estou no lugar certo. O cheiro inconfundível do crack sendo fumado se propaga em ondas, a partir de uma janela quebrada, a única que não está com tábuas e toda pixada. Moradia invadida. Um lugar onde as pessoas acabam quando pensam que já atingiram o fundo do poço, apenas para descobrir que há um nível inferior totalmente novo, o qual nem sabiam que existia.

A porta range quando tento deslizar para dentro sem ser notado. Não são os viciados que me preocupam, são os traficantes rápidos no gatilho, desesperados para proteger seu esconderijo. Algumas velas queimam e iluminam o caminho; a eletricidade provavelmente foi desligada há muito tempo. Há três ou quatro pessoas sentadas na cozinha em torno de uma mesa com algumas cadeiras dobráveis, e nenhuma delas dá a mínima por eu ter entrado.

Duas mulheres estão deitadas num sofá surrado na sala de estar, chapadas. Uma está imprestável, olhos revirados, ela não conseguiria encontrar uma porta em uma porra de um incêndio. A outra me nota, faz uma tentativa indiferente e ergue a cabeça com a ajuda da mão.

— Procurando alguma coisa, querido? — Ela provavelmente está apenas na casa dos vinte e tantos anos, mas seus dentes são marrons cor de podridão e parece que ela não teve uma vida fácil, pelo visto, há muito tempo.

— Jason Buttles. Tenho que encontrar com ele. Você o viu? — Me assusta a possibilidade de cair de volta nessa vida, de me comunicar tão facilmente.

— Ele foi embora. Saiu ontem. Disse algo sobre uma irmã no norte com quem ele ia ficar. Alguns caras assustadores vieram procurar por ele hoje de manhã também. Acho que ele caiu fora bem a tempo.

Porra.

— Você sabe onde, no Norte?

— Não disse. Mas, se você o vir, diga que ele ainda deve um maço de cigarros à Felicia.

Sim, isso é que vou fazer quando encontrá-lo... transmitir sua mensagem.

Vasculho a casa à procura de Jason mesmo assim, já que aprendi cedo na vida a nunca confiar na palavra de um drogado. Infelizmente, mais alguns perdedores confirmam a história de Felicia. Alcanço a última porta fechada no segundo andar e uso a lanterna do meu celular para me guiar através da escuridão.

Uma coisa eletrônica que se ilumina no canto da cama me pega de surpresa. Um menino com não mais de 10 anos olha para cima e pega um cachimbo comprido que estava ao seu lado na cama. Erguendo minhas mãos em sinal de rendição simulada, eu passo o quarto em revista num olhar rápido, à procura de quaisquer outros sinais de perigo.

— Sua mãe mora aqui? — pergunto, vendo sacos de lixo no canto, com roupas espalhando-se por todo o chão. Bagagem de viciado.

Deixando de lado o jogo que ele está jogando, mas não o cachimbo, o garoto fica na dele, mas a língua é afiada.

— Não é da porra da sua conta — vocifera. A linguagem chula rola da sua língua como se fosse uma ocorrência comum.

— Não quero treta. Estava procurando um amigo, mas já vi que ele não está aqui.

— Quem é seu amigo?

— Jason.

— O cara é um perdedor. — Os cantos da minha boca se curvam, ele está cem por cento certo, mas o garoto é atrevido por me dizer isso assim.

— Você está certo. Ele é. Você mora aqui?

— Por enquanto.

— Sua mãe é Felicia? — Espero que seja, porque a outra é um desastre maior.

— Não, é amiga da minha mãe.

Porra, coitado do moleque.

— Você come?

Ele encolhe os ombros.

— Não vou a lugar nenhum com você.

Eu sorrio, garoto esperto.

— Bom. Você não deveria. Não sou um cara mau, mas você não me conhece.

— Minha mãe provavelmente vai me trazer alguma coisa para comer mais tarde.

Eu a vi no sofá, não existe uma grande chance de isso acontecer esta noite. Provavelmente nem amanhã também.

— Eu trago alguma coisa. Volto já.

Quando volto quinze minutos depois, ninguém se mexeu de onde estava. Bato de leve na porta e o garoto não responde, mas abro mesmo assim. Lanço uma sacola para ele na cama, com cuidado para não ficar perto demais. Espero enquanto ele vasculha a sacola, retira o sanduíche e rasga o papel com fúria. Deus sabe quando foi a última vez que ele realmente comeu.

— Tem fruta aí e água vitaminada. É pra comer, não trocar. E uma escova e pasta de dente. Use. Coloquei uma nota de cinquenta no fundo da sacola. Esconda na roupa que você está vestindo. Não deixe nas suas coisas. Eles vão sentir o cheiro e vai desaparecer antes que você possa comprar sua próxima refeição. Use apenas para comida.

Não sei se ele está prestando atenção às minhas instruções, mas sua voz me para na saída.

— Obrigado.

Durante todo o caminho de volta ao hotel, acho que talvez seja hora de eu agradecer a Nico.

218　*V*I KEELAND

QUARENTE E UM

Liv

Andando pelo quarto de um lado para o outro pela centésima vez, ouço uma chave deslizar na porta e fico paralisada. Silenciosamente, Vinny abre a porta.

— Oi. Você está acordada.

— Claro que estou acordada. Você acha que eu conseguiria descansar, enquanto esperava você voltar de algum lugar onde você poderia se ferir?

Jogando as chaves sobre a mesa perto da porta, há um sorriso divertido em seu rosto, uma de suas covinhas profundas ameaçando aparecer,

— Você sabe o que eu faço para viver, não sabe?

— Isso é diferente. — Balançando a cabeça e retornando o foco para o assunto que nos fez cruzar o grande estado de Illinois, pergunto: — Você o encontrou?

Seu rosto brincalhão muda para sombrio.

— Não.

— Tinha alguém no endereço?

— Sim, uma droga de uma caverna do tesouro para perdedores, mas não achei Jason. Ele foi embora ontem, foi para a casa da irmã no Norte ou algo assim.

Uma sobrancelha dispara para cima.

— Caverna do tesouro?

Ele vem até mim com um sorriso arrogante no rosto.

— Eu tive uma boa professora de Inglês.

— Ela deve ter sido uma professora muito boa. — Sorrio e passo meus braços em volta de sua cintura.

— Pode ser que eu tivesse uma queda por ela. Menina inteligente, atraente. Se todas as minhas professoras se parecessem com ela, eu poderia ter ficado na escola. — Envolvendo as mãos em torno da minha nuca, Vinny se inclina para frente e gruda a boca na minha.

Alguns minutos depois, ambos sem fôlego e em pé ao lado da porta, eu pergunto:

— O que vamos fazer agora?

— Posso pensar em algumas coisas. — Vinny sorri e levanta uma sobrancelha. Beijando-me bruscamente nos lábios, ele se abaixa e, sem esforço, me levanta nos braços. — Venha, minha pequena distração... me distraia.

Ele se instala na cama e, de forma surpreendente, me coloca por cima dele. Vendo o olhar familiar de desejo em seus olhos, eu esperava ser presa debaixo, subjugada segundos após encostar na cama. Mas ele parece abrir mão de um pouco do controle esta noite. Sentado de costas para a cabeceira da cama, ele levanta minha blusa e revela o sutiã de renda cor-de-rosa. Ele geme. Meus mamilos já estão inchados, e ele passa um polegar em cima de cada um, arrancando um gemido baixo da minha garganta. Ele baixa um pouco as taças rendadas do sutiã que sustenta meus seios cheios, permitindo que as pontinhas rosadas e rígidas se projetem livremente. Vinny se inclina para frente e toca um mamilo duro com a ponta da língua.

Curvo as costas para lhe permitir um maior acesso, e ele entrelaça os dedos longos no meu cabelo, agarra a mecha, e puxa minha cabeça para trás num movimento brusco.

— Você quer que eu chupe seu mamilo inchado e bonito?

— Quero — respondo, ofegante.

Ele se afunda em mim e suga meu mamilo com força, puxando e beliscando com os dentes antes de liberar e voltar a atenção para o outro que espera, carente. Sua boca quente continua a sugar enquanto seus dentes dão mordidinhas, sem pressa em torno de meus seios ingurgitados.

Sinto seu pau endurecido ficar mais grosso debaixo de mim, e me movimento sobre ele, desesperada pelo atrito. Outro gemido baixo começa a escapar de mim, mas a boca de Vinny encontra a minha e me sufoca sob seu beijo. Movendo a boca para meu pescoço, sua língua trilha um caminho para cima e para baixo, alternando entre morder e chupar.

— Você está molhada pra mim? — Sua voz aveludada sai abafada em meu pescoço; suas palavras são minha ruína. Deus, eu adoro quando ele fala assim comigo.

— Estou. — A palavra escorre de meus lábios trêmulos entre minha respiração entrecortada.

— Monta em mim. — Sua boca no meu ouvido, cada respiração, cada palavra, me provoca arrepios na espinha. Não há nada mais que eu queira fazer. Percebendo que ele está me dando algo muito maior do que aparece na superfície, eu fico mais lenta, coloco seu rosto nas minhas mãos. Beijo-o com propósito, cheia de emoção. Sensual. Sedutora... tudo o que eu poderia colocar nesse momento. Quero que ele me sinta. Preciso que ele me queira, que precise de mim, tanto quanto eu preciso dele.

Envolvendo minha bunda na mão, Vinny me levanta o suficiente para tirar o resto da nossa roupa sem perder o contato. Coloco a mão entre nós, e bombeio ao longo de seu comprimento para cima e para baixo algumas vezes, embora seja desnecessário. Ele já está duro como pedra.

Me observando atentamente, Vinny agarra minha cintura e me coloca de joelhos, permitindo que a cabeça enorme de seu pau encaixe pacientemente na minha abertura. Sinto seus braços tremerem quando ele controla sua necessidade de assumir o controle. Sua oferta a mim é muito maior do que o desejo real de controlar. Travo o olhar com o dele, e retribuo o que ele acabou de me oferecer.

— Me aceite, por favor.

Ele fecha os olhos e respira profundamente, expirando e abrindo-os novamente, um sorriso malicioso no rosto. Vinny me faz sentar em cima dele, de encontro a seus quadris que golpeiam poderosamente para cima, e seu comprimento me enche até o fundo. Ele me mantém firmemente sentada, enraizado nas profundezas do meu corpo por um longo instante, olhando nos meus olhos, procurando por algo.

— Adoro ficar enterrado em você. — Ele solta um grunhido antes de começar um movimento implacável debaixo de mim. Empurrando duro e rápido, furioso, ele me levanta, seus bíceps protuberantes saltam enquanto ele me puxa para baixo para encontrar cada mergulho. Cada vez ele me afunda mais e mais, até que não haja espaço nenhum sobrando entre nós.

Freneticamente, corremos juntos para o orgasmo, ele em completo controle do meu corpo, mesmo que seja eu por cima. Nossos corpos encharcados de suor, batendo ruidosamente um no outro, nossas bocas desesperadas para se tocar, necessitando que todas as partes dos nossos corpos fiquem conectadas, ele me beija com força. Meu orgasmo me atinge poderoso, tomando minhas emoções de assalto e lágrimas escorrem pelo meu rosto enquanto solto gemidos em meio a ondas de prazer pulsando por todo o meu corpo.

Quando começo a pegar no sono, a cabeça encaixada na curva de seu ombro, seus braços firmes em torno de mim, encontro minha mão repousando sobre suas plaquinhas de identificação, por cima de seu coração. Sinto uma dor no peito. Simplesmente não posso ignorar mais. Este homem complexo protege a mãe, porém não tem ninguém para protegê-lo.

QUARENTA E DOIS
Vinny

Nico me deu uma surra hoje. Trouxe novos parceiros para treinarem comigo de uma academia do outro lado da cidade. Eles não têm o poder no soco, mas suas mãos e pés trabalham tão rápido, que fizeram minha cabeça girar. Os filhos da puta não me machucaram nada; mesmo assim, sinto que fiz exercícios cardiorrespiratórios sem parar por doze horas.

— Sem fôlego? — Nico pergunta, sorrindo quando me curvo e me apoio sobre os joelhos para recuperar o fôlego, depois da minha última luta do dia.

— Você é um sádico.

— Nada. Só gosto de assistir *você* levando uma surra. — Ele ri e me joga uma toalha.

— Como está Elle e o bebê Nicholas?

— Bem. — Nico sorri pensativo, rindo para si mesmo.

— O que é tão engraçado?

— Ela queimou a mamadeira.

— Queimou a mamadeira? Estou surpreso que você sequer tenha deixado Elle se aproximar do fogão. — É uma piada recorrente desde que Nico e Elle se conheceram. A mulher é inteligente, bonita, engraçada... mas coloque-a na cozinha e ela é como uma freira numa sex shop, totalmente perdida sobre o que fazer com qualquer aparelho.

— Eram duas da manhã. Acho que ela não colocou água suficiente na panela que estava usando para aquecer a mamadeira. Derreteu o plástico. Os alarmes de fumaça, corpo de bombeiros... pacote completo. — Nico sorri, claramente achando graça, em vez de estar aborrecido.

— Esse episódio vai entrar para a história dela.

— Vai.

Rindo, caminhamos juntos, até a sala dos fundos para pegar água.

O **INVENCÍVEL 223**

— Posso te perguntar uma coisa?

— Manda.

— Por que a Elle?

Nico franze a testa, confuso com minha pergunta. Ele não tem certeza de onde veio isso e, estranhamente, nem eu.

— Você saiu com um monte de mulheres. — Eu sorrio. — Muitas. Acho que metade da razão para eu vir para a academia tão cedo ainda na época da escola foi para ver o que ia sair da sua casa da noite anterior.

Sucinto, Nico responde:

— Tem algum motivo para você dar esse passeiozinho pela estrada da memória? — Ele cruza os braços sobre o peito e se apoia no balcão, tomando metade de uma garrafa de água em um grande gole.

A diversão some do meu rosto. Preciso seriamente de conselho, algo que é difícil eu pedir a Nico. Pedir a qualquer um, na verdade.

— O que fez você saber que Elle era a pessoa certa?

Ele ficou em silêncio por um minuto, pensando na resposta antes de dizer:

— Comecei a pensar sobre o futuro. Antes da Elle, eu vivia o momento, nunca pensando além do dia de hoje ou do dia seguinte. Mas, no dia em que a conheci, comecei a pensar sobre o caminho mais adiante... e em cada pensamento, em cada plano que eu fazia na minha cabeça, ela estava ao meu lado.

Balanço a cabeça. Pensando em alguns meses atrás, eu nem pensava no que ia fazer à noite quando subia na minha moto para sair. No entanto, esta manhã, enquanto minha mente vagava, percebi que meu contrato de aluguel vai terminar em seis meses, e comecei a me perguntar se talvez era hora de me mudar. Encontrar um lugar melhor, um que Liv gostasse e que talvez até quisesse dividir.

Nico espera, observando enquanto penso um pouco em suas palavras, e depois um sorriso maroto começa a subir à superfície.

— Você corre na esteira ou levanta peso quando se pega pensando no futuro com a Liv?

Rio de mim mesmo, de tanto que ele está certo.

— Corro. — Eu sorrio.

Nico joga nossas garrafas de água no lixo e bate a mão no meu ombro no caminho até a porta, desligando as luzes quando vamos passando por cada espaço.

— Logo você vai ficar tão exausto de correr, que vai simplesmente ceder.

QUARENTA E TRÊS

Liv

O escritório onde um dia amei entrar, consumida por um sentimento de orgulho e realização, agora foi relegado ao medo das manhãs de segunda-feira. Minha colega de trabalho me odeia, me olha feio, faz piadinhas de mim em todas as oportunidades possíveis, e meu chefe é um cretino terrível e sorrateiro. Toda a honra e o orgulho jornalístico que eu sentia quando comecei essa jornada foram esmagados sob o peso da reportagem que me foi atribuída.

— Como está saindo a matéria, Olivia? — Summer sorri para mim. Eu não sei bem se ela ficou mais feia nos últimos dois meses, mas não consigo mais me lembrar do que vi nela, que me fez ficar com inveja quando comecei no emprego. Sua beleza natural e brilhante desapareceu, substituída por joguinhos de falsidade ácidos e pré-fabricados, para atrair a atenção.

Ignorando-a completamente, sigo caminho para a sala de *Cretino*, para nossa reunião de equipe das manhãs de segunda-feira. Nossa equipe lamentável só tem duas jogadoras e um treinador cuja única finalidade é tirar nossas calças em vez de nos orientar e assistir à nossa carreira crescer e prosperar.

— Senhoras. Como vocês estão hoje? — pergunta ele, mas não espera por uma resposta. Principalmente porque ele não se importa. Ele solta o ar ruidosamente, fingindo não dar importância. — Eu realmente vou sentir falta das nossas manhãs de segunda juntos. Só mais algumas semanas e nosso pequeno trio vai se tornar uma dupla. — Isso era para ser uma motivação para ganharmos a vaga? Porque está me fazendo sentir que perder pode não ser uma coisa tão ruim assim, afinal. Um trabalho menor, a 1600 quilômetros de distância, em Nova York, está começando a soar atraente.

— Preciso das duas reportagens finais em duas semanas, a contar de hoje. — Inclinando-se para trás na cadeira, ele cruza os braços sobre o peito e sorri para nós duas, levantando uma sobrancelha, quase nos desafiando a reclamar.

— Não tem problema, James. A minha vai estar pronta. Tive que descartar aquela ninharia que já tinha sido iniciada, mas minha nova pesquisa trouxe um ótimo ângulo novo para a história. Acho que você vai ficar muito feliz. — Enquanto fala, Summer lentamente cruza e descruza as pernas. Sua saia quase curta demais para ser profissional vai subindo um pouquinho mais de cada vez: um movimento claramente calculado. Um que *Cretino* gosta e muito. Claro.

— Maravilha, eu não esperaria nada menos de você, Summer — ele responde maliciosamente. — Você mostrou mesmo como pode ser um trunfo para nós. — Sim, ela está mostrando seus trunfos muito bem.

A contragosto, *Cretino* volta a atenção para mim depois de um minuto, mas só porque estou falando e ele é forçado a me olhar.

— Sua história vai ficar pronta.

Quase salivando com a ideia da reportagem que eu vou trazer para ele, seu sorriso me dá arrepios.

— Mal posso esperar para cravar os dentes na sua história, Olivia. Mal posso esperar.

Coração pesado no peito, passo a manhã trabalhando no pano de fundo para minha história. Rezo para nunca precisar entregá-la, mas, apesar disso, preciso colocar as palavras no papel. Começo com o senador Knight, ainda incapaz de me fazer escrever qualquer coisa sobre Vinny. A culpa me consome, minha mente vagueia. Olhando para esse último mês, me pergunto onde foi que errei. Como fui me tornar tão apegada a um homem que em breve poderá me odiar? Foi para isso mesmo que eu me esforcei? Pela chance de escrever histórias que vão vender jornal, às custas de vidas destruídas? Será que fui ingênua desde o início, colocando meus modelos jornalísticos em pedestais como se fossem nobres, quando na verdade são apenas caçadores de recompensas?

Na hora do almoço, sinto uma necessidade desesperada de ar fresco, meu cérebro está entupido com perguntas para as quais não tenho respostas. Questionando que tudo o que sonhei na vida inteira possa ser apenas uma farsa, eu me sinto perdida. Como se o peso do mundo que construí na minha cabeça estivesse caindo para esmagar meus sonhos.

Ao ar livre, o dia cinzento e sombrio parece apropriado, como se o universo estivesse em sincronia com meus sentimentos. Perdida dentro dos meus próprios pensamentos, de início, levo um susto quando braços fortes me agarram por trás e me puxam para o beco a apenas meia quadra de distância de onde eu pretendia almoçar. Mas algo familiar me atinge, e, por alguns segundos curtos, acho que é Vinny sendo brincalhão. Porém, meu braço é puxado mais para trás, provocando uma dor que desce do meu ombro até o pulso, e percebo que estou errada... Vinny nunca me machucaria.

Uma das mãos que me agarraram se move para cobrir minha boca e a outra prende minhas mãos dentro da dele. Ele usa um ombro para bater minhas costas numa parede de tijolos. Forte. A violência arranca o ar dos meus pulmões.

— Que tipo de jogo você acha que está jogando, Srta. Michaels? — Meus olhos se arregalam e encontram a cara do senador Knight a centímetros da minha, com uma raiva mordaz maculando suas feições que costumam ser perfeitamente refinadas, e seu sorriso praticado não está em parte alguma.

Com sua mão apertando forte minha boca, eu não conseguiria responder nem se quisesse, embora não demore muito para eu perceber que ele não estava esperando resposta.

— Minha vida tem valor, ao contrário da vida daquela viciada e da cria violenta que ela teve. Se você acha que pode simplesmente aparecer e me destruir, está redondamente enganada. Ninguém vai dar a mínima se eles morrerem em um acidente trágico. Você me entende? — Ele aumenta a pressão sobre a mão que cobre minha boca.

Fico olhando, paralisada no lugar, incapaz de responder, sem saber se dessa vez ele espera uma reação minha ou não.

— Você está me entendendo? — ele grita, seus olhos desvairados, seu nariz quase tocando o meu. Não é o volume da voz que me assusta, são a raiva e o desespero que me fazem acreditar que as palavras são mais do que apenas uma ameaça. Confirmo com a cabeça, tanto quanto posso, com a mão ainda pressionando minha boca, me prendendo contra a parede.

— E, desta vez, eu não vou mostrar misericórdia alguma. — Sua voz é tão desapegada, que não há dúvida em minha mente de que ele é capaz de fazer o que está prometendo. A mão do senador Knight que estava sobre minha boca relaxa um pouco. — Acabe com a reportagem. Ou o que quer que aconteça vai ser culpa *sua*.

Ele me solta de suas garras e fica diante de mim, alto, arrumando o terno e passando as mãos pelo cabelo para domar os poucos fios que ousaram sair do lugar. O sorriso que conheci quando o entrevistei volta para o lugar. Um arrepio gelado percorre meu corpo com a facilidade com que esse homem pode se transformar. Dando um passo para trás, ele sorri para mim, e cada centímetro seu retoma a postura do político perfeito que o mundo acha que ele é.

— Bom dia, Srta. Michaels. — Ele acena com a cabeça e se vira.

Fico observando de dentro do beco, ainda incapaz de me mover de onde fui encurralada na parede, e um sedã escuro para no meio-fio assim que o senador volta para a rua principal. Ele abre a porta de trás e dá um passo gracioso para dentro, sem nunca olhar para trás. A mensagem inteira de dois minutos é tão surreal, que me deixa questionando se acabei de sonhar.

QUARENTA E QUATRO

Liv

Já se passaram dois dias desde a visita do senador Knight, mas ainda não consigo tirar suas ameaças da minha cabeça. Às vezes, meu coração me diz uma coisa, mas minha cabeça me diz outra, deixando-me em conflito a respeito do que eu deveria sentir de verdade. A visita do senador Knight não me deixou espaço nenhum para questionar se suas ameaças são verdadeiras. Meu coração e minha mente estão em acordo: suas palavras não eram uma ameaça velada. Eram uma promessa que ele iria cumprir muito bem e depois iria continuar com o seu dia como se quaisquer atos hediondos que ele tenha cometido nunca tivessem acontecido.

Preciso tirar a cabeça do trabalho por algum tempo, mas o único problema é que meu trabalho e minha vida pessoal se tornaram tão fortemente entrelaçados, que é difícil saber onde um começa e onde termina o outro. Dois dias sem ver Vinny já me deixam ansiosa e triste; não posso imaginar o que uma vida inteira faria comigo.

Assim que entro no restaurante onde eu deveria encontrar Ally para tomar alguma coisa antes do jantar com Vinny, fico surpresa de encontrá-la esperando com seu irmão Matthew.

— Oi. — Sorrio e cumprimento Matthew, que se levanta quando eu me aproximo. — Que surpresa legal. Ally não me disse que iria trazer o guarda-costas. — Matthew é cinco anos mais velho e sempre foi nosso protetor. Só que agora é oficial, já que ele é detetive da polícia de Chicago.

— Alguém tem que manter um olho em vocês duas. — Matthew se inclina e me beija na bochecha. — Além do mais, ela me convenceu a trazê-la de carro aqui.

— Trazê-la aqui? É só uma caminhada de seis quadras — questiono quando começo a tirar minha jaqueta, e Matthew já está atrás de mim para pegá-la discretamente. Um cavalheiro e tanto, ele me lembra muito o pai. Quando eu era pequena, me lembro de ir a lugares com os Landry e de sempre adorar a forma como o Sr. Landry corria ao redor do carro para abrir a porta da Sra. Landry. É engraçado como guardamos na memória algumas coisas que víamos os adultos fazerem quando éramos crianças.

— Não posso andar seis quarteirões com isso. — Ally aponta para baixo: seus sapatos pretos com abertura nos dedos. Fivelas prateadas enfeitam a frente, segurando o couro preto desde os dedos do pé até o alto do tornozelo. A parte interna do salto 15 é rosa-shocking, um forte contraste com o sapato elegante com um ar roqueiro que a gente vê pela frente.

— Não entendo por que ela compra sapatos com os quais não consegue andar mais do que alguns degraus — Matthew diz, sorrindo e balançando a cabeça. Ele volta a atenção para a *bartender* que está servindo as bebidas do outro lado do balcão comprido e faz um aceno simples para chamá-la. — Ainda bebendo vinho barato? — Ele olha para mim à espera de confirmação. Eu confirmo e sorrio.

Inclinando-se sobre o ombro do irmão, Ally responde ao comentário anterior de Matthew:

— Eu uso porque eles são sexy.

— Al esquisita. Os sapatos da minha irmã nunca podem ser sexy. Nada na minha irmã é sexy.

— Aposto que você pensaria que eles são sexy se fossem da Liv — ela brinca, mas algo capta sua atenção do outro lado do bar. Ally acena para um cara de cavanhaque. — Vou ali dizer um "oi", ele faz uma das minhas aulas. Veja meus sapatos fazerem mágica.

Uma hora inteira se passa e Ally nunca olha em nossa direção… belo happy hour com minha melhor amiga. Se bem que dá a mim e Matthew uma chance de colocarmos a conversa em dia. Faz muito tempo que nos falamos de verdade pela última vez. Quando Ally e eu passamos a morar juntas, ele nos ajudou a fazer a mudança e depois veio algumas vezes com a namorada, Brie.

— Como está a Brie?

Matthew dá de ombros.

— Acabou.

— O que aconteceu, ela parecia muito legal, não parecia?

— Ela era. Mas não tinha aquilo. — Seu rosto é sincero, quase triste com a lembrança. Matthew manda para dentro um longo gole de cerveja e a coloca sobre o balcão do bar. — Essas coisas a gente não controla, se bem que a vida seria infinitamente mais fácil se a gente pudesse controlar.

— Nisso você tem razão. — Termino minha segunda taça de vinho.

— Ally mencionou que você estava saindo com alguém. É um cara que você teria escolhido para si mesma?

— Eu também gostaria de ouvir essa resposta. — A voz sexy e familiar de Vinny me assusta, vinda de trás. Há um quê bem áspero em suas palavras.

Engolindo em seco, giro em cima do meu banquinho e encontro Vinny em pé a menos de trinta centímetros de distância, posicionado no meio dos lugares que Matthew e eu ocupamos. Ele parece estar com raiva, mãos se transformando em punhos cerrados ao lado do corpo, dividido entre vir até mim e bater no homem do lado de quem estou sentada.

Matthew fica em pé, e sua postura naturalmente autoritária e firme entra no lugar. O gesto silencioso serve apenas para desafiar o humor já inflamado de Vinny. Percebo a necessidade de dissipar às pressas o que está começando a fermentar aqui e me ponho em pé, acenando a bandeira branca da rendição. Me concentro em Vinny, coloco as mãos sobre seu peito e toco os lábios suavemente nos dele.

— Oi.

Olhando de relance para Matthew e de volta para mim, Vinny pergunta:

— Quem é seu amigo?

Recuo um pouco e noto que meu beijo apagou um pouco da raiva de seu rosto, embora longe de ter apagado tudo, e apresento os dois homens um ao outro.

— Este é o irmão da Ally, Matthew.

— Matthew, este é...

— Vince Stone — Matthew termina a frase para mim.

— Você o conhece de assistir às lutas? — Minhas sobrancelhas se unem em confusão.

— Mais ou menos.

Que raio de resposta é essa? É o tipo de pergunta "sim ou não".

— Mais ou menos? — repito para ele, à espera de uma explicação.

— Separei uma briga de bar no ano passado, quase o prendi por arrebentar o nariz de um falastrão.

Vinny aperta a mandíbula, e seus olhos se fecham em reflexão. Ele não tinha reconhecido Matthew. Vinny abre os olhos e balança a cabeça para Matthew, confirmando.

— Muita coisa mudou em um ano.

— Espero que sim. — Matthew olha entre mim e Vinny. — Ela é como uma irmã para mim.

Passando as mãos pelos cabelos, Vinny se vira para mim, mandíbula ainda apertada quando ele olha nos meus olhos.

— Pronta?

Sabendo que preciso ir com calma, concordo baixinho e sorrio para Matthew, cuidando para não oferecer a ele uma abertura para nosso beijo de despedida habitual. Algo na postura de Vinny me diz que o toque dos lábios de Matthew em mim não seria uma boa ideia. A mão de Vinny agarra meu quadril com jeito possessivo, e agradeço a Matthew pelas bebidas antes de ir para o restaurante para o jantar.

— Você está chateado comigo? — Vinny está em silêncio desde que nos sentamos, mas isso não é o que provoca um nó no meu estômago, o que torna difícil eu relaxar. É o não-dito que grita para mim, coisas que uma pessoa de fora nem perceberia. Ele não pediu por mim, nem se sentou ao meu lado na mesa, nem mesmo um beijo quase inadequado para marcar seu território normalmente visível.

— Eu deveria estar? — Seus olhos travam nos meus.

— Claro que não. Matthew é como um irmão para mim.

— Não estou preocupado com ele.

— Então o que é?

— Qual é a resposta à pergunta dele, Liv? — Não há necessidade alguma de lhe pedir para esclarecer a pergunta. Ele quer saber se minha cabeça está alinhada com meu coração. Será que eu teria escolhido Vinny por vontade própria se meu coração já não tivesse tomado sua decisão? Eu queria poder esconder minha reação, mas ele é bom em me ler; vê minha resposta escrita no meu rosto.

Fechando os olhos, quase como se aceitasse uma punição que ele merece, um pequeno aceno de cabeça faz meu coração afundar no peito. Alcanço a mão dele e finalmente respondo com palavras:

— Acho que não importa o que planejamos para nós mesmos. Algumas coisas na vida são simplesmente poderosas demais para mudarmos.

O humor de Vinny melhorou um pouquinho, e nós rimos no caminho a pé para o apartamento dele. Estou meio alta depois de uma terceira taça de vinho no jantar, embora o braço forte de Vinny ao meu redor me faça sentir estável.

— Você se lembra da tarde em que estudamos *Romeu e Julieta* no parque e nos revezamos lendo os papéis?

— Lembrar? Como eu poderia esquecer? Eu estava sentado encostado na árvore, e sua cabeça estava deitada no meu colo a menos de dez centímetros da minha virilha. Eu não fazia ideia do que qualquer uma das palavras que você estava dizendo significava, mas eu gostava de olhar para baixo e te ver... o jeito como sua boca se mexia. Eu tinha que ficar me arrumando para impedir que meu pau te espetasse no olho — Vinny brinca.

Parando quando alcançamos o prédio, eu me viro e o encaro, depois levanto os braços e ponho as mãos em torno do pescoço dele. O álcool me faz sentir ousada e assim eu me coloco na ponta dos pés e levo minha boca à orelha dele.

— Fui para casa e me toquei naquela noite. Me masturbei pela primeira vez, com uma imagem sua na cabeça quando eu fechava os olhos — sussurro sedutoramente no ouvido dele.

Com um grunhido, Vinny me levanta, me joga por cima do ombro como um saco de batatas e me carrega escada acima, dois degraus de cada vez.

Vinny destranca a porta em um frenesi e a chuta para fechar com o pé. Em seguida, me leva para o quarto e me coloca no chão ao pé da cama.

Ele dá um passo para trás, absorvendo a visão do meu corpo de um jeito que faz minhas entranhas estremecerem com expectativa. A maneira como ele me olha, com fome... com uma necessidade voraz, faz meu sangue percorrer minhas veias com fúria e todos os sensores no meu corpo entram em estado de alerta, mesmo que ele não tenha nem sequer me tocado.

— Me mostra — ele comanda, sua voz grave e sexy como o pecado, gutural de um jeito que me afeta muito mais do que qualquer som algum dia deve impactar uma pessoa.

Quando olho para ele, sei o que ele quer, mas procuro por confirmação mesmo assim.

— Mostrar? — pergunto, minha voz um sussurro.

— Me mostra como você se tocou naquela noite. — Sua voz ainda é rouca, mas agora é mais exigente. Ele sabe que o tom de comando em sua voz mexe comigo, provoca algo que eu nem consigo explicar. Quando fala assim, ele cria em mim uma necessidade de obedecer. — Tira a roupa.

Eu tiro, e minhas mãos estão trêmulas quando abro o zíper da saia, e a deixo cair aos meus pés. Tiro a blusa e fico só com o sutiã preto e a calcinha, e olho para Vinny sob longos cílios num olhar semicerrado.

— O resto também. — Tiro o resto das roupas e fico diante dele com apenas brincos e um colar de ouro branco longo com um grande medalhão em formato de coração, dependurado entre meus seios e que paira perto do meu umbigo.

Lentamente, os olhos de Vinny me devoram, me dão calor, me fazem sentir linda, apreciada. Seus belos olhos azul-claros alcançam os meus e sustentam meu olhar enquanto ele fala.

— Sente-se em cima da cama, com as costas na cabeceira.

Obedeço, embora um pouco hesitante com ele parado ao pé da cama, completamente vestido, mas apesar disso me obrigo a fazê-lo. O desejo de agradá-lo se torna mais forte a cada ordem pronunciada.

— Abra as pernas — ele continua. Hesito com a ideia de estar tão completamente nua diante dele. Olho-o; ele sente minha necessidade. — Faça.

Devagar, quase timidamente, abro as pernas mais ou menos uns trinta centímetros, mas é suficiente para permitir que ele me veja.

— Abre mais.

Respiro fundo e deslizo as pernas sobre a cama, tão abertas quanto consigo sem causar desconforto físico. O sorriso em seu rosto me diz que ele está gostando. Ajuda a me livrar da sensação de estar totalmente exposta.

Ele se aproxima um passo mais, mas ainda permanece ao pé da cama,

— Me mostra, linda. Como você se tocou pensando em mim naquela noite?

Meus olhos disparam para os dele, e o desejo forte e inabalável me alimenta, me impele a dar a ele o que ele quer. Lentamente, levo a mão até meu mamilo. Minha unha roça hesitante por toda a pele cor-de-rosa sensível e faz meu mamilo já inchado endurecer mais. Fecho os olhos e me deixo relaxar na sensação inebriante que o toque me traz.

Levanto a mão até a boca, molho os dedos e volto ao mamilo para friccionar pequenos círculos. O ar frio se encontra com a minha excitação molhada e um gemido baixo escapa conforme minha necessidade vai ficando mais intensa. Os dedos beliscam o mamilo sensível com força e logo sinto um choque direto no meu clitóris já inchado.

Abro os olhos e encontro Vinny impassível, olhar semicerrado, vidrado com desejo quando ele vê minhas mãos me estimularem intensamente. Seus olhos me encontram, escuros e quentes, e travam com os meus. Respiro fundo, minha coragem alimentada pelo desejo que volta para mim por reflexo, e deixo minha mão deslizar suavemente pelo meu corpo, devagar. Vejo como os olhos de Vinny acompanham, fixos na minha mão à deriva. Observá-lo incapaz de tirar os olhos da minha mão quando me toco é tão, se não mais, excitante do que o próprio toque.

Meus dois dedos suavemente encontram o clitóris, exercendo pressão em círculos rítmicos e lentos. Cada volta transmite uma pequena explosão de eletricidade em meus nervos. Meu corpo está se tornando eletrificado pelo meu próprio toque.

O desejo intensifica e sinto o aperto inconfundível no meu âmago. Preciso de mais. Fecho os olhos novamente e afasto, determinada, qualquer sentimento de inibição e timidez que ainda possa espreitar no canto do meu cérebro. Baixo mais os dedos e circundo minha entrada molhada num gesto lento. Suspiro e enfio dois dedos dentro de mim, meu corpo liso, revestido com meus próprios sucos.

Vinny solta um grunhido, e o som faz meu corpo começar a se contrair, e meu orgasmo começa a tomar corpo. Não mais hesitantes, meus dedos começam a fazer um movimento rítmico dentro de mim, molhada e carente. O movimento logo acelera e se aprofunda, e solto um gemido enquanto meus dedos deslizam dentro e fora, dentro e fora, meu corpo desesperado para se sentir preenchido, do jeito que só se sente quando Vinny está dentro de mim.

Tomo vaga consciência do som de um zíper e de movimento, embora esteja muito concentrada em encontrar a minha própria libertação, para registrar qualquer coisa.

— Abra os olhos — diz Vinny com uma voz baixa, grossa, mas ainda está claro que é uma ordem e não um pedido. Faço o que ele diz.

— Quero estar dentro de você quando você gozar. Por mais que eu adore te ver se tocar, tenho até ciúmes de ver *você* procurar o orgasmo sozinha. Eu quero te fazer chegar lá. — Possessivo, ele agarra minha cintura, me puxa pela cama, e se posiciona sobre mim. — Olhos abertos. Você vai gozar *comigo* dentro de você — ele persuade ao me empalar com o pau duro e grosso. — É mais gostoso quando entro em você? — Ele geme e define um ritmo frenético, empurrando fundo em mim e recuando até quase a ponta de cada vez.

— É.

— Fala, quem te faz gozar?

— Você — respondo num gemido, meu corpo trêmulo quando o poder do orgasmo toma conta de mim.

— Tão linda, porra. — Vinny gruda a boca na minha, e eu gemo seu nome de novo e de novo, assim que meu orgasmo me atinge como um golpe. Onda após onda de pulso acelerado, espasmos incontroláveis apertam-no dentro de mim. Ainda montada nos tremores finais, sinto o calor do prazer de Vinny se derramar em mim numa penetração tão funda, que me faz sentir como se ele quisesse deixar uma parte dele lá no meu núcleo para sempre.

QUARENTA E CINCO

Vince

Nunca fui uma pessoa que funciona bem de manhã, mas acordar com a bunda pelada da Liv pode ajudar a mudar esse fato. Estou prestes a mostrar a ela o quanto eu desfruto da vista, quando meu celular toca na mesa de canto.

Pego o aparelho e estou pronto para rejeitar a chamada. Quem se importa com a pessoa que está ligando? Pode esperar. Até eu ver o nome e a imagem que aparecem no visor. É pior do que jogar um balde de água fria em cima de mim. Minha mãe. Ela nunca liga, especialmente às oito da manhã de um sábado. Uma pontada de preocupação me atinge no âmago.

— O que foi?

— Você pode passar hoje aqui para conversarmos?

— Posso, está tudo bem?

Ela parece sóbria. Só isso já é suficiente para levantar a bandeira vermelha, por incrível que pareça.

— Estou bem. Só preciso de um pouco de ajuda para pensar em umas coisas. — Sua voz falha. — Sinto muito te incomodar. Sei que não tenho nenhum direito de te pedir qualquer coisa, mas... — Sua voz treme e some no final.

— Chego aí em uma hora. Vamos ficar bem. Não se preocupe.

Jogo o telefone de volta na mesa e depois esfrego as mãos sobre o rosto, deitado de costas, tomando um fôlego purificador para tentar relaxar.

— Você está bem? — sussurra a doce voz de Liv; eu não sabia que ela estava acordada. Depois de plantar um beijo suave no meu peitoral, ela descansa a cabeça no meu peito e passa o braço em volta da minha barriga, aconchegando-se com firmeza. Porra, adoro a sensação. Costumava odiar as mulheres me tocando, se não fosse no sexo. Não via sentido em ficar deitado na cama com alguém a menos que estivéssemos no caminho para um de nós, ou os dois, ter um orgasmo. No entanto, agora estou deitado

O INVENCÍVEL 239

aqui, não querendo fazer outra coisa senão correr os dedos pelo cabelo dela e sentir o calor de sua bochecha no meu peito. Caralho, estou ficando viciado nela. Me tornando o mesmo pateta que vi Nico se transformar, seguindo um caminho do qual eu fiz piada em todos os estágios.

— Minha mãe. Ela quer que eu vá lá.

— Ela não disse por quê?

— Não, mas algo está acontecendo. Ela não liga a menos que sejam problemas.

— Posso ir?

— Você quer ir?

— Claro, eu adoraria conhecer sua mãe.

Por quê? Eu mesmo queria poder esquecer que eu já a conheci um dia.

— Se você quiser.

— Eu quero.

— Então tudo bem. Eu disse a ela que estaria lá em uma hora... por isso temos meia hora para matar. — Faço Liv girar de costas. Ela gargalha e dá risadinhas quando eu giro seu corpo. O som me faz sorrir. Viciado demais.

— Mãe? — Fico surpreso quando entro no apartamento dela e não a encontro no lugar habitual: no sofá, na frente da TV. Ela sai do quarto e não parece muito ruim.

— Oi, bebê. — Ela está muito magra, precisa de um pouco de cor no rosto, mas pelo menos parece lúcida esta manhã. E suas roupas podem até estar limpas. Será que hoje é feriado e eu esqueci?

Pego a mão de Liv e a levo para a sala de estar. Tem cheiro de cigarro velho e uma vida de merda derramada que apodreceu debaixo do tapete porque ela estava muito chapada para limpar.

Minha mãe olha para Liv e depois para mim, confusa. Não sei por que... eu trouxe mulheres para a casa dela muitas vezes. Uma diferente a cada mês entre os dezessete e os dezenove anos, antes de eu finalmente sair de casa.

— Esta é Olivia.

Liv sorri e caminha para cumprimentar minha mãe com a mão estendida. Tão elegante que me sinto um idiota por trazê-la.

— Oi, Sra. Stonetti, é um prazer conhecê-la. — O sorriso dela é genuíno, percebo. Embora eu não saiba por que, já que seria muito melhor estar em qualquer lugar menos aqui neste momento.

— Igualmente, Olivia. — Minha mãe sorri para Liv e depois de volta para mim. Eu não tinha pensado até agora, mas faz muito tempo que não vejo aquele sorriso. Tempo demais.

Nós três nos sentamos; minha mãe no seu lugar habitual no sofá; Liv e eu na namoradeira em frente.

— O que está acontecendo, mãe?

Pensativa, ela olha entre mim e Liv sem dizer nada, claramente incerta sobre dar voz a seus podres.

— Está tudo bem, a Liv sabe o que está acontecendo — tranquilizo.

— Os dois rapazes voltaram. Disseram que não conseguiram encontrar Jason e eu só tenho alguns dias sobrando. Sinto muito por sobrecarregar você com isso, tudo o que eu sempre faço é te causar dor. — Lágrimas brotam de seus olhos. — Não sei o que fazer. Não consigo encontrá-lo em lugar nenhum.

Soltando o ar ruidosamente, eu a atualizo:

— Ele está no Norte. Tem uma irmã para aqueles lados.

— Como você sabe?

— Liv e eu fizemos uma viagem atrás de uma pista sobre onde encontrá-lo. Quando chegamos lá, ele tinha acabado de ir embora, mas os perdedores com quem ele estava hospedado disseram que ele foi se esconder na casa da irmã. Isto é, se a gente aceitar a palavra de um bando de viciados em drogas.

Minha mãe estremece. Não é agradável, mas é a verdade... isso é o que eles são. Indignos de confiança, noias, umas porras de uns perdedores. A mão de Liv vai para minha coxa e aperta para chamar minha atenção. Viro para ela e recebo um olhar de repreensão.

— Vou falar com eles. Ver se conseguimos mais tempo. O perdedor deve aparecer de novo quando queimar a ponte com a irmã. Não deve demorar muito para ele esgotar todo o seu apoio e voltar para cá.

Um pouco mais tarde, de volta à caminhonete, Liv está em silêncio. Até que abre a boca:

— Você não pode ser um pouco mais agradável? Ela é sua mãe, não é?

Ela só pode estar brincando comigo.

— Eu sou o responsável da casa desde que tenho idade suficiente para levá-la pra cama à noite, Liv. Ela não vai receber atenção especial. Esta não é a primeira vez que eu a arrasto para fora de confusão, e não vai ser a última.

— Eu sei. É só que...

— Não. Você não sabe — cortei. — Você cresceu em sua pequena família perfeita, com suas notas perfeitas e vida legal. Você não faz ideia, por isso não venha me dizer que você sabe de alguma coisa.

QUARENTA E SEIS

Liv

Vinny e eu nos despedimos com um clima meio esquisito ontem. Eu tinha dado a ele um tempo para esfriar a cabeça, pensando que ele tivesse pensado melhor e percebesse que, embora provavelmente estivesse certo em me dizer que eu não entendia a relação que ele tinha com a mãe, eu só estava tentando ajudar. Mas ele não falou comigo ontem à noite, e esta manhã eu sabia que ele estaria na academia logo cedo para a primeira metade de seu treino.

Meu estômago ronca, lembrando-me de que é quase meio-dia, embora só o pensamento de ir almoçar sozinha me faça quase esquecer o apetite. A memória do senador Knight me agarrando ainda está fresca na minha cabeça. O homem me assusta. Se o desespero faz boas pessoas fazerem coisas ruins, não quero nem pensar no que faz com as pessoas ruins. Pulei o jantar ontem à noite, já que minha fome desapareceu quando fiquei refletindo sobre minha discussão com Vinny. Minha própria culpa guiou meus pensamentos o tempo todo, espiralando minhas emoções e tirando-as do controle.

Andando pela porta giratória de vidro no meu caminho para o almoço, capto um vislumbre de algo que faz meu coração parar. Estacionado no meio-fio, apoiado na moto, tornozelos cruzados casualmente, um grande buquê de flores coloridas nas mãos, vejo Vinny me esperar. Cada cabeça do sexo feminino se vira e olha para ele, alguns dos homens até param.

O homem é absurdamente sexy. Não está vestindo nada além de uma camiseta e calça jeans que envolve perfeitamente sua cintura estreita. Os cabelos são uma bagunça natural que as pessoas pagam fortunas para conseguir, mas só alcançam uma caricatura da coisa real. Em pé, a poucos metros de mim, *está* a coisa real. A que os outros tentam copiar. Barba de um dia, um sorriso lindo de morrer com covinhas brincalhonas profundas e olhos azuis brilhantes que deixam a gente plantada no lugar.

— Procurando alguém? — pergunto. Ele sorri descaradamente

O INVENCÍVEL 243

quando me aproximo.

— Estou, minha namorada. Ela deve estar chateada comigo por eu ser um idiota. Você a viu por aí?

Apontando para o final do quarteirão, entro na brincadeira.

— Eu acho que ela foi por ali.

Vinny agarra meu braço estendido e me puxa para ele, segurando minhas duas mãos em uma das suas e prendendo-as nas minhas costas.

— Me perdoa? — Ele me beija docemente nos lábios.

Com um sorriso irônico, eu respondo:

— Você acha que eu sou fácil. Um sorriso sexy e algumas flores?

— Você acha meu sorriso sexy? — As covinhas ficam mais fundas.

— Você só ouve as partes que quer ouvir — respondo, revirando os olhos.

Vinny me puxa para mais perto e levanta as sobrancelhas.

— Quero ouvir você gemer meu nome quando a gente transar para fazer as pazes — diz ele, alto demais.

— Shhhhhh! — Olho em volta e vejo algumas cabeças girando para nós.

— Você não gosta quando eu digo "transar" em público? — Ele praticamente grita a palavra. As ruas estão cheias no centro de Chicago na hora do almoço. Sinto minha pele ruborizar à medida que mais pessoas observam.

— Tá bom, tá bom. Eu te perdoo. Agora, por favor, fique quieto.

Ele sorri triunfante e puxa minha mão para me levar para almoçar, carregando as flores que atraem ainda mais atenção do que ele normalmente recebe o tempo todo.

Ele me leva até a entrada do meu prédio depois do almoço, e me faz sentir como uma adolescente levada até a porta de casa, com o pai assistindo na janela depois de um encontro. Ele me beija, sem se importar que o mundo passa à nossa volta, provavelmente encarando e se sentindo pouco à vontade com a demonstração pública e apaixonada de afeto. Entregando-me as flores que ele carregou durante a última hora, ele sorri e me dá um tapa na bunda quando me afasto.

— Oi, Summer. — Vinny pisca para mim quando me viro para ouvi-lo cumprimentar minha colega. De início, acho que ele está brincando, mas não há dúvidas sobre a face infeliz que passa ao meu lado com tudo, perturbada pelo sorriso dele.

246   VI KEELAND

QUARENTA E SETE

Vinny

Nunca na minha vida pensei sobre o desejo de vencer uma luta para impressionar uma mulher. Não me entenda mal, sei que no passado vencer era o mesmo que as preliminares para alguns dos meus encontros, mas nunca foi *por isso* que eu quis ganhar. Até agora. Minha luta da semana que vem não é só para mim; quero que Liv tenha orgulho de quem eu sou. As paradas estão mudando pra mim. Como eu me sinto, como eu olho para as coisas. Me dá motivação nova, mas, ao mesmo tempo, me deixa apavorado.

Ainda estou na academia uma hora depois do meu treino terminar. Corro na esteira, faço mais daquela merda de cárdio... Eu achava que era punição, mas agora quero estar pronto. Então, pego um pouco mais pesado, fico um pouco mais, penso com mais inteligência.

Aperto o botão para passar de uma corrida a uma caminhada, para ir diminuindo o ritmo. Enrolo a toalha no pescoço e capto o vislumbre de uma mulher que eu não esperava ver aqui. Sal, o cara na porta, aponta em minha direção com um sorriso sacana e um movimento de sobrancelhas, e eu a vejo vir toda empinada até mim. Sem dúvida ela está acostumada a homens apreciando o show. A questão é que esse show é uma repetição, um que vi com frequência demais, o que me aborrece antes mesmo que ela apareça na minha frente.

— Oi, Vince — sua voz ronrona por entre lábios cintilantes.

— Summer. — Faço um movimento breve de cabeça. Conheço o lance. Para uma garota como ela, eu sou um jogo, um que ela gostaria de jogar para irritar a mulher que senta ao lado dela. A *minha* mulher. Até parece.

— Você acha que a gente pode falar uns minutinhos? — Ela inclina a cabeça para o lado, em uma tentativa de parecer tímida.

— Meio ocupado. O que você quer, Summer?

Olhando da esquerda para a direita antes de falar, ela se aproxima, baixando a voz, embora tenha acabado de confirmar que ninguém pode nos ouvir.

— Estou ajudando a Olivia com a reportagem dela. Só queria te perguntar umas coisas.

— A história dela já foi impressa semanas atrás. Em que você poderia estar ajudando? — O alarme da esteira apita, sinalizando o fim da minha desaquecida. Por um segundo, considero programar para mais alguns quilômetros, apenas para tornar mais difícil para ela ficar e conversar comigo. Mas tenho que buscar Liv daqui a uma hora de qualquer maneira, então não sei. Em vez disso, saio da esteira e cruzo os braços sobre o peito, mostrando minha falta de interesse e minha impaciência na postura.

— Ah, não é a primeira história, é a matéria em que ela está trabalhando agora.

— Não sei do que você está falando, Summer, mas estou com pressa para buscar a Liv, dá para resumir o assunto? — Não estou fingindo ser impaciente para causar efeito, estou impaciente de verdade. Ela precisa ir embora.

— A história é sobre... — Ela faz uma pausa e olha em volta. Mais uma vez olhando em volta para ver se o caminho está livre? Que porra de rainha do drama é essa? E então ela sussurra: — Você sabe, sobre seu pai verdadeiro.

Uma hora mais tarde, estou na porta de Liv. Caminho de um lado para o outro por alguns segundos antes de bater, minha mente disparando. Liv nunca iria me usar. Iria? Aquela cadela sem bunda só pode estar inventando essa merda, provavelmente zangada por eu não ter dado a atenção que ela queria... tentando dar o troco na Liv. Cada parte do meu corpo quer acreditar que tudo o que ela disse foi uma mentira, mas a sensação que corrói a boca do meu estômago está bagunçando minha cabeça. Muito.

Logo eu tomo coragem e bato na porta. Liv atende e sorri, parecendo genuinamente feliz em me ver. Será que estou sendo um idiota tão grande que só enxergo o que quero ver? Seu sorriso desaparece quando ela nota minha expressão.

— O que foi? — A voz dela é tomada por preocupação.

— Posso entrar?

— Claro. — Ela dá um passo para o lado, e silenciosamente fecha a porta atrás de mim.

Nem consigo pensar em papo furado, vou direto ao ponto, quando nem bem coloquei os dois pés dentro do apartamento.

— A Summer foi me ver.

A mandíbula de Liv fica tensa e eu rezo que seja ciúme e não nervosismo, mas eu não posso dizer.

— Tá boooom. — Ela arrasta as palavras lentamente.

— Ela disse que você está trabalhando em uma outra história sobre mim. É verdade? — Olho bem dentro de seus olhos quando falo. Sua reação me rasga em dois. Arranca meu coração e pisa em cima. Ela não responde. Começo a perder a paciência. E minha capacidade de controle.

— Responde! — grito. Ela pula com surpresa pela minha voz irritada.

— Não é o que você está pensando — ela sussurra. Lágrimas enchem seus olhos.

— Responda à porra da pergunta, Liv. — Meus olhos perfuram os dela. Ela olha fixamente além de mim, sem responder nada. — Responda à pergunta, PORRA!

— Sim, mas...

— Você está brincando comigo? — interrompo antes que ela termine. A adrenalina bombeia pelo meu corpo e faz meus punhos cerrados se abrirem. Corro os dedos ansiosamente pelo meu cabelo. Sinto-me como um leão enjaulado, só que não existe nenhuma barreira para me conter, pelo menos não física.

— Me desculpa. — O sistema hidráulico é acionado. — Nunca quis que você descobrisse desse jeito. Eu estava tentando te proteger.

Anos de desapontamentos deixaram minha mente treinada para saltar para o modo de proteção, minha mágoa se transformando em raiva.

— Não preciso de ninguém para me proteger. — Respirando duro, vocifero para ela: — Não preciso que *você* me proteja.

— Você não entende. — Ela deveria ser atriz, do jeito que é boa nisso. Seu rosto parece aflito e seu corpo treme enquanto as lágrimas rolam de seu rosto.

— Não, Liv, é aí que você se engana. Finalmente eu *entendi*. Você é como o resto delas. — Minha risada maníaca assusta até mesmo a mim. Preciso dar o fora daqui antes que eu faça algo de que vou me arrepender. Estendo a mão para a porta e a escancaro com tanta força que quase a arranco das dobradiças, e então eu me viro. — Você poderia ter me dito que eram negócios. Eu provavelmente teria concordado de qualquer maneira, de tanto que eu queria te foder. — Eu me inclino para baixo, meu rosto no dela, tão perto que ouço sua respiração enquanto ela soluça em silêncio. — Pelo menos, as outras vadias falam a verdade quando me usam. — Preciso de cada resquício da minha força de vontade para sair pela porta. Mas eu saio. E não olho para trás.

Bela dedicação... entro na academia com três horas de atraso e de ressaca. Talvez até mesmo ainda um pouco bêbado da noite anterior. Ou foi esta manhã que parei de beber? Não faço ideia, já que arrebentei meu relógio. E o meu celular. E um monte de outras merdas quando arremessei minha cômoda no meu último rompante bêbado.

— Onde diabos você estava? — Nico me repreende no minuto em que passo pela recepção.

— Fora.

— Você não atende o telefone?

— Quebrou. — Quando joguei a porra na parede.

— Isso tem alguma coisa a ver com a garota que vi entrar na noite passada? — pergunta Nico com desaprovação.

— Tem, mas não é o que você está pensando.

— Escuta. — Nico está diante de mim, colocando uma mão em cada ombro meu. — Você está muito perto de estragar tudo. O que quer que esteja acontecendo, resolva logo ou pule fora. Não há tempo para brincadeira.

— Entendi — rosno entre dentes. — Me atrasei um pouco, não aumente a proporção das coisas. — Tiro as mãos dele dos meus ombros com um tranco.

Sobrancelhas franzidas, olhos apertados, Nico me avalia.

— Vá fazer oito quilômetros, clareie as ideias. Depois a gente começa.

Meia hora depois, os restos do álcool da noite anterior evaporaram pelos meus poros e minha cabeça zonza se tornou o começo de uma dor de cabeça estrondosa. Embora a dor seja boa. Prendo o protetor de cabeça e subo no ringue onde Alex espera por mim. Ele é um dos meus parceiros de *sparring*, mas acha que é pouco para ele e não consegue manter a boca fechada. Hoje não estou com o menor humor para sua boca.

Pulo algumas vezes para fazer meu sangue circular e espero Alex prender o protetor de cabeça.

— Aquela que eu vi entrar ontem é a sua nova mulher?

— Não — respondo curto e grosso, esperando que ele entenda a dica. Não tive essa maldita sorte.

— Vocês ainda estão se vendo? A jornalista? — Lanço uma combinação um-dois socos, que ele pega, mas por pouco.

— Não. — A simples palavra de uma sílaba queima minha garganta quando a pronuncio.

Alex sorri, e até mesmo seu sorriso com a minha resposta me irrita, embora sejam as palavras dele que me perturbam.

— Se você já tiver terminado com ela, me passa o telefone? Que bunda aquela tem...

Como um touro insultado, eu enxergo vermelho. Meu corpo se enche de testosterona e minha mente é tomada pela raiva, nada poderia me deter. Derrubo o cara com um só soco que ele nem vê. Tão cheio de raiva, sou consumido, possuído num estágio sem volta e disparo soco após soco, direto na cara dele enquanto ele está preso ao tatame, até o momento em que os quatro caras que tentam me afastar dele obtêm sucesso, mas o rosto do pobre idiota virou uma confusão sangrenta.

A academia meio-cheia se afasta de mim, ninguém se atreve a se aproximar num raio de cinco metros. Exceto Nico. O filho da puta nunca sabe quando manter distância.

— Terminou? Espero que tenha gostado, porque você não vai mais conseguir levantar os braços quando eu terminar seu treinamento hoje. — Ele faz uma pausa, dando um passo mais perto de mim, e ficamos nariz com nariz. — Leve sua bunda para o saco de pancada. Doze rodadas de três minutos. Um minuto de intervalo. No máximo.

Qualquer lutador normal, até mesmo um em perfeita forma, estaria boiando em uma banheira de água quente depois da intensidade do treino que Nico me fez atravessar. Mas eu não. A adrenalina ainda está bombeando loucamente pelas minhas veias como uma corrente através de um fio elétrico, e volto para minha moto depois de um banho rápido. Preciso parar de pensar. Preciso esquecer. Parar de sentir um pouco. Faz muito tempo que saí atrás de piranha, mas não o suficiente para esquecer o que eu preciso para clarear as ideias. Um pouco de sexo poderoso até eu não conseguir mais enxergar direito deve resolver.

Parando no semáforo, olho para o edifício que se eleva na minha frente assim que coloco os pés no chão para esperar. *Daily Sun Times.* A vontade de atravessar o painel de vidro com a moto é tão forte, que tenho que lutar contra mim mesmo para ficar no lugar. Algo queima um buraco no meu bolso da frente e me tira das profundezas da minha mente. Enfio os dedos no bolso e tiro o cartão com um endereço rabiscado nele. Summer Langley. Viro à esquerda em vez de ir em linha reta.

Ela atende à porta só de roupão e um sorriso acanhado, e dá um passo para o lado para eu entrar. Não trocamos palavras, embora eu conheça bem o sorriso. Ela pode parecer mais sofisticada, ter mais fachada do que as piranhas comuns do Flannigan's, embora na prática seja a mesma coisa. Nem sabe quem eu sou, não quer nem tentar descobrir. Prefere a ideia que tem de mim em sua mente à realidade. Normalmente estou mais do que feliz em entrar no jogo. Mas esta noite... hoje estou aqui para conseguir o que eu preciso.

Exausto pela falta de sono, meu corpo está desesperado por descanso. Quando me levanto da cama, enfrento o protesto de cada músculo dolorido em meus braços e pernas. Tenho certeza de que Nico acha que não vou aparecer hoje, que vou estar fraco para treinar depois do rigor pelo qual ele fez meu corpo passar ontem, mas sou teimoso demais para dar a ele a satisfação de pensar que ele está certo. Assim, demoro dez minutos extras no banho, deixando a água escaldante superar minhas dores, e saio antes do horário. Preciso parar e verificar como está a única outra mulher que dei permissão para me causar dor verdadeira.

Quando agarro a maçaneta da porta, ela gira antes de eu colocar a chave. Não é um bom sinal. Quando minha mãe está chapada, ela é displicente com sua autopreservação. Estou surpreso de encontrá-la acordada e alerta, sentada no sofá, fumando um cigarro. Há um cinzeiro cheio na frente dela. Como não são os viciados de sempre sentados na frente dela no sofá, a dupla dinâmica está de volta. Estes dois parecem melhor do que a maioria, mas as aparências enganam. Eles são problemas maiores do que qualquer coisa em que ela já tenha se metido antes.

O mais baixo dos dois, o que fala na maior parte do tempo, me vê primeiro. Ele abre a jaqueta só um pouquinho, uma lembrança silenciosa de quem está no comando, antes que eu possa sequer abrir a boca.

— O que está acontecendo, mãe? — A sala está tão silenciosa, que ouço a tragada que ela dá no cigarro. Ela fumou tanto, que já está inalando o filtro, não muito longe de queimar os dedos.

Fechando os olhos, ela sorri para mim. É um rosto que pede desculpas e ao mesmo tempo me diz que está feliz por eu estar aqui.

— Eles encontraram Jason.

Sugo uma respiração profunda e sinto uma pequena sensação de alívio. Apesar de não durar muito tempo.

— Morto. Overdose — diz estoicamente o traficante que tem a arma.

Ótimo, simplesmente ótimo. Me agarro à vida preciosa, sentindo uma necessidade desesperada por alguém... alguém... para pegar a tábua de salvação que estou lançando.

— As drogas ou dinheiro por acaso estavam perto do corpo?

Lentamente, ele balança a cabeça de um lado para o outro, em silêncio.

Claro que não, o que eu estava pensando? Esta é a minha vida, a terra do "não acredito nessa merda que aconteceu durante os últimos vinte anos".

— E agora? Vocês estão sem duzentos mil. — Olho para a minha mãe, que retorna meu olhar, e a vejo estremecer com minhas palavras seguintes. — Se vocês a matarem, ainda vão estar com duzentos mil a menos. Não leva vocês a lugar nenhum, exceto que agora vão ficar olhando por cima do ombro durante cada minuto de cada dia, porque vou quebrar o pescoço de vocês quando menos esperarem. — Fico olhando firme nos olhos de um homem que já matou antes.

É engraçado o que acontece quando a gente sente como se não tivesse mais nada a perder. Tudo o que a gente diz vai direto ao ponto. Não há mais tempo para deliberar, para pensar em como atenuar as palavras. Porque a gente não dá mais a mínima para o que os outros pensam.

Olhos fixos um no outro, eu e o chefe do tráfico nos encaramos por longos minutos; nenhum de nós desvia, não há um vacilo. Então, ele se levanta e o que parece um sorriso verdadeiro cruza seu rosto. Em seguida, ele ri sacudindo a cabeça.

— Realmente gosto de você, garoto. Ou você é mais louco do que eu pensei, ou tem bolas feitas de titânio. — Ele pega os óculos que estavam pendurados na camisa, e os posiciona sobre os olhos. — Acho que pode ser um pouco dos dois. — Ele faz uma pausa. — Então aqui está o que eu vou fazer: não vou matar sua mãe. Te dou minha palavra quanto a isso. — Seu sorriso se alarga. — Mas vou cortar alguns dedos das mãos, talvez até mesmo alguns dedos do pé, só por diversão. Vou deixá-la cega. E acabar com ela de tal forma que ela vai *desejar* que estivesse morta. Mas não vai estar. Ela vai viver. E o fardo de cuidar da confusão que restar, durante todos os dias da vida dela... isso vai ficar nas suas costas.

Minhas mãos se curvam em punhos cerrados ao lado do corpo e vejo os olhos do primeiro cara baixarem e perceberem que estou prestes a explodir. O cara mais alto se levanta e se posiciona ao lado dele, uma declaração silenciosa de apoio.

— Mas como eu disse, moleque, eu gosto de você. E não quero que isso aconteça. Por isso, eis o que vamos fazer: umas apostas bem altas. E você vai perder a luta na semana que vem. — Ele balança a cabeça. — E aí vamos ficar quites.

Mão na cintura, segurando o que está por baixo da camisa, ele caminha até mim e coloca a mão no meu ombro.

— Sacou?

E aí eles se vão.

Quarenta e Oito

Liv

Não quero mais chorar. Sentada no sofá com Ally, repasso tudo na minha cabeça pela milésima vez, só que agora eu falo meus pensamentos em voz alta. Finalmente. Dois dias que passei enrodilhada em posição fetal, alternando entre a chorar e dormir, a assustaram. Me assustaram. Me sinto mal por fazê-la se preocupar, mas nunca em meus sonhos mais loucos eu pensei que perder um homem fosse me afetar tão profundamente. Embora Vinny não seja qualquer homem e a perda seja muito dura. Enfim eu admito por quê.

— Estou apaixonada por ele, Ally. — Um rastro de lágrimas secas mancha meu rosto. Meus olhos estão inchados e meu nariz, muito vermelho em contraste com minha pele pálida. Talvez o poço tenha secado e agora eu esteja pronta para falar; palavras sem lágrimas.

— Você realmente levou todo esse tempo para se dar conta disso? — ela questiona, meio brincando. Acho que no fundo eu sabia o tempo todo, só que estava com medo de admitir, por receio de que oferecer meu coração a ele fosse me machucar novamente. A ironia é uma coisa engraçada.

— Nem sei bem onde foi que eu errei. Tudo começou de um jeito muito inocente. Admito que, num primeiro momento, a ideia de trocar a história dele pelo meu emprego dos sonhos era tentadora. Posso até mesmo ter pensado que eu poderia fazê-lo, de tanto que eu queria o emprego. Mas, quanto mais tempo eu passava com ele, mais eu me apaixonava. Então eu contei histórias a mim mesma para evitar lidar com aquilo. Por um momento, cheguei a acreditar que não era verdade, que eu poderia ser uma super-heroína, provar a verdade ao jornal, matar a história e ficar com o cara no final.

Dou risada do quanto soa ridículo até mesmo dizer as palavras em voz alta.

— Quando finalmente admiti para mim mesma que a história era verdadeira, não consegui dizer a ele qual era minha tarefa, porque eu não suportaria deixá-lo devastado. Todos os dias só ia ficando mais difícil abrir o jogo, mas eu também me perdia mais e mais no sentimento.

— Você precisa falar, Liv.

Sorrio para minha melhor amiga. Ela sempre está disponível para mim, fico feliz que ela esteja tentando ajudar. Mas ela não o viu. Acho que já não tinha mais volta.

— Eu queria que fosse assim tão fácil, Ally.

— Então o que você vai fazer, ficar sentada aqui e deixá-lo sair da sua vida? De novo.

— Não sei, Al, não tenho certeza se existe algo que eu possa fazer a essa altura do campeonato para mudar as coisas. Você não o viu.

Depois de mais uma noite de sono inquieto, acordo sentindo como se um trem de carga tivesse me atropelado. E depois recuado. E passado de novo por cima. Fraqueza física à parte, pelo menos a manhã me traz alguma aparente clareza.

— Bom dia, raio de sol. — Ally sorri para mim ao pegar a torrada da torradeira, mas queima o dedo no caminho. Ela coloca o dedo na boca, seu costumeiro tratamento de primeiros socorros, e pergunta: — Como você está se sentindo?

— Uma merda.

Ela sorri.

— Você parece mesmo uma merda.

Sempre posso contar com a Ally para me fazer rir.

— Obrigada, colega.

— Disponha. — Ela pega um prato e joga a torrada meio queimada nele. — Quer que eu te faça torrada?

— Hummm... não, obrigada. Compro algo no caminho.

Ela arqueia as sobrancelhas em surpresa.

— Você vai sair?

— Estou indo ver a Delilah.

— A mãe do Vince?

— Isso.

— Por quê?

Sirvo meu café em um copo para viagem e sigo para a porta.

— Não faço ideia. Só preciso falar com ela.

Consigo encontrar o caminho até a casa de Delilah, o que é uma façanha, considerando que eu só estive lá uma vez, e também que tenho uma propensão a me perder. Ela parece exausta e estressada, embora depois de eu ouvir Vinny falar sobre ela, eu fique grata por ela parecer sóbria.

— Posso entrar?

— Claro, está tudo bem? — Delilah dá um passo para o lado e olha além de mim, esperando que eu esteja acompanhada.

— Tudo bem. Quer dizer, não. Isso não é verdade. Não tem nada de bom. O Vinny está bem. Bem, quero dizer que ele não está ferido nem nada — gaguejo. Belo trabalho em manter o autocontrole, Olivia, belo trabalho. Reviro os olhos mentalmente para mim mesma.

— Eu sei o que você quer dizer. — Os ombros dela se curvam em derrota. — Ele estava aqui antes.

Jesus, eu nem tinha pensado nisso. E se eu passasse por aqui e ele já estivesse, ou se ele aparecesse enquanto eu estava sentada conversando com a mãe dele? Nem sei mais por que foi que vim aqui... não teria como eu ter me explicado para ele. Com certeza Vinny pensaria que eu estava trabalhando, tentando arrancar mais informações para a minha história.

— Ele está chateado?

— Zangado. Ele está muito zangado. — Lágrimas brotam nos olhos dela. — A única coisa que já fiz para esse menino foi decepcioná-lo. Só sei que vou perdê-lo por causa da confusão em que o meti dessa vez.

— Tenho medo de já ter perdido o Vinny. — Olho para sua mãe frágil. O tempo não foi gentil. Ela parece mais velha do que é, doentia, magra demais. Viemos de passados diferentes, mas nós duas temos uma ligação no momento. Duas mulheres amando e sofrendo pelo mesmo homem. Uma lágrima solitária cai, mas não tenho energia para nem tentar detê-la. Estou emocionalmente esgotada.

— Ah, não. Sinto muito, querida, eu não sabia que vocês dois estavam tendo problemas. — Ela pega delicadamente minha mão na sua. — Vi o jeito que ele olha para você. O que aconteceu, tenho certeza que dá para consertar.

— Não sei se ele pode me perdoar.

— Te perdoar? O que você pode ter feito?

Acho que ele não disse a ela que eu era a razão por ele ter descoberto de forma tão horrível a verdade sobre o pai.

— É uma longa história. — Expiro ruidosamente. — Mas me passaram a tarefa de escrever uma reportagem sobre o pai verdadeiro dele.

— O quê? — Seu rosto já pálido fica branco e todos os toques de cor desaparecem quase que instantaneamente.

Passei a hora seguinte contando tudo a ela, abrindo meu coração. O senador, Jax, a luta, o jornal. Tudo. Não deixo pedra sobre pedra na minha confissão. Achei que ela só não sabia sobre o meu papel na história, mas, no fim das contas, ela nem sabia que história era. Depois que o choque de seu passado sombrio vem à luz, Delilah parece triste, mas algo nela também grita alívio. Carregar um segredo tão grande por 25 anos deve ter sido difícil.

— Mas fiquei confusa, se você não sabia sobre esse segredo vir à tona, por que estava tão preocupada em perder o Vinny?

— Eu o arrastei para algo terrível. Eu confiei em um cara e depois o apresentei para um pessoal barra pesada... — Sua voz some.

— Jason?

Ela concorda com a cabeça e mostra sua melhor tentativa de um sorriso.

— Bem, eles o encontraram.

— Que ótimo. — Pode ser o primeiro fragmento de uma boa notícia que ouço em dias.

— Não exatamente.

Durante a hora seguinte, a vez é dela. Ela me atualiza sobre o que ela e Vinny vêm atravessando durante os últimos dois dias. Me sinto enjoada só de pensar na escolha que Vinny tem pela frente. Como se o que eu fiz para ele não fosse ruim o suficiente. Ele agora está sendo forçado a desistir da única coisa que ele provavelmente sentia que podia controlar. Algo pelo que ele trabalhou tão duro por todos esses anos. Meu coração, que eu pensei já ter sido partido além de reparos, se quebra em um milhão de pedacinhos.

Sentindo-me ainda mais destituída das minhas energias e mais cansada do que quando cheguei horas atrás, paro quando chego à porta e me lembro de mais uma pergunta sem resposta.

— De quem são as plaquinhas de identificação militar que ele usa todos os dias? Ele acha que são do pai.

E eu que achava que não podia ficar pior... A resposta dela, transbordando de pesar, é uma traição até mesmo para mim. A tristeza em seu rosto. Em todo o seu ser.

— Comprei de uma banca de coisas usadas no Exército da Salvação.

Dirijo até o centro e depois caminho por horas. Não chego a lugar nenhum, vou andando em círculos, pensando em nada. Quando percebo, estou na frente da academia de Nico, e logo decido que tenho mais medo das consequências da minha inação do que da reação que eu poderia receber. Tremendo por dentro, tento me firmar para abrir a porta. O cara na entrada principal está com o rosto cheio de cortes, contusões e curativos, e se afasta mais rápido do que eu consigo fazer minha voz sair.

Mas não preciso dele para me dizer se Vinny está aqui, porque eu sei. Sinto nos meus ossos, no meu sangue... o crepitar no ar, a tensão inconfundível que me diz que ele está próximo. Passo os olhos pela sala de treino e me viro... não demoro muito para encontrá-lo. Ele me encontrou do outro lado da sala, antes de meus olhos acharem os dele. Com o olhar fulminante, ele dá passos largos para vir até mim. Assim que vejo o olhar em seus olhos, meu cérebro me manda fugir, mas meu coração me deixa paralisada no lugar.

— O que você quer? — pergunta ele, suas palavras mordazes entre os dentes cerrados.

— Eu queria saber se você está bem.

— Estou bem. Só isso? — Ele cruza os braços sobre o peito, fingindo indiferença, embora eu enxergue além do gesto. Ele está magoado e entrou no modo de proteção.

— Me desculpa, Vinny.

— Você já disse isso. Mais alguma coisa?

— Eu nunca quis te fazer sofrer.

— Você não fez.

Abaixo a cabeça. Sinto vergonha da minha atitude, mas não tenho vergonha de dizer a ele como eu me sinto. Preciso que ele saiba.

— Eu te amo. — Uma lágrima escorre pelo meu rosto.

— Se você já terminou, pode dar o fora daqui, Liv. — Ele vira as costas e vai embora raivosamente.

QUARENTA E NOVE

Liv

Quem disse que o tempo cura todas as feridas, obviamente, nunca conheceu Vince Stone. Eu não esperava que ele me ligasse, muito menos que viesse correndo para me dizer que ele me perdoava. No entanto, eu também não esperava que terminasse daquele jeito. Meu coração continua batendo, mas, a cada batida, ele murcha um pouco mais, fica desolado, infeliz.

— Quando você vai contar ao *Cretino*? — Ally inclina-se sobre o encosto do sofá, braços dependurados enquanto ela fala comigo e eu empacoto minhas coisas da cozinha.

— O artigo era para sexta-feira. Então pensei em falar com ele no dia. Não quero dar tempo nenhum para fazerem a própria escavação. A história era para ser publicada no jornal no dia seguinte à luta.

— E sobre a viagem a Washington?

— Meu voo é na sexta à noite. Se tudo correr bem, vou estar de volta a Chicago no sábado à tarde. — Suspiro. — Eu realmente queria ver a luta. Sei que ele não me quer lá, mas quero estar presente de qualquer maneira.

Pego o vaso de flores silvestres secas que coloquei sobre o balcão na tarde em que Vinny as trouxe para mim. Escolho tirar uma delas e jogo o resto no lixo. Só ainda não estou pronta para deixar tudo para trás.

Faz uma semana que estou embalando minhas coisas. Meu trabalho em Nova York começa em sete dias. Não pude proteger Vinny do sofrimento; o mínimo que posso fazer é deixá-lo com sua mãe para enfrentarem tudo com privacidade. Dar a eles a dignidade e o respeito que merecem para lidar com esse assunto sem ser aos olhos do público. De forma não surpreendente, o teste de DNA deu positivo. O senador Knight é pai de Vinny, mas ninguém nunca vai saber. Ally e eu queimamos os resultados e o senador Knight vai ficar feliz por eu ter decidido ficar quieta. Ele é tão arrogante, que provavelmente vai achar que fiz isso por ele, que suas ameaças me assustaram e me intimidaram.

O **INVENCÍVEL 261**

— O que eu vou fazer sem você? — Ally se estira sobre o sofá em uma exibição excessiva de drama, um braço jogado em seu rosto em pose teatral.

— Você quer dizer, quem vai te levar aos lugares? — provoco.

Ally se senta ereta no sofá. Sua resposta me lembra do quanto vou sentir falta dela.

— Bem, com você em Nova York, pelo menos agora eu vou poder cruzar o país de costa a costa!

— Você sabe que Chicago não fica na costa, certo?

— E daí? — Ela faz um aceno displicente para mim, como se os detalhes não fossem nada importantes.

Sexta de manhã, Summer sorri para mim quando saio da sala de *Cretino*. Na verdade, é menos um sorriso e mais um regozijo. Estranhamente, tenho uma sensação de alívio quando digo ao jornal que não fui capaz de conectar o senador Knight a Vinny. É como fechar uma porta de sofrimento e dor. Só espero que Vinny e sua mãe encontrem uma maneira de se curar, de superar a angústia que anos de mentiras e enganos causaram.

Enquanto arrumo os poucos pertences pessoais que tenho na minha mesa de trabalho, Summer se apruma na cadeira, sorrindo como o Gato Risonho. Ela venceu, mas não posso deixar de sentir pena dela pelos recursos que ela utilizou para conseguir cruzar a linha de chegada.

— Você sabe, Olivia, você não devia se sentir tão mal. Se não fosse a reportagem, teria sido outra coisa. — Ela faz uma pausa e finjo que não ouvi, limpando o resto das minhas gavetas. Uma última exaltação minha é exatamente o que ela quer. — Aquele homem é muita areia para o seu caminhãozinho, é mais do que você aguenta.

A necessidade de defendê-lo toma o melhor de mim, mesmo que ele não seja mais meu para defender.

— Você não sabe de nada sobre o Vinny.

— Talvez seja verdade, mas sei que ele foi ao *meu* apartamento algumas noites atrás. E não ao *seu*.

Respiro fundo, tentando desenterrar um jeito de aplacar minha raiva crescente. Fechando os olhos, tento desesperadamente me mostrar superior. Mas sou escritora, e fechar os olhos apenas cria o visual para as palavras que tomam vida dentro da minha cabeça. É mais do que suporto testemunhar. Incapaz de me deter, dou dois passos ao redor da minha mesa e vou até onde ela está, levanto o braço e dou-lhe um tabefe bem no meio da cara. A cabeça dela vira para o lado com o poder por trás do meu tapa raivoso.

Mão ardendo, caixa de objetos pessoais em meu poder, de cabeça erguida, não olho para trás quando saio do *Daily Sun Times*.

264　VI KEELAND

CINQUENTA

Vince

Debaixo da arena, menos de uma hora até a maior luta da minha vida, e estou me sentindo uma merda. Está sendo difícil me fingir de animado para uma luta que sei que não posso vencer, então acho bom que o vestiário esteja um caos por causa da final do campeonato. Não fosse por isso, eu teria que lidar com Nico cara a cara. A parte fodida dessa história é que me sinto pior por fazer isso com Nico do que por fazer comigo mesmo.

Do outro lado da sala, eu o vejo conversar com um repórter. Ele fala com orgulho sobre os anos nos quais trabalhamos em conjunto. Ele é um pé no saco, sempre com o nariz metido nos meus assuntos, mas não sei onde eu estaria sem ele. Em muitos aspectos.

Meia hora antes de termos de subir para as apresentações, Nico chuta todo mundo para fora da sala. Enquanto enfaixa minhas mãos, ele começa com a conversa motivacional que eu sabia que viria sem dúvida.

— Você é melhor do que esse cara.

— Eu sei.

— Não deixe isso subir à cabeça. Cuidado quando ele baixar a esquerda...

— Eu sei.

— E não deixe que ele te leve pro chão.

— Eu sei.

— Bom, se você sabe de tudo, pra que diabos você precisa de mim aqui? — Nico brinca, e me dá um tapa brincalhão no rosto.

— Escuta, Nico. — Faço uma pausa, sem saber quais palavras dizer, não querendo parecer sentimental demais, não querendo parecer boiola... então escolho o simples: — Obrigado.

— Sou seu treinador, você não tem que me agradecer. Eu recebo comissão, lembra? — Ele sorri.

O **INVENCÍVEL. 265**

— Eu quis dizer por tudo.

Finalizando a fita, Nico para e olha para mim. Um movimento de cabeça para cima e para baixo diz mais do que quaisquer palavras poderiam expressar. Ele passa um braço em volta dos meus ombros.

— Vamos lá, vamos chutar umas bundas.

Em pé, nos fundos da arena, atrás de portas fechadas, espero os aplausos do público assim que o locutor chama meu adversário ao ringue. De cabeça baixa, fecho os olhos, absorvendo a eletricidade do momento. Um momento que deveria ser meu. Dez anos de preparação e finalmente estou aqui. Os céticos nunca pensaram que eu fosse chegar até aqui. Voltando no tempo, nem eu pensava, na maioria dos dias. Passei a vida nadando contra a corrente, mas às vezes... às vezes, se tornava mais do que eu podia aguentar. Então eu parava de nadar e deixava a corrente me levar para um passeio, sem nunca saber onde eu iria aportar.

Nico aperta a mão no meu ombro quando a porta se abre e eu olho para o corredor escuro familiar, em direção ao centro da arena, onde todas as luzes brilham.

— Você está pronto?! — ele grita para mim por cima do som da multidão que penetra pela porta aberta.

— Como nunca vou estar.

CINQUENTA E UM

Liv

O avião faz círculos pelo que parece ser a centésima vez. Eu me remexo no assento. Não vou chegar a tempo. Eles precisam pousar este maldito avião. Uma voz adentra meus pensamentos, vinda de um alto-falante acima de mim.

— Senhoras e senhores, vamos sobrevoar a cidade apenas mais alguns instantes. Sofremos atraso e agora estamos aguardando nosso pouso ser autorizado. Parece que nosso atraso em Washington nos fez perder o cronograma do pouso aqui em Chicago e estamos tendo de esperar na fila.

Uma mão cobre a minha para me acalmar, colocando fim ao tamborilar dos meus dedos inquietos no apoio de braço.

— Relaxa, temos tempo. Vamos conseguir. — O sorriso de Elle me conforta. Pelo menos um pouco. Não há palavras para descrever o quanto a companhia de Elle na viagem significa para mim. Ela fez muito mais do que preparar os documentos legais, eu não sei se poderia conseguir passar por tudo se não fosse ela. Ao meu lado durante todo o tempo, Elle me deu a confiança que eu precisava para saber que estava fazendo a coisa certa. Bem, tecnicamente, o que estávamos fazendo não era a coisa *certa*, e nem sei se era legal, mas às vezes é preciso uma série de erros para chegarmos ao lugar certo no final.

— Muito obrigada por fazer isso comigo — digo, virando-me para a bela mulher sentada ao meu lado. — Eu sei como deve ter sido difícil para você deixar o bebê durante todo o dia. E tenho certeza de que Nico vai ter muito o que dizer quando descobrir a verdadeira razão por você ter saído da cidade. — Meio brincando no meu último comentário, tento um sorriso brincalhão, embora saia do jeito que ele realmente é... uma tentativa chinfrim de encobrir meus nervos em frangalhos.

— Você me agradeceu uma centena de vezes, Liv. — Ela sorri. — Eu estou feliz em poder ajudar de verdade a família de Vinny. Eu faria qualquer coisa por aquele menino. — Girando no assento para me olhar mais de frente, com olhos cheios de sinceridade, ela diz: — Sei que você não pensa assim agora, mas tudo vai se resolver. Eu sinto. Ele te ama, Liv. Ele não estaria tão irritado e infeliz se não amasse.

Sei que ela está tentando ajudar, mas, ao ouvir que deixei Vinny irritado e infeliz, sinto mais um aperto no coração. Elle vê minha expressão esmorecer e continua:

— Dói, eu sei. Mas você está sacrificando muito para fazer tudo dar certo para ele e, um dia, quando a cabeça quente dele esfriar, ele vai perceber.

Finalmente, chegamos em frente à arena. O táxi nem bem parou, e já jogo dinheiro no banco da frente e abro a porta com tudo. Há silêncio lá fora no caminho até a entrada. Todo mundo já está lá dentro. Não é um bom sinal. Elle precisa chegar até ele antes que seja tarde demais.

Passamos pela segurança rapidamente e jogamos nossos ingressos nas mãos do homem na portaria e saímos às pressas pelo corredor antes mesmo que ele tenha a chance de destacar os tíquetes e nos dar os canhotos.

— Por aqui — Elle grita por cima do barulho da plateia dentro da arena. Assim que agarramos a porta para a primeira entrada que encontramos, a voz do locutor vem pelo alto-falante, enchendo o ar, apesar do ruído da multidão.

— *Senhoras e senhores, no canto vermelho, com um metro e oitenta e três de altura, pesando oitenta e três quilos, o desafiante ao título mundial dos pesos-médios, com um recorde de doze vitórias seguidas, em busca do número da sorte, a décima terceira vitória, as mulheres o amam, os homens o temem... com vocês, Vince "O Inveeeeeencííííível" Stone!*

Meu coração bate forte no peito, em sincronia com o som da multidão que aplaude loucamente. Vejo, paralisada no lugar, quando ele pisa no centro do ringue. Cruzo a entrada e, quando mal pisei no carpete que cobre a área interna da arena, vejo Vinny se virar, olhos examinando a multidão, quase como se estivesse à procura de alguém. Tirando-me do meu estupor, Elle agarra meu braço, e o segurança nos indica onde ficam nossos lugares marcados. Vamos até a parte da frente e encontramos nossos dois lugares vagos, a apenas três fileiras de distância da gaiola.

— Sente-se, deixe que eu vou até ele — Elle grita sobre o barulho da multidão, e eu faço como ela pediu, meus olhos ainda fixos nas costas do homem que agora está no seu canto. Horrorizada, fico imóvel no meu lugar, vendo Elle discutir com mais um segurança de físico avantajado. Ele sacode a cabeça repetidas vezes em negativa, impedindo que Elle siga em frente, enquanto os dois homens no meio do ringue batem os punhos durante a apresentação que o árbitro faz das regras.

Nosso tempo está acabando. Acabando. Em silêncio, suplico a Deus, tentando fazer um acordo para Ele me ajudar. Por favor, por favor, apenas deixe a Elle passar. Deixe-a chegar até Vinny a tempo e eu faço qualquer coisa. Qualquer coisa. E, em seguida, toca o gongo.

Olhos grudados na gaiola, horrorizada, presto atenção enquanto os dois homens começam a saltitar. O adversário de Vinny ataca primeiro, num golpe precoce no ombro direito, mas Vinny não perde o movimento. Acerta alguns socos precisos no rosto e gira um pouquinho para a esquerda para finalizar com o movimento do cotovelo que atinge a maçã do rosto do oponente. A pele se parte no momento do impacto.

Os dois se afastam por alguns segundos, saltitando, procurando algum tipo de abertura. Assim que encontra uma, Lamaro abaixa o ombro e avança, arremessando Vinny na gaiola, no que parece ser uma tentativa fracassada de derrubá-lo no chão. Mas agora Vinny está encurralado no canto, e seu oponente lança uma chuva de socos num ritmo febril. De alguma forma, ele consegue evitar muitos dos golpes, embora não todos, e é atingido por alguns enquanto tenta se desvencilhar.

Vinny finalmente consegue fazer o oponente recuar e se posiciona. Porém, antes que possa levantar o braço esquerdo, Lamaro dispara um chute circular poderoso que se conecta diretamente com o rosto de Vinny. Observo horrorizada a cabeça dele virar para o lado com o grande impacto do golpe. Ele ainda está em pé, mas o ataque o deixa vacilante. O oponente vê nova oportunidade e parte para cima, derrubando Vinny de costas com um forte baque que me faz estremecer. O impacto da queda me deixa sem fôlego e nem sou eu que estou na gaiola.

Os dois homens se enfrentam no chão, rolando e alternando joelhadas poderosas no tronco um do outro pelo que parece ser para sempre, mas, na realidade, deve ter sido menos de um minuto. E depois Lamaro se movimenta depressa e acaba por cima; o rosto de Vinny no tatame, o braço esticado e preso de forma dolorosa para trás. Quando acho que tudo está prestes a terminar, que minhas orações não foram atendidas, que Vinny vai perder... soa o gongo e o round termina.

O público vai à loucura, e dois jovens fãs saem correndo em direção à gaiola, o que faz o segurança monstruoso se distrair momentaneamente das súplicas intermináveis de Elle. Ela passa por baixo do braço esquerdo do homem no instante em que, com o braço direito, ele tenta pegar os dois fãs em disparada. Nico acabava de entrar na gaiola e de se encontrar com Vinny no canto quando Elle chega até eles, gritando freneticamente do outro lado da gaiola de metal.

O segurança agarra o braço de Elle por trás, no momento em que Nico olha para cima e vê a força com que o segurança grandalhão segura sua esposa. Pela expressão no rosto de Nico, por um segundo, acho que pode haver uma luta ainda mais brutal prestes a acontecer. Ele vocifera algo para o brutamontes, que rapidamente aquiesce, jogando as mãos para o alto em sinal de rendição.

Com raiva ainda enraizada no rosto, Nico escuta a esposa descarregar as informações que ela precisa que ele transmita para Vinny. Balançando a cabeça, quase posso ver o vapor saindo das orelhas de Nico. Ele alterna o olhar entre Elle e Vinny rapidamente, dirigindo a atenção para Vinny e lançando um discurso irado para seu lutador premiado.

Segundos se passam e eu assisto na beira do meu assento, sem saber o que estou esperando que aconteça. A mandíbula de Vinny aperta enquanto ele escuta, e de repente ele ergue os olhos e me vê. Nenhum de nós se move, nem pisca, nem engole, não se mexe... e tento dizer tudo a ele sem palavras, fazê-lo confiar em mim, saber que não há problema em ouvir o que está ouvindo. Mas por que ele deveria? Antes ele confiava em mim, e veja só o que aconteceu quando me deu o presente que oferece a tão pouca gente.

Soa o gongo, forçando-nos a quebrar o contato. Olhos e corpo reorientados para a tarefa da vez, vejo os dois homens rapidamente partirem um para cima do outro.

— Tudo bem. Bom, agora ele sabe. Tudo o que podemos fazer é esperar que ele nos entenda. — Elle desmorona no assento ao meu lado.

— Ai, meu Deus, Elle. O Nico parece tão transtornado.

— Verdade, eu e Vinny vamos ter que nos esconder em algum lugar por pelo menos três ou quatro décadas para dar tempo de Nico superar essa. — Ela sorri, tentando seu melhor para atenuar a situação. Mas, falando sério, ela vai voltar para casa com um homem zangado, independente de como a luta terminar.

O primeiro chute capta tanto minha atenção como a dela, e nosso foco retorna para dentro da gaiola. Podemos nos preocupar com as consequências mais tarde. Vinny persegue o adversário, disparando uma série veloz de socos, cobre a distância entre eles e encurrala Lamaro no canto da gaiola. Sem querer recuar, Lamaro levanta a perna, usando a gaiola atrás dele como alavanca, e dá uma pancada com o pé nas costelas de Vinny, que o faz recuar três passos, minando a aproximação.

Vinny se recupera depressa, avança com um pé conforme o oponente vem para ele e acerta um chute circular na lateral do peito de Lamaro. Recuperando-se rapidamente, os dois homens passam o minuto seguinte trocando golpe por golpe, espremendo um ao outro até o bagaço. Cada ataque sucessivo chega mais rápido e mais forte do que o anterior. É surpreendente que qualquer um dos dois ainda esteja em pé.

Por fim, quando ambos parecem não conseguir mais sustentar o ritmo do combate excruciante no centro do ringue, eles parecem recuar e se afastar. Avisto o relógio pelo canto do olho e acompanho os segundos se esvaírem: vinte, dezenove, dezoito...

Lentamente, os lutadores fazem um movimento circular, peito arfando intensamente, para cima e para baixo, num esforço para recuperar o fôlego antes do oponente. Catorze, treze...

Incapaz de continuar sentada, salto da minha cadeira quando a ansiedade me domina.

— Vamos, Vinny... você consegue! — Ouço-me gritar, mas é como uma experiência fora do corpo. Tudo está em câmera lenta quando assisto à cena que se desenrola diante dos meus olhos. Dez, nove... Ouvir alguém acima do rugido da multidão seria impossível, mas, ainda assim, quando salto no meu lugar, uma mão em cada lado da boca para direcionar o som que vem de dentro de mim, eu posso jurar que consegui chamar a atenção de Vinny... apenas por uma fração de segundo.

Oito, sete...

Vinny faz uma finta para a direita, Lamaro acredita e abaixa um pouquinho a mão esquerda e Vinny parte para cima. Atinge-o com uma direita poderosa que é demais para o corpo arrebentado do oponente absorver.

Cinco, quatro...

O adversário cambaleia, um último esforço para permanecer em pé, mas seu corpo não aguenta mais. Desaba no tatame em câmera lenta e toca o solo com um baque. A arena fica em silêncio, o corpo de Lamaro esparramado de costas no tatame.

O público aplaude e grita quando a equipe médica entra às pressas na gaiola. Eles colocam algo debaixo do nariz de Lamaro e ele recupera a consciência, olhos arregalados. Por um segundo, parece que ele pode tentar se levantar, mas, então, sua cabeça cai para trás e ele percebe que não pode continuar. Acabou.

Dois, um...

O árbitro levanta o braço de Vinny no ar e a multidão vai à loucura. Os decibéis da algazarra aumentam a níveis dolorosos, as pessoas saltam dos assentos, gritando, berrando. Todo mundo gosta de ver a vitória do azarão, especialmente um de sua cidade natal.

A gaiola começa a se encher, e vejo com lágrimas de alegria nos olhos como Nico corre para Vinny, levantando-o no ar em comemoração. Elle me cutuca:

— Vamos lá. — Ela quer que eu vá com ela para a gaiola para vê-los, ajudá-los a comemorar a vitória. Eu queria poder, mais do que tudo. Queria poder reescrever a história da minha vida e dar a nós dois um final feliz. Mas não posso e quero, mais do que tudo, que Vinny desfrute o gostinho do seu momento. — Você vai. Ajude-os a comemorar. Quero que ele fique feliz.

Com tristeza nos olhos, ela sorri para mim e me puxa para um abraço. Observo Elle tentar chegar à gaiola caótica que não para de encher, mas não posso suportar a ideia de Vinny passar reto por mim quando sair. Então eu me vou, sem nunca olhar para trás, e sigo caminho para fora da arena.

CINQUENTA E DOIS

Vince

A celebração na academia de Nico está em pleno andamento antes mesmo de chegarmos. Duas horas de entrevistas e fotos me deixam inquieto, mas também me deixam irado comigo mesmo. Venci a porra do campeonato. Eu deveria estar feliz da vida com cada minuto de atenção. Deus sabe que, nesse negócio, a vitória às vezes não dura muito tempo. Sempre tem alguém maior e melhor.

A cada entrevista e a cada foto, me pego olhando para a porta, querendo saber onde ela está. Ainda não tenho ideia de como ela conseguiu as merdas que conseguiu. Liv não tem o tipo de dinheiro que compra esses caras, e nem sei como diabos descobriu o que eu estava fazendo.

Agarro uma cerveja no bar improvisado atrás do ringue de treino e tento seguir caminho até Elle, mas sou detido a cada passo por alguém que me dá os parabéns. Só os irmãos de Nico ocupam quase uma hora. Caras legais, mas com certeza deixam nossa cabeça cheia, porque não calam a boca.

Já passa da meia-noite quando termino de falar com o pessoal, e as piranhas começam a chegar em mim. As histórias se espalham depressa quando acontece alguma festa no centro de treinamento. As piranhas sabem que vai estar cheio de lutadores. Evitando passar por duas mulheres agressivas que não têm problema algum em me deixar saber que os planos da noite incluem elas compartilharem alguém, chego ao lado de Nico.

Erguendo a cerveja para brindar com a minha, ele sorri.

— Esta noite a gente vai celebrar. — Depois de um longo gole, ele acena com a cabeça para mim. — Amanhã, vamos falar sobre o que diabos quase aconteceu lá na arena.

Caralho. Confirmo com a cabeça. Ele deve estar feliz, pois normalmente ele estaria em cima de mim, sem nem me dar espaço.

— Onde está a Elle?

— A babá precisava ir embora. Ela subiu.

Merda.

— Eu precisava muito falar com ela.

Nico se afasta da parede onde estava apoiado casualmente e dá outra golada na cerveja. Me dá um tapa nas costas e sorri.

— Ela disse que você não iria descansar até ter suas respostas.

Espero, querendo que ela tenha transmitido alguma coisa para ele me adiantar, para me ajudar a encontrar sentido para as últimas horas.

— Ela falou para você ir falar com a sua mãe.

— Sério? — Minha mãe tem as respostas? Geralmente ela é o problema.

Nico vai embora, mas depois para e me lança um olhar incisivo e um sorriso estranho.

— Ah, sim, ela disse que, depois disso, é pra você parar de olhar pra própria bunda e ir atrás da sua mulher antes que seja tarde demais.

Sete da manhã não costuma ser um horário em que minha mãe está acordada, a menos que seja desde a noite anterior. Entro no apartamento dela em silêncio e fico surpreso de encontrá-la em pé na cozinha, servindo uma xícara de café. Ela sorri para mim e pega uma para ela.

— Eu assisti na TV. — Ela me dá uma xícara cheia de café puro fumegante, mas não solta, forçando meus olhos nos dela. — Estou muito orgulhosa de você. — Observando os olhos exaustos da minha mãe, fico surpreso por encontrar um olhar sóbrio me olhando de volta. Concordo com a cabeça, aceitando o elogio.

Ela se senta à mesa da cozinha e toma seu café, fazendo sinal para que eu me sente e então começa:

— Essa mulher te ama.

Travo a mandíbula, e ela vê a raiva no meu rosto, pois é difícil de esconder. Essa foi fundo.

— É tudo culpa minha. Você não pode culpá-la. Minhas mentiras nos trouxeram até aqui e sei que vai ser difícil para você entender, mas ela só estava tentando te proteger. Impedir que as *minhas* mentiras ferissem você.

— Comece do começo, mãe. Não preciso de proteção, agora preciso de respostas.

Duas horas e um balde de lágrimas que nós dois derramamos mais tarde, tenho minhas respostas. Parece uma porra de história de tabloide. Uma que era para a Liv escrever. Mas, em vez disso, ela mentiu e trocou a proteção dos meus segredos pelo emprego que ela sonhava ter desde criança. E depois fez chantagem com o babaca rico do meu pai para conseguir dinheiro e pagar a dívida da minha mãe viciada em drogas, para que eu pudesse tentar conquistar meu sonho. Só na minha vida merdas assim acontecem.

Quando minha mãe me beija na testa antes de eu sair, ela segura meu braço.

— Não tenho o direito de te dar conselhos, fui uma mãe de merda para você. Mas, se você a ama, encontre uma maneira de resolver isso, porque você é um homem bom e merece ser feliz.

— Onde está seu chefe? — Summer bunda-murcha se vira ao som da minha voz.

— Ela já se foi.

— Eu perguntei onde está a Liv? Estou procurando seu chefe. — Boquiaberta, ela aponta para uma porta fechada próxima. Bato uma vez e entro sem esperar que ele atenda.

Cinquenta e Três
Liv

Ally me deixa no aeroporto.

— Seja boazinha com o meu carro. Volto em breve para ver como ele está.

— É melhor. — Ela sorri. Somos melhores amigas há tanto tempo, que ela sabe que eu não me importo com o carro... Vou voltar para ver como ela está.

— Eu levo de volta no Dia do Trabalho, quando eu vier passar o fim de semana prolongado.

— Se você mudar de ideia... — Ally me abraça forte e depois se afasta para me olhar. A preocupação é visível em seu rosto. — Nossa porta está sempre aberta.

Ainda faltando uma hora para o meu voo, paro na cafeteria antes de passar pela segurança. Na fila, olho fixamente para o monitor de televisão atrás da cabeça do caixa. Perdida em pensamentos, leva alguns segundos para que meu cérebro registre as palavras rolando na parte inferior do vídeo. *Notícias de última hora — Exclusividade do* Daily Sun Times *— O senador Preston Knight tem um filho fora do casamento.* Assisto com horror quando alguns segundos depois uma foto de Vinny aparece na tela.

Atordoada, olho para a TV, e uma verdadeira onda de náusea rola sobre mim. Suor frio envolve meu corpo por baixo das roupas, temor e tristeza tomam conta de mim. Como? Eu tinha destruído as provas e as únicas pessoas que sabiam tinham tudo a perder e nada a ganhar se vazassem a história.

O choque ainda mantém meus pés firmemente plantados no chão, meu cérebro finalmente liga de novo e começa a funcionar a todo vapor. Preciso ir até Vinny. Avisá-lo. Dizer que não fui eu. Fazer com que ele acredite em mim. Não sei bem por que isso é tão importante, só sei que eu preciso fazê-lo. Agora. Agarro minhas malas, dou meia-volta e sigo dois passos em direção à saída; porém, paro no meio do caminho com a visão a alguns passos diante de mim. Vinny.

Bolsas caem do meu ombro, e olho fixamente, confusa, sentindo-me nervosa e ansiosa por vê-lo, mas ao mesmo tempo aliviada. Com pouco mais de um metro de espaço entre nós, minhas palavras mal são audíveis para chegarem até ele. Sussurro com a emoção que cobre meu rosto.

— Eu não vazei a história.

Hesitante, Vinny avança um passo.

— Eu sei.

— Você sabe? — A confusão é clara no meu rosto.

Outro passo mais perto.

— Fui eu.

Com os olhos arregalados, ouço suas palavras, mas não entendo.

— Por quê?

Mais um passo, e ele cobre a distância entre nós. Cada fio de cabelo no meu corpo está alerta e me sinto inexplicavelmente atraída para ele como em qualquer outro momento antes. Nada detém meu desejo por esse homem. Não a raiva, não a tristeza, não os anos de separação.

— Troquei a história pelo seu emprego de volta. — Devagar, Vinny vem até mim, roçando a mão quente de leve sobre minha bochecha.

— Mas por quê?

— Você e Elle correram para Washington para vender seu silêncio em troca de saldar a dívida da minha mãe. Pareceu o mínimo que eu poderia fazer. — Ele faz uma pausa. — Se bem que eu também deveria te colocar sobre meus joelhos e te dar umas palmadas por se colocar em perigo desse jeito. — O canto de sua boca se curva um pouquinho.

Um pequeno sorriso vem à superfície, embora seja rapidamente extinto quando meu coração me lembra de como eu o fiz sofrer. Como ele me fez sofrer. De novo. Pensamentos de Vince com Summer causam dor física no meu peito. Olhando para baixo, inspiro profundamente e levo alguns segundos preciosos para me recompor. As palavras passam por meus lábios com gosto de bile.

— Você e Summer? — Com a cabeça ainda baixa, eu me preparo para a resposta. Mas nada vem. Sem palavras e sem vê-lo, eu sinto a intensidade do seu olhar me queimar.

— Olhe para mim, Liv. — Seu tom é firme, mas as palavras são doces. Respiro fundo. Hesitante, levanto os olhos e encontro os dele. Nosso olhar se fixa, ele fica quieto por um instante antes de falar. Nos olhos que procuram dentro dos meus, encontro refletidas minha própria dor e tristeza. — Não aconteceu nada com a Summer.

— Mas a Summer disse...

Sua voz é baixa e calma, mas seu tom fica mais firme, mais imponente.

— Não aconteceu nada, Liv.

Queria tanto acreditar nele... meu corpo arde para confiar em suas palavras. Ele vê a minha luta interna no meu rosto.

— Você quer que eu te conte os detalhes? — As palavras parecem cruéis, mas ele as está oferecendo para mim, porque ele sabe como eu sou. Mesmo se eu dissesse que acreditava nele, visões deles dois iriam me consumir, a dúvida subconsciente nunca me permitiria esquecer totalmente. Preciso da história toda, para minha imaginação não inventar coisas sozinha.

Confirmo com a cabeça.

Vinny fecha os olhos por um instante, procurando forças. Quando ele os reabre, vejo tormento e isso parte meu coração. Tanto, que quero abraçá-lo, deixar as coisas melhores, levar sua dor embora, mas não posso. Preciso ouvir o que ele tem para me dizer. Quando ele fala, a dor nas suas palavras faz meus olhos arderem com lágrimas, mas luto para contê-las.

— A Summer veio me ver. Me contou sobre a história que você estava escrevendo. Eu a mandei embora, não quis acreditar. Ela me deixou um cartão, com o endereço residencial escrito no verso.

Vinny faz uma pausa. A esperança que senti ao ouvi-lo dizer que nada aconteceu com a Summer começa a fugir.

— Eu estava nervoso, Liv. Irritado. Eu queria retribuir a dor que você me causou. Eu simplesmente não conseguia me livrar disso, não importava a força com que eu batia no saco ou o quão rápido eu corria. Por isso, saí para encontrar uma mulher qualquer para me ajudar a esquecer. E de alguma forma eu acabei no apartamento da Summer. — Recuo com suas palavras. Vinny me liberta de seu olhar e baixa a cabeça. Com uma expressão de vergonha, ele continua: — É o que eu sempre faço, Liv.

Incapaz de me segurar por mais tempo, uma lágrima solitária cai dos meus olhos, apenas a tempo de Vinny olhar para mim e enxugá-la do meu rosto. Sua mão envolve meu rosto e me puxa para mais perto dele.

— Não aconteceu nada. Eu fui lá e ela me recebeu com um sorriso. Teria sido muito fácil. — Ele balança a cabeça, pensando, lembrando. — Mas não consegui fazer nada. E o sorriso satisfeito dela só me deixou mais irritado. Ela estava gostando de te prejudicar. Então fui embora. Não encostei um dedo nela. Acho que devo ter feito um buraco na parede atrás da porta com a velocidade com que abri para dar o fora de lá.

Vinny se inclina para mim, seu rosto tão perto que posso sentir seu hálito quente na minha bochecha.

— Eu não a toquei, Liv. — Seu polegar roça meu rosto com ternura. — Você acredita em mim?

Confirmo com a cabeça, porque acredito. É a sinceridade em seus olhos que me faz acreditar nele.

Fechando os olhos com uma expressão de alívio, ele encosta sua testa na minha por um longo momento. Há menos tensão e ansiedade em seu rosto quando ele afasta a cabeça, mas um pouco ainda está lá, à espreita nas sombras de tranquilidade.

— Por que você não me contou sobre a reportagem, Liv?

Queria que tivesse uma resposta fácil. Uma que aliviasse a dor que vejo nas profundezas de seus olhos. A dor que eu coloquei lá. Ele confiava em mim e eu o desapontei. Ver a dor em seu rosto, saber que a culpa era minha, me faz sofrer ainda mais do que eu estava quando pensei que ele tinha se envolvido com a Summer. Mas sei que eu preciso ser sincera com ele, dar o que ele me deu, pois, se existe alguma chance de nós algum dia conseguirmos superar tudo, preciso começar com a verdade, por onde eu deveria ter começado o tempo todo.

— No início, eu me convenci de que não era verdade. Achei que poderia provar e que ficaria com as duas coisas que eu queria... o emprego e você. — Faço uma pausa, pensando no minuto em que percebi que eu só estava me enganando. — Então eu conheci o senador Knight. E Jax.

A mandíbula de Vinny aperta. Não tenho certeza se é a menção a seu pai, ou se ele está se lembrando do encontro com Jax, na luta de exibição.

— Ele colocou as mãos em você, minha mãe me disse. — Ele procura algo no meu rosto e cerra os punhos em sua reação inata; o instinto protetor toma conta dele com o mero pensamento de alguém colocar as mãos em mim.

— Na hora em que percebi que era verdade, eu não consegui me convencer a te contar. Eu não queria te ferir. Você sempre teve orgulho da memória do seu pai. Às vezes, eu sentia como se você *precisasse*. Eu não queria tirar isso de você.

— Então, você nunca me usou para conseguir um furo de reportagem? — A voz dele é desesperada, cheia de agonia por sequer ter de perguntar. Ele precisa saber que era real. Precisa entender que eu nunca poderia traí-lo assim.

— Eu queria te proteger. Nunca quis te prejudicar.

— Eu. Protejo. Você. Liv. Não preciso que você me proteja. É assim que funciona — diz ele, levantando a voz, os olhos severos e sérios, esperando minha reação.

— Não. — Minha resposta é dita com tanta convicção, que me surpreende.

Apertando os olhos, ele me estuda por um instante, sem dizer uma palavra. Acho que seu olhar poderia ser rotulado como ameaçador, mas não me faz vacilar em nada. Em vez disso, fico mais ereta.

Com uma sobrancelha arqueada, ele questiona:

— Não?

Não sei dizer se ele está achando graça ou se está irritado.

— Não. *Nós* protegemos um ao outro. É assim que funciona.

As duas sobrancelhas se erguem dessa vez. Embora eu capte uma sombra do canto esquerdo de sua boca se curvar antes que ele possa esconder. Ele achou graça, mas não quer me entregar o jogo.

— Tá bom — ele finalmente responde.

— Tá bom? — questiono. Sentindo-me corajosa, pressiono mais: — Por que foi assim tão fácil?

Vinny ri, seu rosto e todo seu corpo se desprendem dos resquícios de raiva e mergulham de cabeça na felicidade. Ele envolve seus braços na minha cintura e puxa meu corpo colado ao dele. Meus olhos brilham, aquece meu coração saber que eu tive algo a ver com o sorriso que retornou ao rosto dele.

— Você é um pé no saco.

Fingindo estar ofendida, tento escapar de mentirinha de seu aperto de morte. Mas a verdade é que não há outro lugar onde eu preferiria estar.

Poucos minutos depois, Vinny pega minhas malas e a minha mão.

— Você está pronta para sair daqui? Tenho certeza de que você me deve uma porrada de sexo pra fazer as pazes. — Ele sorri para mim.

Embora o mero pensamento desse homem pelado dispare arrepios pela minha espinha, há mais que preciso dizer.

— Espere. — Vinny para depois de dar apenas um passo à frente e se vira para mim. — Tem mais uma coisa que eu preciso te dizer.

Ele concorda com a cabeça uma vez e espera, com cautela em sua postura. Cobrindo a pequena distância entre nós, levo as mãos até seu belo rosto, que ainda me tira o fôlego mesmo depois de todos esses anos. Com os braços em volta do seu pescoço, eu o puxo para mais perto e nossos corpos se tocam, mas ele ainda pode ver meu rosto quando eu falo. Minha voz é quase inaudível, meus olhos encontram os dele e digo o que sinto com cada força do meu ser:

— Eu te amo.

Ele sorri, cobrindo meu rosto com as duas mãos.

— Eu também te amo, Liv. Acho que uma parte de mim sempre te amou. — Delicadamente, os lábios de Vinny cobrem os meus, e, num beijo, ele sela as palavras que esperei quase uma década para ouvir.

EPÍLOGO

Dia do Veterano
Liv

Entrando no banheiro cheio de vapor, fico maravilhada com a visão do corpo glorioso que sai do chuveiro. Faz meses, mas nunca perde a graça.

Vinny pega uma toalha e a enrola na cintura. Toalha de sorte.

— Bom dia. — Ele se inclina e beija meus lábios, sem se importar que a água esteja pingando por toda parte; um sorriso diabólico e brincalhão em seu rosto bonito.

— Bom dia. — Eu sorrio.

— Pode ficar. — Ele tira a toalha da cintura e a coloca em torno dos ombros com segundas intenções, deixando alerta a parte inferior de seu corpo, muito excitada, deliciosamente nua, firmemente em pé. O sorriso confiante e convencido me diz que é um movimento calculado e que não tem nada a ver com a necessidade de se secar. Ele balança as sobrancelhas sugestivamente e me pega olhando fixo.

— Você é insaciável. — Dou risada.

Envolvendo a mão com firmeza na parte de trás da minha cabeça, ele levanta meu rosto em sua direção.

— Você sabe que eu fico excitado quando você usa palavras difíceis. — Outro beijo molhado e quente plantado castamente em meus lábios.

— "Insaciável" não é uma palavra difícil.

— Tanto faz. Continue falando. — Deixando a toalha cair no chão, ele se abaixa sob meus joelhos e me pega em seus braços.

— Existencial, exculpar, efervescente, evanescente, efêmero.

Quando alcança a cama, Vinny levanta uma sobrancelha.

— Efêmero?

— Que tem vida curta. Fugaz.

— É, o que eu vou te dar agora não vai ser efêmero.

Deitada na cama, saciada, com minha orelha apoiada no peito de Vinny, ouço seu coração bater num ritmo constante. O som me acalma, me faz sentir completa, um sentimento que passei a valorizar depois de tantos meses do caos que nos rodeou. Pensando no passado, as coisas poderiam ter sido muito diferentes. A imprensa se esbaldou com a confissão de Vinny. Meses de repórteres enchendo o saco poderiam ter custado caro; mas, em vez disso, de alguma forma, nos uniu ainda mais. Eu e Vinny contra o mundo.

Depois de oferecer a história exclusiva ao *Daily Sun Times* em troca do meu emprego, ficamos tranquilos por um tempo. Vinny precisava se recuperar fisicamente da luta e mentalmente do preço que os últimos vinte e cinco anos tinham cobrado dele. Preach, o antigo treinador do Nico, nos emprestou sua casa do lago, um refúgio pitoresco e sereno onde poderíamos escapar das hordas de repórteres e fotógrafos que disputavam um pedaço de Vinny.

Assim como ele, o senador Knight finalmente contou seu lado da história à mídia, mas nem perto de entregar tudo, embora tenha, enfim, admitido um caso numa noite de bebedeira. A Sra. Knight ficou respeitosamente ao lado dele o tempo todo, com um sorriso estampado no rosto perfeitamente composto. Notei a ausência suspeita de Jax em todas as fotos de família destinadas a restabelecer a imagem pública do senador, mas mantive meus pensamentos para mim mesma.

— Tenho que levantar cedo. — Vinny acaricia minha cabeça enquanto fala.

— Eu sei, mas estou tão confortável. — Me aconchego mais nele, seu corpo quente colado ao meu. Meu corpo não se importa que tenha acabado de passar a última hora consumindo vorazmente o dele, pois o desejo por Vinny nunca passa. De forma egoísta, quero ficar na cama o dia todo, esquecer do passeio de moto que eles planejaram, e mantê-lo só para mim. Estou preocupada que o dia de hoje seja duro com ele. Nico, por outro lado, acha que vai ser bom para Vinny. Vai ajudá-lo superar a memória amarga de seu pai perdido, se fizer a corrida beneficente no Dia do Veterano novamente este ano. Não tenho tanta certeza. A perda de Vinny, de um pai que ele nunca teve realmente, veio mais dura do que qualquer outra coisa. Ele estava sofrendo a perda de um homem que ele honrou desde quando era criança. Um veterano ao qual ele se agarrou para encontrar propósito em suas horas mais sombrias.

Enquanto Vinny se veste, ainda estou indecisa sobre lhe dar o que planejei. Durante cinco semanas, remoí a ideia, de novo e de novo, um dia achando que era uma ótima ideia, no seguinte me perguntando se eu estava louca para sequer pensar nisso.

Algum tempo depois, nós dois começamos a nos vestir.

— Você está bem? — Sento na cama ao lado de Vinny. Ele está quieto desde que levantou.

Ele concorda com a cabeça em silêncio, pelo visto, perdido em pensamentos.

— Tem muitos veteranos por aí que devem ser homenageados. Fico dizendo a mim mesmo que não é sobre mim. Mas é difícil não me lembrar. — Ele faz uma pausa. — Não sei, sinto como se tivesse perdido alguém, mas nunca tive ninguém para perder.

Minha decisão finalmente foi tomada por mim. Ando até minha bolsa, pego um envelope e tiro de dentro uma única folha que eu tinha escrito e amassado tantas vezes. Ofereço-a ao homem que amo mais do que tudo. Vinny pega e começa a ler.

Sargento de Staff Charles Fisher Jr.
30/03/1960 – 19/01/1988.

Falecido antes de seus pais, Charles Fisher e Laura Cantly Fisher, o Sargento de Staff Charles Fisher Jr. deixou este mundo em 19 de janeiro de 1988.

Um herói militar de duas campanhas, o sargento Fisher foi morto no cumprimento do dever na província de Helmand, Afeganistão. Três dias antes do fim de sua segunda campanha, o sargento Fisher estava passando por Helmand em rota para a Embaixada dos EUA, quando se deparou com a explosão de um ônibus, detonada por um suicida.

Agindo rapidamente e sem atentar para a própria segurança, o sargento Fisher tirou sete crianças do veículo em chamas, sob fogo inimigo. Quando retirou a última criança, os insurgentes se aproximaram mais e encontraram um novo alvo para seu ataque, atingindo o sargento Fisher cinco vezes. Todas as vítimas foram levadas às pressas para um hospital militar nas proximidades. Milagrosamente, todas as sete crianças sobreviveram. O sargento Fisher foi declarado morto na chegada.

Diante do olhar de confusão no rosto de Vinny, retiro as plaquinhas de identificação que ele havia arrancado do pescoço no dia em que descobriu a verdade sobre seu pai.

— Estas plaquinhas pertencem a um herói. Pesquisei o número de identificação. O homem que você homenageou quando as usava pode não ser o seu pai, mas achei que você ficaria orgulhoso de exibi-las hoje mesmo assim.

Vinny fecha os olhos por um minuto e vejo sua garganta trabalhar. Seus olhos se abrem para uma janela de emoção, e uma dor que recentemente estava na vanguarda é ofuscada por carinho e amor, ele se abaixa e baixa a cabeça. Com cuidado, deslizo as plaquinhas desgastadas em volta do pescoço dele, e dou um beijo suave em seu rosto.

Vinny me puxa contra seu peito para um abraço e envolve os braços ao redor de mim com força.

— Você reescreveu o final da minha história com a verdade.

Sorrio em seu peito. Não tinha pensado nisso dessa maneira, mas acho que é verdade. Liberando seu aperto em mim, Vinny puxa a cabeça para trás o suficiente para olhar nos meus olhos. Seus olhos azul-claros disparam uma flecha direta em meu coração.

— Vou reescrever o final da nossa história, Liv. Vou te dar o seu "felizes para sempre". Eu prometo.

Finalmente, após mais de sete anos nessa jornada, não tenho nenhuma dúvida de que ele vai mesmo.

AGRADECIMENTO

Para Andrea, como foi que sobrevivi até o dia antes de te conhecer? Nem sei por onde começar. Obrigada por ser minha leitora beta (e ler o mesmo livro uma dúzia de vezes), pela perseguição à meia-noite, chats às cinco da manhã, e por seu constante apoio e orientação. Não posso acreditar que levamos tanto tempo para encontrar nossa amizade, quando era algo que simplesmente tinha que ser.

Para algumas mulheres muito especiais: Carmen, Jen, Dallison e Nita. Obrigada, obrigada, obrigada! Por serem leitoras beta, pela edição, pela honestidade, pelo apoio e pela amizade.

Obrigada, muito obrigada a todos os blogueiros que generosamente doam seu tempo para ler e apoiar os autores! Sem seu apoio, nossas histórias não seriam lidas por tanta gente!

Finalmente, muito obrigada a todos os leitores. É muito divertido criar histórias quando temos leitores surpreendentes para amar nossos personagens. Continuem mandando recados, adoro ouvir o que vocês têm a dizer!

Tudo de bom,

Vi

Entre em nosso site e viaje no nosso mundo literário.
Lá você vai encontrar todos os nossos
títulos, autores, lançamentos e novidades.
Acesse www.editoracharme.com.br

Você pode adquirir os nossos livros na loja virtual:
loja.editoracharme.com.br

Além do site, você pode nos encontrar em nossas redes sociais.

https://www.facebook.com/editoracharme

https://twitter.com/editoracharme

http://instagram.com/editoracharme